アイテム「ペレ芋」から、ダンジョンを生成!?

台座の上に鎮座する芋に手を伸ばし、目を瞑《つぶ》って精神を集中する。
脳内で、芋に含まれる――あるいは芋が纏《まと》う魔力が分解され、再構築されてゆく。
芋から魔力がまろびでて、その奔流を全身で浴びる。

相《そう》馬《ま》星良《せーら》
見た目は派手だが、
優しくて芯がしっかりしている上、
器用で家事万能な完璧☆ギャル。
ナゾの顔文字精霊「うに子」のマスター。
要《かなめ》零音《れおん》
最強パーティから追放された転移者の少年。
一見平凡な小心者だが
「異世界のアイテムからダンジョンを創り出せる」
異能を活かし、いずれは英雄に!?
うに子《こ》
不思議な力を持つ精霊で、
星良になついている。
表情は常に顔文字風に
表現されるのが特徴。

黒《くろ》乃《の》灯《ひ》美《み》子《こ》
穏やかで母性的な眼鏡女子。
大きな胸がちょっとコンプレックスだが、
真面目な性格で弓や薙刀の扱いに長ける。
ミシェーラ
貧民街に住むシスター。
常に慈愛に満ちていて寛容な大人の女性だが、
少しミステリアスな一面も？
マリアリア・ヴェリドヴナ・白銀《しろがね》
小柄な北欧美少女。
あまり感情を顔に出さず非力だが、
得意の魔法面では大きな素質を秘める。
ちょっとディープなニホン文化オタク。

「あたし、相馬《そうま》星良《せーら》。
〝綺羅《きら》星《ほし》のごとく〟の星に、
良《よ》し悪《あ》しの良いで星良。
ちなみに〝せいら〟じゃなくて〝せーら〟だから。
……その、これからよろしく」

アイテムダンジョン！ 1

～俺だけ創れる異能ダンジョンからはじまる、
落ちこぼれたちの英雄譚～

かみや

HJ文庫
1200

口絵・本文イラスト　夕子

第1話 追放と貧困街のシスター

今朝は早くから変な予感があった。

うざったらしいちょっかいをかけてくるヤツはいないし、俺《おれ》に重い荷物を押《お》しつけてくるヤツもいない。坂井は意味もなく頭を叩《たた》いてこなかったし、越森《こしもり》と目があっても蹴《け》ってくることはなかった。

久々に平穏無事《へいおんぶじ》な朝を過ごせた幸福ではあったが、それをラッキーとは思えない俺からしたら、違和感《いわかん》であり、これはなにかがあるぞ、という予感に思えた。

三ヶ月渡《わた》り続けた、街を囲む堀《ほり》に架《か》けられた石橋。

朝の陽光を反射して眩《まぶ》しいくらい煌《きら》めく堀の水とは裏腹に、俺の心は晴れない。……この三ヶ月間、ずっと。

一〇〇人ものパーティがぞろぞろと石橋を渡る。みんな弓や剣《けん》といった武器、豪華《ごうか》な盾《たて》や鎧《よろい》を身につけるなか、珍《めずら》しく荷物を持たされなかった俺は簡素なシャツにほぼ空の革袋《かわぶくろ》を袈裟《けさ》がけしただけのみすぼらしい格好だった。

「勇者さまがた、頼《たの》んだぜ！」

背にした櫓《やぐら》から、警備兵の厳《いか》つい声が飛ぶ。数人が勇ましく手を挙げて返した。

目的地は一時間ほど歩いた先にある、最近できたダンジョンらしい。

橋も半《なか》ばを越《こ》え、パーティの先頭が渡りきったころ、リーダーである金髪《きんぱつ》の男——吉田《よしだ》先輩《せんぱい》が振《ふ》り返る姿が遠くに見えた。

次々と仲間が通り過ぎてゆくことを気にも留《と》めず、誰《だれ》かを待っている様子だった。

俺も彼《かれ》の隣《となり》を通過しようとしたとき、金色の小手に止められた。

「要零音《かなめれおん》、お前は追放だ」

待ち人はどうやら俺らしかった。

「追放、って……。このパーティから抜《ぬ》けろ、ってことですか？」

「そうだ。同じ学校だったよしみでパーティに入れてやっていたが、もううんざりだ」

心の底から辟易《へきえき》とした声色《こわいろ》。吉田先輩は、俺に対してどれほど思うところがあったかを、歪《ゆが》んだ表情でも伝えていた。

「魔《ま》法《ほう》は使えない、武器の扱《あつか》いもイマイチ、薄々《うすうす》気づいているとは思うが、他のメンバーからもいくつもクレームが来ている。お前だけろくに働かないのがズルい、ってな」

なにが薄々だよ。めっちゃ知ってるっての。お前こそ知らないのかよ。俺がどれだけその〝他のメンバー〟からひどい目に遭《あ》わされてきたかを。

脳内での反抗《はんこう》に気づいた素振《そぶ》りも見せず、吉田先輩からは俺を追放する理由が拳《こぶし》のように次々と飛んでくる。

「返す言葉もないですね」

反抗は得ではないという計算か、朝から変な予感があったからか、俺の言葉は脳内に反して自分でも驚《おどろ》くくらい淡白《たんぱく》だった。

「仕方なく荷物持ちをさせてやっていたが、今日からは俺たちについてこなくていい」

なるほど、俺に荷物を持たせないのは、今日俺が追放されるからなのだ、と腑《ふ》に落ちた。

先輩《せんぱい》は吐《は》き捨てると、炎《ほのお》が描《えが》かれた外套《がいとう》を颯爽《さっそう》と翻《ひるがえ》し、俺に背を向けた。

「みんな、行くぞ！」

それを合図に、足を止めていた大勢が歩みを再開する。

吉田先輩が高らかに檄《げき》を飛ばした〝みんな〟のなかには、俺だけが入っていなかった。

かつてのクラスメイトたちが、俺と目を合わせないようにして通り過ぎてゆく。目が合ったほとんどの表情には明らかに俺に対する侮蔑《ぶべつ》や嘲笑《ちょうしょう》が浮《う》かんでいた。

みんなが街から伸《の》びる橋を渡りきり、陽光照らす平原へと歩み去った。まるで光射す道行きは、俺の前途《ぜんと》に必要ない、とでも断じるように。

よせばいいのに、彼らの後ろ姿に「三ヶ月間お世話になりました」と頭を下げたあと、はぁとため息を石橋に残した。

――どうせ追放するのなら、街の中にしてくれればよかったのに。

「おっ兄ちゃん、忘れもんか？　はっはっは！」

櫓から悪意のない棘《とげ》が降ってくる。なるほど、こういうみじめさを植えつけるため、わざわざ橋を半分以上進んでから追放したのか。あいつらのやりそうなことだよ、と妙《みょう》に納《なっ》得《とく》した。

ニホンで若者が寝《ね》たきりになるという現象が大量発生している、というニュースがお茶の間を騒《さわ》がせた次の日、たしか五月一〇日だったか――の授業中、俺が通う漣《さざなみ》学園高校は突如《とつじょ》、紫《むらさき》の光に包まれた。

目が覚めるとあら不思議、学校中の生徒――約六〇〇人が剣と魔法の異世界に転移していた。

転移先の街の広場には偉《えら》そうなじいさまがいて、拳を握《にぎ》って熱弁を揮《ふる》っていた。

例に漏《も》れず、この世界には人間に害を及《およ》ぼす生命体――モンスターがいる。そいつらがこの世界を脅《おびや》かしているから、どうかこの世界を救ってくれ、みたいな内容だった。

……正直、じいさまを囲む人の輪がぶ厚すぎて、端《はし》のほうにいた俺はよく聞こえなかったけど。

みんなは元の世界に帰してだの、なんで俺たちがそんなことをだの喚《わめ》いていたが、

『みんな、魔王《まおう》を倒《たお》せば家族に会える！　元の世界に戻《もど》れるんだ！』

吉田先輩がみんなを上手《うま》くまとめた。

彼をはじめとする三年生が舵《かじ》を取り、六〇〇人の生徒たちはクラス単位でAからFの六パーティに分けられた。

クラスが1―A、2―A、3―Aだった者はAパーティ。かくいう俺も1―Aだったから、Aパーティだ。

街から〝勇者〟認定《にんてい》された俺たちは、各人〝ユニークスキル〟というモンスターに対抗《たいこう》する固有スキルを持っていることを知り、それを活《い》かしてモンスター討伐《とうばつ》、モンスターの住処《すみか》――ダンジョン攻略《こうりゃく》に明け暮れた。

約一〇〇人のメンバーを有する各パーティは、モンスターとの戦いにおける貢献度《こうけんど》に応じ、パーティメンバーにランクをつけ、報酬《ほうしゅう》に差をつけはじめた。

パーティの肝《きも》となる主要人物は一軍。優秀《ゆうしゅう》な人材は二軍。イマイチなヤツは三軍。もしかしたら俺だけ類を見ない四軍だったかもしれない。

俺のスキル？　【デウス・クレアートル】っていうんだ。強そうだろ？　……はは っ。

……で、いまこうして追放されてしまった、ってわけだ。考えてみれば追い出されて当然、か。

「どうするかなー……」

街なかを歩きながら独《ひと》り言つ。ひどく格好悪い形ではあるが、クソッタレなパーティからようやく抜けられた。そんな解放感よりも、この先の不安がそれを灰色に塗《ぬ》りつぶす。

これまで精算時にお情けと言わんばかりに放り投げられた金でなんとかやっていた俺の持ち金は残りわずか。

ひとりでモンスターを倒して金を稼《かせ》ぐか？　……馬鹿言え、それができるならとっくにやっているし、いまこんなことになっていない。

この世界はゲームのようでありながら、ゲームのように簡単じゃない。

街周辺に出没《しゅつぼつ》するコボルト一匹《ぴき》でさえ大人六人がかりで囲め、といわれているくらいだ。戦闘《せんとう》スキルを持たない俺がひとりで立ち向かえるわけがない。なにか商売をするにしてもノウハウがないし、なにより元手がない。

……こんな状況《じょうきょう》なのに、俺はどこか自分を他人のように見ていた。

一五年、俺をしっかり育ててくれた父さん、母さん。

生意気だけど俺に懐《なつ》いてくれていた、ひとつ下の妹、愛音。

この異世界が夢だと信じて寝床《ねどこ》に入っても、家族のいる朝には戻れない。

気だるげに食べていた味噌汁《みそしる》も塩鮭《しおざけ》も、苦手だった漬物《つけもの》もない。

いつもそばにあった日常が――なくなって初めて気づいた日々の幸せが、ここにはない。

そんな寂寥《せきりょう》が、異世界での暮らしを〝こんな俺は、俺じゃない〟と心のどこかで逃避《とうひ》させているのかもしれない。

街なかを北上して一〇分ほどが経過した。人々の活気も石畳《いしだたみ》もなくなって、むき出しの土と、ごつごつした石で出来た家が建ち並ぶ、いわゆる貧困街に入った。

さらに進むと、古ぼけた教会の大きな鐘《かね》が曇《くも》り空《ぞら》に混ざる。

教会は赤黒く錆《さ》びた鉄柵《てつさく》に囲まれていて、柵《さく》が途切《とぎ》れた二メートル幅《はば》の入口の上部には草花のアーチが架けられている。

それをくぐると、大扉《おおとびら》の横に並ぶ花壇《かだん》に水をやっている、墨色《すみいろ》の修道服に身を包んだ女性がこちらを振り返り、口に手を当てた。

「まああ」

「ミシェーラさん」

修道服の女性――ミシェーラさんが黒いフードを外すと、白頭巾《ずきん》の下にウェーブがかったショートのブロンドが顔を出す。

「レオンさま。今日はお早いのですね」

丁寧《ていねい》にお辞儀《じぎ》をして、柔《やわ》らかく笑いかけてくれる。今日はそれが、どうにも申しわけなかった。

〝今日はお早い〟というよりも、ミシェーラさんに「いってきます」と伝えてから、まだ一時間も経過していない。

「元気のないお顔。ご覧になってくださいませ」

眼前に差し出された、ミシェーラさんが大事にしている手鏡のなかで、赤みがかった黒《くろ》髪《かみ》に平凡《へいぼん》な顔立ちの男が力なく眉尻《まゆじり》を下げている。

「どうされたのですか？　本日はダンジョンに向かうとおっしゃっておりましたのに」

相手が懺悔《ざんげ》を聞き慣れた敬虔《けいけん》なシスターだったとしても、己《おのれ》の体《てい》たらくを吐露《とろ》するには忸怩《じくじ》たるものがあった。

しかし毎晩寝床の世話になっている相手に話さないわけにもいかない。

「じつは、勇者パーティを追い出されちゃって。お前はもういらない、って」

「まああ」

ミシェーラさんにはこれまでにも、自分がパーティのお荷物になっていることを赤裸々《せきらら》

に話していた。

彼女《かのじょ》は両手を口に当てて驚きを表現するが、そこには驚天動地《きょうてんどうち》だとか青天《せいてん》の霹靂《へきれき》だという感情よりも、俺への憐憫《れんびん》の情が大いに含《ふく》まれている気がした。

「それで……その、教会への寄付金も払《はら》えなくなっちゃったんで、部屋を引き払おうかと」

「いいえいいえ、これまで通りお使いくださいませ。お部屋は空いておりますもの」

「……ありがとうございます。お言葉に甘《あま》えさせてもらいます。恩はいつか必ず返します」

頭を下げながら、己の醜《みにく》さにずきりと胸が痛んだ。俺がこう言えば、優《やさ》しいミシェーラさんはきっとこう返してくれるであろう……そんな打算があった。

俺の立場からすれば、どうかこのままここに住まわせてくださいとこちらから頼み込《こ》むべきなのに、ちっぽけなプライドが邪魔《じゃま》をして、ミシェーラさんの優しさを手前勝手な方程式に組《く》み込んで、つまらない矜持《きょうじ》を守るための計算をした。

……こんな自分が、きらいだ。

ミシェーラさんは俺の心中とはほど遠い、慈愛《じあい》に満ちた笑《え》みを浮かべる。

「恩など、とんでもありませんわ。レオンさまがいらっしゃらないと、みなさまが困りますし――あら？」

笑顔《えがお》の彼女は会話を区切り、こてんと首を傾《かし》げた。不思議そうな視線の先は、俺――ではなく、俺の背の先だった。

「この教会にご用ですかしら？　それとも、レオンさまにご用事？」

教会を囲む鉄柵の四隅《よすみ》にある柱。そのひとつに隠《かく》れるようにしてこちらへ視線を向ける
ふたつの人影《ひとかげ》があった。

「黒乃《くろの》さんと白銀《しろがね》さん」

彼女たちは俺を置いていった1－Aのメンバーだ。ふたりはバツが悪そうに姿を現し、
こちらへ深々と一礼してから歩み寄ってくる。

「あ、あのっ……私たち、その」

「カナメのクラスメイト」

黒乃さんがおろおろと声をかけてきて、これはダメだと思ったのか、白銀さんが言葉を
継《つ》いで補足した。

「くらすめいと……？　ひょっとして、レオンさまと同じ勇者パーティの？」

俺に振られ、首肯《しゅこう》を返すと、ミシェーラさんは「まあ」と口に手を当てる。

「ようこそお越しくださいました。立ち話もなんですので、さあさ、お入りくださいませ」

彼女は黒乃さんと白銀さん、そして俺を教会内の礼拝堂へと招き入れ、それぞれを長椅《ながい》
子《す》の端に座《すわ》らせたあと、ぺこりと一礼した。

「わたくしはミシェーラと申します。この教会のシスターですわ。……と申しましても、こちらにはわたくししかおりませんが。お見知りおきくださいませ」

柔らかな笑顔を見せて、俺の前の長椅子に自らも腰《こし》を下ろす。

祭壇《さいだん》から伸びる通路を挟《はさ》んだ向こう側の長椅子の端に座るふたりの態度は、どことなく対照的だった。

黒乃さんは申しわけなさそうにぺこぺこと頭を下げている。対して白銀さんは一度頭を下げたあと、ぬぼーっとしたアイスブルーの瞳《ひとみ》をミシェーラさんに向けている。

俺はこのふたりの女子について詳《くわ》しくない。漣学園高校で一緒《いっしょ》のクラスだったことと、パーティのなかにいたことくらいは知っているが、ろくに話したこともない。

ふたりとも勇者パーティにしては華美《かび》な服装ではないことから、パーティ内では俺と同じか近いランクにいたんだろうな、という予想はついた。

すこし間があいて、黒乃さんが黒のセミショートを揺《ゆ》らしながら立ち上がった。

女子にしては高身長。眼鏡を掛《か》けているからか、若干《じゃっかん》地味めな印象だが、俺の正面で突《つ》き出た胸元《むなもと》はシャツが左右に引っ張られてぱつぱつになっていて、俺が慌《あわ》てて目を逸《そ》らすほど自己主張が強かった。

「黒乃灯美子《くろのひみこ》です。あの、武器は、一応、弓、です」

話し慣れていないのだろうか、眼鏡越しの俯《うつむ》きがちな瞳が揺れて緊張《きんちょう》を伝えてくる。彼女は革袋から白い弓を半分だけ取り出し、ちらとこちらに見せ、一礼して着席した。

交代で白銀さんがひょいと立ち上がる。

ずいぶんと低身長で小柄《こがら》。黒乃さんと比べると大人と子どものような印象を受けた。

「マリアリア・ヴェリドヴナ・白銀。まほうつかい」

白銀さんは入学に伴《ともな》い、北欧《ほくおう》から単身ニホンにやってきたそうで、高校にいるころから印象深かった。

白銀《はくぎん》のショートヘアは美しく、白銀《しろがね》という名字に恥《は》じない。宝石のようなアイスブルーの瞳と北欧人形のように整った顔立ちは、明らかにニホン人離《ばな》れしていたし、同い年ながら中学生……どころか、小学生にも見える小柄な体型も印象に残った。

そんな白銀さんは黒乃さんの弓と同じ色——白い両手持ちの杖《つえ》を掲《かか》げ、ふたたび長椅子にぽすっと腰《こし》掛《か》ける。

三人の視線が俺に注がれてはじめて、自分の番なのだと気がついた。

俺が自己紹介《しょうかい》する必要があるのか、と脳内で首を傾げながら立ち上がる。

「要零音。強そうな名前だけど、残念ながら知っての通り追放されたてほやほやの、元荷物持ちだ」

言っていて自分で情けなくなる。心中で大きなため息をつき、腰掛けてすぐ「で？」と切り出した。

「黒乃さんと白銀さん、どうしたんだ？　もしかしてふたりも先輩に追放されたのか？」

我ながら失礼な問いだと思ったが、まさか自分を引き留めにきたのでは、と思えるほど俺は自己評価が高くなかったし、俺を憐《あわ》れんでくれるような人情家があのパーティのメインメンバーに存在するとも思えなかった。

どちらが話すか躊躇《ためら》いがあったのか、ふたりは顔を見合わせ、やがて黒乃さんからおずおずと口を開いた。

「その……追放されたわけじゃない……ん、です、けど、私たち、自分から抜けてきたんです」

「自分から？　なんで？」

「あすはわがみだとおもった。わたしたちも、おちこぼれ、だから」

白銀さんがしゅんと肩《かた》を落とす。

パーティ内で高ランクのメンバーは日に日に強くなり、それに合わせて攻略するダンジョンは高難易度のものになり、当然、相対するモンスターは強力になっていった。

そのぶん、報酬金《ほうしゅうきん》も経験値も分け前の少ないメンバーがこうなるのは自明の理だ。

ようするに、これ以上の戦いにはついて行けそうにない、ということか。

「ふたりがパーティを抜けてきたのはわかった。……でも、どうしてよりによって俺についてきたんだ？　俺が……うだつがあがらないやつだってことは知ってるだろ？」

「ふたりとも、カナメのことがすきだから」

白銀さんは無表情のままとんでもないことを口にした。

ミシェーラさんは「まああ」と口に手を当て、黒乃さんは仰天《ぎょうてん》した様子で白銀さんを振り返る。

「嘘《うそ》つくんなら、もうちょっとまともな嘘つけよ」

「ばれた。ごめん」

ぺこりと一礼されたものの、白銀さんに悪びれた様子はまったくない。

ろくに話したこともない俺たちのあいだには、好きも嫌《きら》いもない。ただ同じ学校のクラスメイトで、同じパーティに在籍《ざいせき》していた、というだけの間柄《あいだがら》なのだ。恋愛《れんあい》感情など互《たが》いに持つはずがなかった。

「そ、その、先ほど吉田先輩から追……いえ、その、言われたとき、要さん、なんと言いますか……余裕《よゆう》ありげでしたので」

「もっと、すがりつくかとおもった。でもカナメはそうしなかった」

黒乃さんは俺を余裕ありげだったと言うが、俺はずっと荷物持ちで、もとよりメインメンバーからの冷遇《れいぐう》がひどかったから、いつかはこうなるだろうなと思っていただけだ。それにやはり、家族と暮らせない日常が信じられなくて、自分のことを他人事として見てしまっているのも事実だった。

なによりミシェーラさんには悪いが、俺は金のかかる宿ではなく、この教会で寝泊《ねと》まりしている。そんなあれこれが重なって、追放されたら人生終わり、みたいな危機感がなかったのはたしかだった。

「あのパーティは、さらなるモンスターとダンジョンをもとめて、たいりくにわたろうとしていた」

いま俺たちがいるオラトリオは島だ。船に乗って行けるアルガロードという大陸には、ここよりも強大なモンスターがうじゃうじゃひしめいていると聞いたことがある。

「平和のためや元の世界に帰るためにモンスターを倒す……とても立派なことだとは思うのですが、いろいろとついていけなくて」

黒乃さんの言う〝いろいろ〟には、実力不足でついていけない以外の仄暗《ほのぐら》いあれこれが凝縮《ぎょうしゅく》されているように響《ひび》いた。

一軍の男どもは自分より低ランクの女子に手を出しているとか、女子同士は陰湿《いんしつ》なイジメがあるとか、耳にしたくもない噂《うわさ》が流れたことがあった。

そういった〝いろいろ〟に耐《た》えられず、こうしてパーティを抜けてきたと、黒乃さんの様子からなんとなく察しはついた。

「……放っとけない、か」

誰にも聞こえないよう、口のなかで呟《つぶや》いた。三人の耳目《じもく》が俺に集まる。

「じゃあ最後の質問。黒乃さんと白銀さんはどうしたい？」

尋《たず》ねておいて、ふたりがどうしたいか、なんてわかっていた。白銀さんは自分たちのことを〝おちこぼれ〟だと言ったが、俺はそれに輪をかけた落ちこぼれ。エリート落ちこぼれだ。まさか俺を頼《たよ》ってきたわけではないだろう。

ならば――

「そ、その。不躾《ぶしつけ》なお願いなのですが、もしよろしければ、しばらくのあいだ、私たちもこちらにご厄介《やっかい》にならせていただけませんでしょうか」

「なんでもする。おかねはないけど」

やはり、こういうことだ。

ふたりの目当ては、パーティから追い出されても生きていける場所。そりゃそうだよな、と思いながら、このふたりは俺なんかよりもよっぽど立派だと感じてもいた。

相手の優しさを担保にして計算する……そんな俺なんかよりも、ストレートに頭を下げられるぶん、ずっと立派だ。

「ミシェーラさん、俺からもお願いします。空き部屋が足りなくなったら、俺はほかに移ってもいいんで」

俺が頭を下げると、下がったぶん逆側が上がるシーソーのように、視界の上部で黒乃さんと白銀さんが顔を上げた。ミシェーラさんが柔らかく笑う。

「どうしてレオンさまがそこまでなさるのでしょうか？」

俺は答えない。頭も上げられない。山ほど空き部屋がある現状を理解しておいてこんなことを言って良い人のフリをする、こんな醜い顔を見せたくなかった。

……それに、俺の答えはさっき、誰にも聞こえないように口にしてしまったから。

「ふふっ……。放っとけない、ですか？」

「……まあ、そんなとこです」

やはり、彼女にはバレていた。ミシェーラさんは笑みを強くして立ち上がる。

「ヒミコさま、マリアリアさま。二階のお部屋はたくさん空いておりますので、お好きにお使いくださいませ」

黒乃さんが地獄《じごく》で仏を見たようにぱあっと破顔した。

白銀さんは「おー……」と感情が高まったような声を漏らし、ぺこりと一礼した。

そのとき、開け放たれた入口から何人もの中年男性が入ってきて、みな俺をみて顔を綻《ほころ》ばせた。

「おお、レオンどのではないか！　こんな時間に珍しい」

彼らはみな上下にボロギレを纏《まと》った、この街、この区画に住む貧民《ひんみん》だ。両手にいろんな野菜を持っていて、ミシェーラさんが準備した大きなかごにそれらを放《ほう》り込んでいく。

「みなさま、いつもありがとうございますわ」

「なんのなんの！　ミシェーラさまとレオンどのにはいつも世話になっとりますからな！

ガハハハハ！」

先頭の男が笑うと、後ろの男たちも頷《うなず》いて、つられたように口を大きく開けて笑う。

彼らの笑いかたには品性こそないものの、独特の陽気と、日々の苦しさを吹《ふ》き飛ばすような豪放《ごうほう》があった。

「あの……いつもお世話になっている、というのは……？」

黒乃さんが戸惑《とまど》ったように俺へと顔を向ける。

「いや、まあちょっとな。……あの程度のことで、俺を持ち上げすぎなんだよ……」

そう、彼らは俺を持ち上げすぎる。でも――

「レオンさまは――」

ミシェーラさんが黒乃さんと白銀さんに向き直り、まるで己のなにかを誇《ほこ》るように、墨色の修道服に隠された豊かな胸を張った。

「レオンさまはいずれ、わたくしたちの英雄《えいゆう》になられるおかたですから」

誰よりも俺を持ち上げるのは、ミシェーラさんだった。

貧民のおっちゃんたちは、俺が追放されて手が空いていることを知ると「すぐ戻る」とひとこと残し、足早に教会を去っていった。黒乃さんと白銀さんはミシェーラさんに案内されて二階へ。ひとり残された俺は最前列の長椅子に腰掛け、肺からありったけの息を吐き出した。

正面ではダルマティカのような貫頭衣《かんとうい》を身に纏った女神《めがみ》――創造神オラトリオの像が慈《いつく》しみ深《ぶか》い笑みをたたえている。天井《てんじょう》のステンドグラスから降り注ぐ陽光が天使のはしごとなって、彼女をより神々《こうごう》しく見せていた。

俺がいるこの街の名前は、この女神の名前をそのままとって『オラトリオ』という。

ついでに言えば、この島の名前もオラトリオだ。ちょっとややこしい。

この島のなかで「オラトリオに帰還《きかん》しよう」といえば街に戻ることだし、大陸にいる人間が「オラトリオに渡ろう」といえばこの島のことだろう。

地方に住む人間が「トウキョウに行こう」と言えば首都に行くという意味で、シブヤに住む人間が同じことを言えばトウキョウ駅のほうへ行こうということで、きっと、そんなニュアンスと同じなのだろう。

この街は島中で一番の発展した街であるにもかかわらず、高層ビルや車などはなく、俺が知る限り、良くてレンガの家と馬車という発展途上《とじょう》ぶりだった。

発展途上なのは文明だけでなく民心も同じで、貧富《ひんぷ》の差が激しく、富める者はますます富み、貧民たちはこのあたり――街の貧困地区に押し込められている。

貧困地区にあるこの教会だって、外壁《がいへき》も内壁《ないへき》も風化して色褪《いろあ》せてしまっている。再建の予定もリフォームする余裕もない。

かつてミシェーラさんに、たくさんのお金が手に入ったらなにがしたい？　と、いま振り返れば意地悪な質問をしてしまったことがある。

ミシェーラさんは俺のひとつかふたつ上の年齢《ねんれい》だと聞いたことがある。

彼女が年相応であれば、食べものや綺麗《きれい》なドレスと答えるところだっただろう。

しかし彼女はシスター。大金でこの教会の修繕《しゅうぜん》をするとか、信徒を増やすための活動資金にするだろう、とある程度ふんでの質問だった。

ミシェーラさんは頤《おとがい》に指を立てて考えたあと、俺の予想とは異なることを口にした。

『この教会の隣にギルドを建設したいですわね。みなさまのお仕事を斡旋《あっせん》したり、お困りごとを解決したり、あとはアイテムの売買なども』

嬉々《きき》としてそう語るミシェーラさんの顔と声はどこか熱を帯びていて、敬虔《けいけん》なシスターとして、いつも冷静で穏《おだ》やかな彼女からは見ることのできない笑顔は俺をほっとさせてくれた。

『たとえボロを纏っても、みな等しく扱う、そんなギルドにしたいですわ』

しかしやはり、この異世界はこの少女を少女のままでいさせてはくれなかった。

この街の中央にはすでにギルドがある。しかし、ミシェーラさんの言葉は〝いまあるギルドはそうではない〟のだと、諦観《ていかん》と悲哀《ひあい》を伴った示唆《しさ》に違《ちが》いなかった。

『じゃあ、お金、貯《た》めないとね』

勇者パーティとはいえ、荷物持ちの分際でなにを言っているのかと自分を張り倒したい気分だったが、ミシェーラさんはこんな俺に唖然《あぜん》とした顔を向けたあと、

『はいっ』

顔を綻ばせ、少女に戻ってくれたのだった。

「朝の礼拝は六時から。礼拝に遅《おく》れないことが、こちらに住んでいただく最低条件ですわ」

上から響くミシェーラさんの声と、かつんかつんと螺旋《らせん》階段を下りてくる靴音《くつおと》で我に返

った。

「あさはにがて。ヒミコ、いつもみたいにおこして」

「それはかまいませんけど、一度で起きていただけると助かります……」

「だいじょうぶ。ヒミコはきがながい」

「マリアちゃんのほうでどうにかする気なし！」

黒乃さんが意外と大きな声で驚愕《きょうがく》の表情を浮かべた。

俺も朝が得意ではなく、初日はミシェーラさんに叩き起こされたなぁ……と二ヶ月ほど前を懐かしく思い返す。

黒乃さんと白銀さんは階段を下りきると、こちらへ近づいてきた。

「ありがとうございました。要さんのおかげで拠点《きょてん》ができました」

「これでしんでもだいじょうぶ」

黒乃さんは深々と頭を下げ、白銀さんはぐっと握り拳をつくる。

――白銀さんの『死んでも大丈夫《だいじょうぶ》』という言葉には若干の誤謬《ごびゅう》を感じるが、この世界においてはあながち間違《まちが》いとも言えない。

転移させられた俺たち――異世界勇者にとって、死は永遠ではない。

この世界にはモンスターがいて、俺たちを殺す。しかし肉体が滅《ほろ》びる前に、俺たちの身体は緑の光に包まれて、二時間後、拠点に送還《そうかん》されるのだ。

というのも、この世界のあらゆる物質には魔力《まりよく》が含まれていて、とくに異世界勇者の身体は魔力が占《し》める割合が多いらしく、たとえ死に至るような大怪我《おおけが》をしても、身体に含まれる魔力が安全地帯――拠点まで魂《たましい》と肉体を退避《たいひ》させ、二時間のあいだに修復する、といったメカニズムらしい。

で、この拠点というのは、自分が寝泊まりする寝台《しんだい》――ようするにベッドのことだ。

自分が使用できるベッドに対し、所有者の許可を得たうえで拠点の登録をしなければならない。俺もそうだし、黒乃さんと白銀さんはいまミシェーラさんに許可を得て拠点の登録をしたってわけだ。

拠点がない状態で致命傷《ちめいしょう》を負うと、魔力が魂と肉体を退避させる先が見つからず、肉体が滅び死に至る。隣のクラスだった富田って男子は、宿代をケチって野宿をし、拠点がない状態でモンスターにやられ、骸《むくろ》となった。

……とまあ、俺たちにとって、拠点とは非常に大事なものなのである。

その拠点を無償《むしょう》で提供してくれるミシェーラさんは俺たちにとって救世主に違いない。

「カナメ、いまからなにするの」

白銀さんの宝石のようなアイスブルーがこちらを向いた。

「おっちゃんたちが帰ってきたら一緒にダンジョンに行くんだけど、ふたりも来るか?」

ふたりは顔を見合わせたあと、黒乃さんが不安げな視線を送ってくる。

「あの……ダンジョン、って、その……平気、なんですか?」

「平気って?」

「いえっ……要さんがお強いのか、先ほどのみなさんがお強いのかはわかりませんけど、ダンジョンって……あのダンジョンですよね? モンスターがたくさんいる」

「ちょっと違うかな。いつもはモンスターが来たら全力で逃《に》げてる」

「ええ……? では、どうしてわざわざダンジョンに?」

俺の言うダンジョンとは、勇者パーティで攻略していたダンジョンとは違う。

「あれこれ説明するより、実際に行ってみたほうが理解しやすいと思う。おっちゃんたちが戻ってきたらすぐ行くから、ふたりとも悪いけど、いま部屋に置いてきたばかりの冒険《ぼうけん》用の荷物、取ってきてもらっていいか?」

結局説明を面倒《めんどう》くさがって、ふたりにそう伝えた。黒乃さんは不安げな視線を白銀さんに向け続けていたが、当の本人がやる気満々でとててと螺旋階段へ駆《か》け寄ったので、黒乃さんも彼女に続いて何重もの輪を追いかけていった。

礼拝堂の正面にある女神オラトリオの像と向かい合ったとき、左手には俺たちの部屋がある二階へ続く螺旋階段があり、右手には古ぼけたドアがある。

木造りのドアを開けると教室くらいの広さの部屋で、中央にはベッドほどの大きさの石で出来た台座があり、その奥《おく》には上部だけ丸みを帯びた、俺の背丈《せたけ》ほどの石板が屹立《きつりつ》している。

この石板はステータスモノリスという、人間の魔力の量と質を測定して表示してくれるものだ。

この世界にとっては珍しいものではなく、冒険者《ぼうけんしゃ》ギルドや武具屋、宿のエントランスなどでよく見かける。いい宿だと各部屋に置いてあるらしい。

ステータスモノリスに手をかざすと――

要零音
LV　1／5　☆転生数　0　EXP　0／7
HP　10／10　SP　10／10　MP　10／10
▼――ユニークスキル
【デウス・クレアートル】　LV1

アイテムダンジョンを創造することができる

――目の前に、じつにゲームチックなウィンドウが表示された。

このステータスモノリスは俺《おれ》の肉体の状態を表示しているのではなく、あくまで俺のなかに含まれる、あるいは俺が纏っている魔力量を測定しているだけらしい。

とはいえ、肉体的ダメージを受けるとＨＰ《ヒットポイント》は減るし、０になったら俺は緑の光となって、二時間後に拠点――二階のベッドで目覚める。

ＳＰ《スキルポイント》は物理的なスキルを使用することで消費する。またスタミナの表記も兼《か》ねているらしく、走るなどして疲《つか》れると減少する。ＭＰ《マジックパワー》に関しては魔法《まほう》を使用すると減るのだろう。魔法使《まほうつか》いらしい白銀さんにとっては重要なパラメータに違いない。……もっとも、ＭＰは俺からしてみても結構大事なんだけど。

「アイテムダンジョン……」

「カナメのいうダンジョンって」

ふたりが俺のステータスを覗《のぞ》き込みながら不思議そうな顔をした。

「ああ。アイテムダンジョンを創造、って書いてあるけど、アイテムの中に入ることができる、って言ったほうがわかりやすいかもな」

そのとき、遠くからミシェーラさんとおっちゃんたちの声と足音が近づいてきた。

「レオンどの、お待たせしましたぞい！」

ボロを纏ったおっちゃんたちはうきうきとした笑顔で、らんらんと期待に満ちた瞳を俺に向けてくる。

「おー。何人いる？」

「みんな仕事で出ておってな。とりあえず五人だ」

「仕事があるっていいことじゃないか。こちとら無職になりたてほやほやだぞ」

自虐《じぎゃく》をひとつ口にすると、おっちゃんたちは揃《そろ》って「ガハハハハ！」と笑い出す。

「ちぇっ……。あ、そうだ。今日からこのふたりも一緒に行くから」

「ほむ、ふたりともレオンどのと同じく異世界勇者さまか？」

黒乃さんと白銀さんに耳目が集まると、ふたりは戸惑った様子で頭を下げた。

「黒乃灯美子《くろのひみこ》です。えっと、その」

「マリアリア・ヴェリドヴナ・白銀《しろがね》。いちおうゆうしゃとよばれてる。おちこぼれだけど」

白銀さんの落ちこぼれという言葉に、おっちゃんたちは顔を見合わせる。

そしてやはり俺に対するときと同じように「ガハハハハ！」と豪快《ごうかい》に笑い飛ばす。そこからは嘲《あざけ》るようなニュアンスは感じられない。ふたりの沈《しず》んだ気分を笑い飛ばすような、そんな陽気さがあった。

「なあに心配すんな！　生きてりゃいいことあるからよ！　な、レオンどの！」

なぜか俺の肩をばしばしと叩《たた》く。痛ぇ。ＨＰが1くらい減ったんじゃないのこれ。

おっちゃんたちに「どうだかな」と我ながらそっけなく返し、彼《かれ》らに続いて部屋にやってきたミシェーラさんに視線を移す。

彼女は芋《いも》がたくさん入ったかごを両手で持っていた。

「あの……要さん、いまからなにをするのでしょうか」

「もうちょっと待ってくれ。すぐにわかるから」

視線を芋に向けたまま、不安げな黒乃さんを手で制する。

勝手知ったるミシェーラさんはあらかじめ芋のかごに空いたかごを重ねて持ってきてくれていて、俺は芋が入ったかごからそれらを選別し、使えそうにない芋を空いたかごに放り込んでいく。

だめ。……だめ。これもだめ。選別を重ね、一〇個目で条件に合う芋を見つけ、それを部屋の中央にある台座の上に載《の》せ、ミシェーラさんを振《ふ》り返る。

「ミシェーラさんはどうします？」

「お客さまがおいでになるかもしれませんので、遠慮《えんりょ》しておきますわ」

「わかりました。……んじゃ、行くか」

「おうっ！」と威勢《いせい》よく返すおっちゃんたちと、なにがなんだかわかっていない様子の黒乃さんと白銀さんに手をかざして〝同行者〟として登録した。

台座の上に鎮座《ちんざ》する芋に手を伸《の》ばし、目を瞑《つぶ》って精神を集中する。

脳内で、芋に含まれる――あるいは芋が纏う魔力が分解され、再構築されてゆく。

芋から魔力がまろびでて、その奔流《ほんりゅう》を全身で浴びる。

魔力は俺だけでなく、黒乃さんと白銀さん、おっちゃんたちを――この部屋を、この教会さえも包み込む。俺は目を瞑っているから見えないけど、そんなイメージを膨《ふく》らませてゆく。

「な、なにが起きているのですか？」

黒乃さんの慌てた声が俺のイメージを乱す。ここで目を開けてしまえば、俺のスキルは失敗する。目を閉じたまま芋に手をかざし、イメージを大胆《だいたん》かつ繊細《せんさい》に拡《ひろ》げてゆく。

瞼《まぶた》を開くと、そこは教会の小部屋ではなく――

緑の香り、降り注ぐ陽光。

「よし、成功だな」

俺たちは草地に立っていた。

周囲は木々にぐるりと囲まれていて、一ヶ所だけまるで通路のように拓《ひら》けている。

「どういう、こと」

「こ、ここはどこなのでしょうか……！　私たちはたしかに教会にいたはずなのに……！」

左手で人差し指を立てて黒乃さんと白銀さんに「静かに」と送りながら、ざわめく木々に傾注《けいちゅう》する。

木が風に揺れ、さわさわと音を立てた。葉の動きを注意深く観察する。

「……よし、こっちが風下だ」

ふたりに立てた人差し指を仕舞《しま》い、代わりに親指を立ててサムズアップしてみせる。

風が、声を殺して高揚《こうよう》するおっちゃんたちの熱気を運んできた。

木々に囲まれた、バスケットコートくらいの広さを持つ森の部屋。

中央の六坪《つぼ》ほどはむき出しで、素人目《しろうとめ》にもわかるほど雑に耕され、畑になっている。

よく見ると、畑の三ヶ所で白い光がぽつぽつと灯《とも》っていて、おっちゃんたちはそれらに視線をやってから、俺たちを振り返った。

手で「お先にどうぞ」とジェスチャーすると、おっちゃんたちは頷きあい、ぼろぼろの革袋《かわぶくろ》から黒ずんだ手袋《てぶくろ》を取り出し、その光に向かって駆けだした。

その様子を呆然《ぼうぜん》と見つめる黒乃さんと白銀さんに近づいて声を潜《ひそ》める。

「ここがアイテムダンジョン。さっき台座に載せたアイテム――ペレ芋のダンジョンだ」

ふたりは理解できないとでも言うように視線をきょろきょろと彷徨《さまよ》わせた。

第2話　アイテムダンジョンとモンスターと生死の際《きわ》

item dungeons!

木々の揺らめきも、大地を照らす陽光も、頬《ほお》を撫《な》でる風も、つくりものとは思えない。

ついさっきまで台座の部屋にいたんだ。突然《とつぜん》、眼前の光景が変わる――こんな摩訶不思議《まかふしぎ》現象、信じろってほうが無茶《むちゃ》だよな。

おっちゃんたちは畑に三つ点在する白い煌《きら》めきの手前に膝《ひざ》をついて、手袋を装着し、一《いっ》生懸命《しょうけんめい》に腕《うで》を動かしている。

「あれはなにをしているの」

「採取だよ。……知らないのか？」

まあ勇者パーティは採取なんてしないから当然と言えば当然か。

異世界は剣《けん》と魔法の世界。現実世界ではありえなかったことが次々と起こる。

様々なモンスターが現れる。ステータスモノリスで自分の魔力量がわかる。そもそも魔力がある。杖から魔《ま》法陣《ほうじん》が現れて、火や氷のつぶてが飛び出す。

――そしてこの採取も、異世界の摩訶不思議、そのひとつだった。

リーダー格のおっちゃん――アントンは膝をつき屈《かが》み込んで白い光に手を触《ふ》れる。

アントンの左手のなかで光は消え、右手のそばに新しい光が現れて、おっちゃんはまたそれに手を伸ばす。

それを五分間繰《く》り返すと、アントンの前に半透明《はんとうめい》のウィンドウが現れた。

《採取結果》
１０４回（補正なし）　↓　１０４ポイント
判定↓Ｅ　ペレ芋を獲得《かくとく》

「よっしゃ……！　はぁ、はぁ……！」

小さな声でガッツポーズをするアントンの目の前に、どうみてもジャガイモ――この世界ではペレ芋と呼ばれる――がひとつ、ぽんっ、と現れた。

アントンがペレ芋を革袋に入れて、すこしずれた場所でどかっと尻《しり》をつき休憩《きゅうけい》の体勢に入ると、アントンが採取をしていた場所に別のおっちゃんが膝をつき、あらたに採取を始めた。

「えっ、あのペレ芋は……？」

「採取アイテムだよ。ペレ芋ダンジョンでは名前の通り、ペレ芋が採れるんだ」

嬉々として採取に励《はげ》むおっちゃんたちの目の前に、ペレ芋がぽんぽんと現れる。

「ひとつのペレ芋からいくつものペレ芋。ふしぎ」

白銀さんが首をこてんと傾げて呟いた。

芋は畑に植えれば増えるが、彼女《かのじょ》が言うのはそういったことではないだろう。

まあ、俺も不思議だと思う。でも、この世界じゃ不思議なことなんてありふれている。

魔法。個人の魔力量を測定するモノリス。現れては消えてゆく半透明のウィンドウ。白い光をタッチしつづけると現れる食べもの。俺のアイテムダンジョンも、そのひとつにすぎない。

「まあそういうことだ。寝床《ねどこ》はミシェーラさんの世話になってるし、食料は無限に採れるから、パーティから追放されても飢《う》え死《じ》にする心配はない。……答えになったか？」

追放されたとき、俺に悲観した様子がなかったのはどうして、というふたりの問いへの答え。

ふたりはまだ戸惑った様子だったが、やがてこくりと頷いた。

「あの、要さん。先ほどからずっと気にしていらっしゃいますが、あちらにはなにがあるのでしょうか」

彼女は俺がずっとちらちらと視線を投げているのが気になっているようだった。

黒乃さんが指さしたのは、ぐるりと囲む木々のなかで、一ヶ所だけ拓けた、通路のようになっている場所だ。

「あの通路は大抵《たいてい》五〇メートルくらいあって、その先はここと同じように木に囲まれた部屋になってる。畑があることも多い」

大抵、とか多い、とか曖昧《あいまい》な表現になってしまうのは、同じペレ芋でも含《ふく》まれる魔力量に個体差があり、それによってダンジョンの構造にも若干の誤差があるからだった。

ダンジョン突入《とつにゅう》前、俺がペレ芋を選別していたのはこのためだ。採取ポイントが多そうなペレ芋を選んだ。

「で、向こうにはモンスターがいて、畑の野菜を食ってる。モンスターはいまのところ一〇〇％の確率でコボルトだ」

コボルトとは、犬の頭を持つ二足歩行のモンスターだ。

人間よりも鼻が利くため、俺たちの匂《にお》いを嗅《か》ぎつけてこちらの部屋までやってくるわけだが、ラッキーなことに今回のダンジョンは風下。匂いが向こうの部屋まで届いていないのだろう、コボルトがやってくる気配はない。

「モンスターがやってきたら、俺が声をかけてみんなで一斉《いっせい》に逃げる」

俺が指さしたのは、ダンジョンに降り立ったときの初期位置。指の先には深緑の魔法陣《じん》が描《えが》かれていて、淡《あわ》い光を放っている。

「あれが教会とダンジョンをつなぐ転移陣だ。あの上で『教会に帰る』と念じればいい」

それだけで帰ることができるってどういうことだよ、って感じだが、そういうものなんだから仕方がない。

「実際にしたことはないですけど、採取ポイントは街の外にいくつもありますよね。どうしてわざわざアイテムダンジョンのなかで……？」

黒乃さんは「モンスターがいないならわかりますけど、いるんですよね……？」と不安げにつけ加えた。

「このダンジョンなら、万が一おっちゃんたちがモンスターにやられてしまっても、アイテムダンジョンの外に放りだされるだけで、復活できるんだよ」

現実世界からこの異世界にやってきた俺たちはモンスターにやられても二時間後にベッドの上で復活するが、現地民であるおっちゃんたちがモンスターにやられてしまうと骸となる。すなわち、死ぬのだ。

しかし理由はわからないが、このアイテムダンジョン内のことならば、俺たちがダンジョンから脱出《だっしゅつ》したタイミングでしれっと一緒《いっしょ》にいる。あのとき流した涙《なみだ》を返してほしい。

なお、かつてコボルトの槍《やり》で口から喉《のど》を貫《つらぬ》かれた痛みと恐怖《きょうふ》は身体が覚えていて、身を焦《こ》がす灼熱《しゃくねつ》と、それに反するように冷えゆく身体の感覚は筆舌《ひつぜつ》に尽《つ》くしがたい。

俺にも経験があるが、怖《こわ》いのはもちろんおっちゃんたちも同じで、モンスターにやられたトラウマで引きこもってしまったおっちゃんもいる。

——とはいえ、街の外で採取をするよりも遥《はる》かに安全であることには変わりがない。

いまは俺が見張りをしているが、おっちゃんたちと交代で採取をし食料を得て、モンスターが来たら全員で逃げる。また違うアイテムの世界に入って、同じことを繰り返す——

そうして俺は毎日を食いつないでいる。

「要さんのためというよりも、みなさんのために……？　お優《やさ》しいんですね」

「そういうのじゃない。……俺のは偽善だよ」

「えっ……」

はっと我に返る。己《おのれ》の口から飛び出した自虐的《じぎゃくてき》な声は、驚《おどろ》くほど暗かった。

「はぁはぁ……交代じゃ！　レオンどののもやるかの？」

採取が終わったおっちゃんの声は、俺と黒乃さんのあいだに生まれた変な空気を入れ換《か》えるのにじゅうぶんだった。……正直、ありがたかった。

「んじゃ俺も採取するかな……ん？」

採取用の手袋を装着しながら年老いたおっちゃんのあご髭《ひげ》を見ると――

「やばい、風向きが変わった」

ふっさりと蓄《たくわ》えられた髭が、こちらから通路のほうに向かって揺《ゆ》れていた。

いままでこちらが風下だったが、おっちゃんの髭の動きで風上に変わったことを悟《さと》った俺は、声を潜めて、けれども力強く指示を出す。

「風向きが変わった。モンスターに気づかれるのは時間の問題だ。逃げる準備を」

休憩中の者は「おう」と頷いて立ち上がる。二ヶ月もすればみな慣れたものだ。

もしも俺がこちらへと向かってくるモンスターの姿を確認《かくにん》した場合、手の空いた者が一生懸命採取している者を無理やりにでも中断させ、逃げなければならない。その準備だ。

「モンスターはたおさないの」

白銀さんの密《ひそ》やかな声。俺は通路の奥を睨《にら》みつけたまま声だけで返す。

「倒《たお》せるもんなら倒してる」

俺が知っているRPGなんかとは違い、この世界のモンスターは異常と言えるくらい強い。オラトリオ周辺にも出現する雑魚《ざこ》モンスターの代表格、コボルトとアイテムダンジョンのなかで一度戦ったことがある。

……いや、戦った、とも言えないか。

俺とおっちゃんたち一〇人以上で、それぞれ伐採《ばっさい》用の斧《おの》やツルハシなどを手に、コボルトに立ち向かったことがあった――

◆　◆　◆

ツルハシをかわされる。斧を槍でいなされる。
俺たちはたった一匹《ぴき》のコボルトの剽悍《ひょうかん》な動きに散々翻弄《ほんろう》された。
ひとり、またひとりと右手の槍に突《つ》き殺され、最後に残ったのは――俺。
死んでも死なない世界。しかし俺は、身体を貫く灼熱の痛みに怯《おび》えて両手で――
『や、やめてくれっ……！』
両手で掴《つか》んだのは、武器でも闘志《とうし》でもなけなしの矜持《きょうじ》でもなく、青く茂《しげ》る草。
『許してくれ……！』
両手と両膝《りょうひざ》をつき、頭を下げる。
コボルトが怒《おこ》ったような、それでいて残念……とでも言うような低い声をあげた。
縋《すが》るように頭を上げ、命乞《いのちご》いのために開いた口内に、なにかが飛び込《こ》んできた。
それは、コボルトの槍。

俺が最後に見た光景は、槍を繰り出す犬頭の、がっかりしたようなつまらないものを見るような……そんな面差《おもざ》しだった。

死にゆく俺に対するあの冷ややかな視線は「殺すほどの相手でもないけれど、それだけ気弱で臆病《おくびょう》で暗愚《あんぐ》ならば、この先、さぞ生きづらかろう。だから、楽にしてやった」という哀《あわ》れみも含まれているように感じた。

おっちゃんたちは、アイテムダンジョンのなかでなら死んでも復活できるということを知らなかったというのに、格上の相手に勇敢《ゆうかん》に立ち向かった。

それなのに俺は、死んでも復活できると知っている世界で……死に伴《ともな》う痛みを恐《おそ》れ、両手と両膝をついたのだ。

◆　◆　◆

ああ、俺のなんと臆病なことか。ああ、俺のなんと矮小《わいしょう》なことか。

「ここは退く。皆殺《みなごろ》しにされるぞ」

……ああ、俺たちに気づき、槍を掲《かか》げてこちらへ駆けてくる、あの犬顔のなんと恐ろしいことか。

死なない世界だからといって、死は怖いのだ。

俺はこの世界で実際に死んだことがあり、復活も経験している。だからといって、今回もまた復活するという保証がどこにあるというのか。二時間後に拠点で復活する勇者を何人も見てきたが、そいつは本当にそいつなのか。復活という摩訶不思議な仕組みなら、本当のそいつは死んでいて、よく似た偽物《にせもの》がそいつに成り代わっているんじゃないのか。

俺は実際に死んで、復活したあとも俺のままであることを知っている。しかし……あの痛みと恐怖は、間違いなく俺をひどく臆病にした。それは俺のままの俺だと言えるのだろうか。

死は、怖い。しかし同じくらい、死に至る痛みも怖いのだ。……それなのに、ふたりは。

「てきはコボルトだけ。ヒミコ」

「はい」

退く、と言っているのに、白銀さんは手にした杖《つえ》を胸の前で水平に構え、黒乃さんは背にした弓を手に取り、腰《こし》にさす箙《えびら》から矢を取り出す。

「お、おい」

俺が止めようとしても、ふたりは五〇メートルほど先にいるコボルトから視線を外さない。

「わたしたちの、ういじん」

「私たちは、勇者ですから」

白銀さんの顔には躊躇《ためら》いがなかった。黒乃さんの顔には臆病がなかった。

俺が捨てたくて仕方がないものを、ふたりはすでに持っていなかった。

「炎《ほのお》の精霊《せいれい》よ、我《わ》が声に応えよ」

白銀さんの口からは勇者パーティの魔法使いが唱えていたような詠唱《えいしょう》が紡《つむ》がれる。

「我が力に於《お》いて顕現《けんげん》せよ」

それは先ほどまでの拙《つたな》くのんびりとした語り口とは違う、不思議な迫力《はくりょく》と神聖性を持っていた。

ぎちちと音がした。音の主は、黒乃さんが引き絞《しぼ》る弓の弦《つる》だった。

正面を見据《みす》える眼鏡越《ご》しの瞳《ひとみ》には、先ほどまでの気弱そうな、おどおどしたものはない。

——なんなら、迫《せま》りくる恐怖さえ見ていないようにも感じた。

なにも知らない俺がこんなことを言うのも変だが、まるでコボルトではなく己自身と向き合っているような、不思議で美しい構えだった。

「其《それ》は敵を穿《うが》つ炎の一矢《いっし》也《なり》」

白銀さんが両手に持つ、水平に構えた杖の正面に魔法陣が現れて、それは大きさを増し

てゆく。

「ふっ……！」

先に仕掛《しか》けたのは黒乃さんだった。

放たれた矢は羽を鋭《するど》く回転させながら、二五メートルほど先まで迫ったコボルトへと向かってゆく。黒乃さんから「あうっ」と声がした。

コボルトは額に迫る矢を槍で弾《はじ》いたが、流れ矢はコボルトの左肩《ひだりかた》に突き立った。

犬顔を歪《ゆが》ませながら、コボルトはなおも駆けてくる。俺はこのときになってようやく、革袋から伐採用の斧を取り出した。

怖い。怖くてどうしようもない。でも――

『私たちは、勇者ですから』

ついさっき耳にした黒乃さんの言葉が、コボルトに背を向けることを許さない。俺を退かせない。

斧を握《にぎ》り、力を込める。俺に必要なのは、勇気……！

……しかし、いまの俺に、そんなものは必要なかった。

「火矢《ファイアボルト》」

白銀さんの魔法陣から赤い矢――槍のように長い矢が射出され、緑の草を、周辺の木々を橙《だいだい》に照らしながらコボルトの胸を撃ち抜《ぬ》いた。

コボルトが吹《ふ》き飛ぶと同時、魔法を射出した反動で白銀さんの小さな身体も後方へ飛んでゆく。地面に三回もバウンドしながらはるか後ろまでふっ飛んで、仰向《あおむ》けに倒れた。

「白銀さん！」

「マリアちゃん!?　……う……くっ……」

いったいなにがどうなったのか。

北側の通路ではコボルトが仰向けに倒れ、毛むくじゃらの右腕《みぎうで》が虚空《こくう》を泳いでいる。

この場では黒乃さんが自身の胸を押《お》さえ、うずくまっている。

そして南側では白銀さんが転移陣の近くで倒れていて、おっちゃんたちが慌《あわ》てて駆け寄って抱《だ》きかかえるが、彼女の身体からは緑色の光が放たれている……。

緑の光とは、モンスターが死んだときと、復活できる拠点を持つ異世界勇者が死んだときに立ち昇《のぼ》る、誰《だれ》かの命が尽きたことを証明する、死の煙《けむり》だ。

この光が消えたとき、モンスターならば鍵《かぎ》のかかった木箱を残して消滅《しょうめつ》する。異世界勇者ならば箱を残さず、その姿は消滅し、二時間後に拠点のベッドで復活する。

つまり、白銀さんは、魔法を射出した反動で勢いよく後ろに吹き飛び、打ちどころが悪かったのか、致命傷を……。

いま、俺にできることはなんだ。おっちゃんたちのように、消えゆく白銀さんに駆け寄ることか？　うずくまる黒乃さんに声をかけ、手を引いて立ち上がらせるか？

……違う。

わずかのあいだに手汗《てあせ》でじっとりと濡《ぬ》れた手斧《ておの》を握り直す。

いま俺がすべきは、倒れたコボルトに、トドメをさすことだ。

コボルトに近づいて、斧を上段に構える。仰向けに倒れたコボルトは腕を彷徨わせてもがいていたが、俺と目が合うと、諦《あきら》めたように熱い息を吐《は》いた。

「う……」

コボルトの肩《かた》には黒乃さんの矢が突き立っている。

それだけでなく、胸には革鎧《かわよろい》ごと穴が空いていた。白銀さんの火矢《ファイアボルト》に貫かれた胸は貫《かん》通《つう》と同時に焼灼《しょうしゃく》されて血が止まっている。

満身創痍《まんしんそうい》。その姿に、思わずたじろぐ。

俺は人はもちろん、モンスターも殺したことがない。……弱かったから。

勇者パーティのみんなは躊躇《ためら》いなく殺していた。その理由は、やらなきゃやられるからとか、勇者としての使命を全《まっと》うするとか、それぞれに持ち合わせているだろう。

それでも、生きものの……それも、犬の顔と体毛を持っているとはいえ、人の形をしているものの生命を絶つことに、躊躇《ためら》いがうまれた。

そんな俺の姿を見たのか、コボルトは低い声で呻《うめ》きながら、自らの首を指さして「ここだ」と教えてくれた。

コボルトの瞳が言っている。「やれ」と。

きっと、俺の弱さとは、勇者パーティについていけるようなユニークスキルを持っていないこと……では、なかった。

この覚悟《かくご》のなさこそが、俺の弱さだったのだ。

「ガッ！　ギャウ！　ゴホッ……ゴボッ、……ガウッ！」

コボルトが「早くしろ」と血を吐き散らす。

それは「早く介錯《かいしゃく》してくれ」という意味ではなく「お前は自ら戦場に立ったのではないのか」と、俺の軟弱《なんじゃく》を責めているように響《ひび》いた。

「うわぁぁぁぁああああッッ！」

コボルトの声が俺の背を押してくれたのか……あるいは、怖くなったのか。

俺は勢いに任せて斧を振り下ろした。最後に見たコボルトの顔は、

「それでいい」

とでも言うように、静かに笑《え》んでいた。

《戦闘終了《せんとうしゅうりょう》――1EXPを獲得》

視界の左下にそんなメッセージウィンドウ現れ、コボルトの胴体《どうたい》から緑の光が溢《あふ》れる。

光のなかからふたつの白い玉のようなものが現れて、それはひとつずつ俺と黒乃さんの胸に飛び込んできた。

これは、モンスターを倒したときに出現する『経験値』だ。

勇者パーティでは何度も見てきたが、俺はリーダー権限で経験値配分から除外されていたため、獲得するのは初めてだった。

緑の光が空に消えたとき、仰向けだった毛むくじゃらな身体の代わりに木箱が残された。

この中身がいわゆるモンスター撃破時《げきはじ》の報酬《ほうしゅう》――ドロップ品なわけだが、はじめてモンスターの命を奪《うば》ったことに対する手足の震《ふる》えで、いまは箱を気遣《きづか》う余裕《よゆう》なんてなかった。

木箱なんかよりも……

「黒乃さん、大丈夫か」

「う……は、はい、私よりマリアちゃんを……っ」

ふらつく足で黒乃さんに駆け寄る。すこし迷って手を差し伸べるが、黒乃さんの手は俺を掴まず、南方を指さした。

――黒乃さん。白銀さんは――その言葉を呑《の》み込んで、南の部屋へと足を向ける。

黒乃さんは白銀さんがいた方を向いていた。白銀さんがどうなってしまったのか知っていてなお、俺にそう告げたのだと気づいた。

「レオンどの……」

アントンが首を横に振る。

彼の腕に抱かれていたはずの彼女は、もういなかった。

俺も首を横に振って黒乃さんに応える。白銀さんが緑の光に連れ去られたことを理解していただろうに、彼女はがくりと肩を落とした。

おっちゃんたちは微妙《びみよう》な表情を浮《う》かべている。アイテムダンジョンではじめてモンスターを撃破した喜びと、しかし白銀さんという犠牲者《ぎせいしや》が出てしまい、手放しで喜べないという相反する感情に苛《さいな》まれている様子だった。

「申しわけ、ありませんでした」

黒乃さんが片手で胸を押さえながらよろよろと近づいてきた。

「私たち、要さんの指示を無視して……」

たしかに俺は退却《たいきやく》の指示を出し、ふたりはそれに従わず、モンスターへの応戦を開始した。とはいえ、このアイテムダンジョンには、口頭での説明を面倒くさがった俺が、なかば無理やり連れてきたようなものだ。急に従えってのが無理な話だし、俺は勇者パーティの〝リーダーの指示は絶対〟って軍律じみたルールも苦手だったし、そもそも俺は自分のことをリーダーだなんて思っちゃいなかった。

「いや、白銀さんには悪いけど結果オーライだろ」

自分で言いながら、胸が締《し》めつけられる思いだった。

異世界勇者は拠点《きょてん》があれば死んでも二時間後に復活する。しかし、死に至る痛みは筆舌に尽くしがたい。

俺は、コボルトの槍が口内に入り、後ろ首を突き破《やぶ》ったときの灼熱と恐怖をいまだに覚えている。肉体は復活しても、煮《に》えたぎるような熱さと、それなのに身体が凍《こご》えてゆく怖さを忘れられない。

白銀さんは小さな身体を地面に何度も打ちつけ、きっと身体の骨を折り、死んでいった。その痛みと恐怖を思えば、こんなことを軽々しく言えるわけがない。

……それでも。

「白銀さんを心配していますぐ戻《もど》っても、結局二時間は復活しないんだ。木箱を開けて、残った採取ポイントで芋を採ってから帰ろう。モンスターに怯えず採取できるなんて、なかなかできることじゃない」

「わ、わかった……！」

「皆《みな》の衆！　勇者さまがもたらしてくれた平穏《へいおん》じゃ！　ありがたく採取するぞい！」

こう言わなければ、おっちゃんたちに笑顔《えがお》は戻らない。

「黒乃さんは戻ってミシェーラさんに手当てしてもらうといい。転移陣に乗ってくれ」

「い、いえっ、大丈夫《だいじょうぶ》、です」

黒乃さんは胸から手を離《はな》す。

どんな傷を負ったのか心配だったが、負傷箇所《かしょ》が負傷箇所だけにじっくりと確認することもできず、俺は視線をそらすことしかできない。

「じゃあ俺たちは木箱を開けるか。念のため、向こうの部屋にコボルトが残ってないか確認もしておかないと」

「はいっ」

北の部屋に向かう俺に、黒乃さんはついてきてくれた。

「どうして戦おうと思ったんだ？」

首だけで振り返って問うと、黒乃さんは気まずそうに目を伏《ふ》せる。

「怒ってるわけじゃないんだ。失礼な言いかただけど、戦う覚悟はあるのに、戦いに慣れてない感じだったから……まあ、ろくに戦ったことのない俺が言うのもあれなんだけど」

とくに白銀さんは――

『わたしたちの、ういじん』

——そう言って杖を握り、死んだ。戦うのがはじめてなら、未知の相手に対する恐怖があるはずだ。……俺《おれ》がそうだったように。

瀕死《ひんし》のモンスターにトドメをさすことにすら勇気が必要だった、俺がそうだったように。

黒乃さんは言葉を選んでいるのか、視線を彷徨わせる。

彼女が答えやすくなるように、こちらから口を開く。

「勇者、だからか？」

「……いえ、それもありますが……あれは自分の勇気を奮い立たせるための言葉でした」

どうやら違《ちが》うらしい。

黒乃さんは胸元《むなもと》でぎゅっと拳《こぶし》を握り、俺に視線をぶつける。

「私も、きっとマリアちゃんも……居場所が、ほしかったんです」

〝どうして戦おうと思ったのか〟という質問に対する答えとしてはずいぶん遠回りで漠然《ばくぜん》としたものだと思ったが、

「そっか……腑《ふ》に落ちた」

俺が黒乃さんたちの戦おうとした理由を理解するには、それだけでじゅうぶんだった。

ふたりは今日、ミシェーラさんから教会という〝居場所〟を与《あた》えられたが、居場所というのは、それだけではだめなんだ。

『やっぱカメレオンはダメだなぁ！　だっはっはっは！』

『あはははは！』

……俺も、そうだったから。

カメレオン。周囲に擬態《ぎたい》し、その姿を隠《かく》すことができる爬虫類《はちゅうるい》だ。

いてもいなくても同じ。いるかいないかわからないほどの役立たず。

要零音《カナメレオン》という俺の名前をもじってつけられた、俺のあだ名だった。

生きるということは、死なないことではない。きっと、自分の役割を見つけることだ。

さっき黒乃さんは、俺がアイテムダンジョンに来る理由を〝みなさんのため〟と言い、俺は偽善だと返した。

たしかにアイテムダンジョンならおっちゃんたちは死なず、少ないリスクで採取ができ、喜んでくれる。ミシェーラさんだって喜んでくれる。

俺はそれで、俺はここにいてもいいよ、って……自分が生きていてもいいよ、って気になっている。

おっちゃんたちのためじゃない。ミシェーラさんのためじゃない。

結局、俺がここにいていいという理由づけ。結局、誰のためでもない、俺のため。それが、俺がアイテムダンジョンを使う理由。

……ほら。偽善だろ？

警戒《けいかい》しながら北の部屋に入る。幸い、もうモンスターはおらず、畑のど真ん中に食い散らかしたペレ芋《いも》がそのままに打ち捨てられていた。

奥《おく》へと続く通路はなく、やはりこのダンジョンは入口——転移陣がある南の部屋と、こ こ——北の部屋のみだった。

「おーい。モンスターはもういない。こっちに採取ポイントが二ヶ所残ってるぞー」

南に向かって慣れない大声をあげると、おっちゃんたちの「おう！」というじつに男臭《おとこくさ》い声がいくつも返ってきた。

採取もしなきゃいけないが、その前に、コボルトが遺《のこ》した木箱に目をやる。

「開錠《かいじょう》だな。俺、初めてなんだけどできるかな」

《開錠》　コボルト　罠《わな》：不明

開錠可能者：要零音↓41％　黒乃灯美子↓1％

木箱の正面にウィンドウが表示され、ふたり同時に肩を落とした。

「すみません、私、開錠が苦手みたいで……」

「謝《あやま》らなくていい。……はじめて開錠前の箱に触れたけど、こっちも適性なしか……」

ずっと荷物持ちだった俺は指示を受けて箱に触れることはあったけど、あくまで開錠要員による凄腕開錠《すごうでかいじょう》が終わってから。

戦闘《せんとう》ではポンコツでもじつはこっちは得意なんじゃないか、なんてうっすらと期待していたが、そんなみみっちい希望も打ち砕《くだ》かれた。

「どうするかな……41％じゃ怖いよな。諦めるか……」

勇者パーティは開錠成功率が１００％じゃない場合、魔法《まほう》で開錠成功率を上昇《じょうしょう》させる。

それでも１００％に届かない場合、魔法でどんな罠がかかっているか調べ、致命傷《ちめいしょう》を負う可能性があるような危険な罠ならば諦め、比較的《ひかくてき》安全な罠であれば80％以上なら開ける、それ未満なら諦める、みたいなルールが決められていた。

致命傷を負う罠というのは、落雷《らくらい》や爆発《ばくはつ》だ。開錠に失敗して一瞬《いっしゅん》で灰になった先輩《せんぱい》や、爆発して身体の前半分が吹き飛んだクラスメイトを何人も見てきた。

それ以来、彼《かれ》らは開錠成功率が99％でも罠の内容が判明しなければ絶対に開錠しようとしない。吉田先輩《よしだせんぱい》が「レアアイテムが入っている可能性があるから」と粘《ねば》っても、金輪際開けない。

そりゃそうだ。復活できるとはいえ、死に至る痛みや恐怖は簡単に忘れられるものじゃない。

俺はこの木箱にかかっている罠を調べる魔法や開錠率を上昇させる魔法を知らない。黒乃さんの様子を見るに、彼女も同じだろう。

「私がこんなことを言うのも憚《はばか》られるのですが……。念のため、みなさんにも開錠成功率を確認してもらってはどうでしょうか？」

「とはいえ、開錠可能者には黒乃さんと俺しか表示されてないし……あ」

基本的に木箱というのは、モンスターと戦ったパーティしか開けることができない。

今回の場合は白銀さん、黒乃さん、俺になるんだが、白銀さんがいないから俺たちふたりだけ。ウィンドウにも俺たちの名前しか表示されていない。

しかしどういうわけか、木箱は時間が経《た》てば誰でも開錠に挑戦できるようになる。勇者パーティでダンジョンアタックをしているとき、奥のほうに開錠されていない木箱が転がっていることもままあった。そういった木箱は決まって開錠難易度が高く罠が危険で、俺がいたパーティも木箱の確認こそするものの、開錠を諦めることが多かった。

「どれくらいの時間が必要なんだろうな。……とりあえず俺たちも採取しながら待つか」

北側の部屋に戻り、白い光——採取ポイントの手前で膝を曲げる。

採取用手袋《てぶくろ》を装着し、白い光にタッチしようとしたところで、近くにあるもうひとつの採取ポイントの前に膝をつく黒乃さんの姿が視界の端《はし》に映った。

黒乃さんは俺が真正面になるように自身の身体を調整し、じいっと俺の手元を見つめてくる。どうやら俺のやりかたを見て仕組みを理解しようとしているようだった。

「……黒乃さん」

「は、はいっ」

「手袋、ないのか？」

黒乃さんは素手《すで》のまま白い光と向き合っている。そのこと自体が、黒乃さんは採取をしたことがないと雄弁《ゆうべん》に語っている。

「だ、大丈夫です。あとで洗いますから」

黒乃さんは、俺が手の汚《よご》れや荒《あ》れを気にしてそう言ったように感じたようだが、俺が言いたいのはそういうことではなかった。

「採取用手袋がないと、採取はできないぞ」

「えっ」

黒乃さんは半信半疑な様子で白い光に手を伸《の》ばす。

「あう……」

そしてすぐ残念そうに視線を落とした。

黒乃さんの視界――その左下には、このようなメッセージウィンドウが表示されていることだろう。

《採取には採取用手袋が必要です》

……と。

いや俺だって最初は疑問に感じた。白い光をタッチするのに、どうして手袋が必要なんだとか、そもそも芋ならそのまま掘《ほ》ればいいじゃん、とか。

不思議なことに、ペレ芋が採取できる白い光――採取ポイントの下にある土を掘っても、そこにペレ芋はない。あくまで〝採取〟というモグラ叩《たた》きのようなミニゲームじみた作業をしないと、すくなくともこのアイテムダンジョンにおいてペレ芋を採取することはできない。それは、採取できるものが〝魔力物質《まりょく》〟であるかそうでないか、ということらしいんだが……いまは割愛《かつあい》する。

ともかく、採取用手袋を持たない黒乃さんは、採取をすることができない。

「う……すみません……」

彼女は眼鏡越しの黒い瞳を寒々しく揺らした。

『居場所が、ほしかったんです』

そう目を伏せた黒乃さんは、いま不安で仕方ないだろう。

さっきは黒乃さんの言葉をさえぎったが、居場所を得るというのは結局、自分の仕事を見つけることなのだ。そして、自分にはこういう役割があるから、メリットがあるからと居てもいい理由を知ってもらわなければならない。

黒乃さんは初めてなんだから仕方がないことだと思う。

しかし俺がそう言ったとしても、彼女はさらに気落ちするだけだろう。

……放っとけない、か。

「ほら、これ」

「えっ」

目を丸くする黒乃さんの視線の先には、俺が革袋《かわぶくろ》から取り出した――

「採取用手袋。これ、使ってくれ。新品だから、安心していい」

真っ白な手袋が、受け取る相手を待ちわびてゆっくりと揺れていた。

「いえ、そんな……頂ける理由がありません。それに私、その、持ち合わせがあまり……」

遠慮《えんりょ》するだろうな、とは思っていた。

だから俺は手袋を突き出したまま、準備した言葉を重ねる。

「いいよ、持っていって。住む場所はミシェーラさんに用意してもらっても、食べものはなかなかそうもいかないから。……このままじゃ、黒乃さんも白銀さんも餓え死《うじ》にしちゃうぞ」

これは俺の本心でありながら、そのすべてではなかった。

現実では親が温かい食事を用意してくれていたが、こちらでは食料の調達を自分でする――そんなの、当然のことだ。

もっとも俺は寝床《ねどこ》を世話になっているから、いつもミシェーラさんの食料も採取して帰っているわけだが。

だから、採取をしないと死んじゃうぞ、と。同時に、俺のつまらない脳が、

――この、偽善者《ぎぜんしゃ》め。と、俺を苛むのだ。

いままで同じパーティにいて、俺が殴《なぐ》られているときも蹴《け》られているときも、唾《つば》を吐きかけられたときも、救いの手を差し伸べてくれなかったような相手に、なにをしているんだと。

『いいよ、持っていって』なんて笑顔をつくっておきながら「この手袋は20カッパーもしたんだぞ」とつまらない金の計算をしているくせに、と俺のなかにある悪魔《あくま》のような感情

が、じくじくと俺を責めるのだ。

……いつから俺は、こんなつまらないやつになってしまったのだろうか。

家族といるときは、こうじゃなかった。たぶん、この世界に来てから。

役立たずなのだから当然とはいえ、奴隷《どれい》や虫螻《むしけら》のような扱《あつか》いをされ続けたこの三ヶ月が、俺をこんなにも卑屈《ひくつ》にしてしまったのだろうと思う。

「いいから。……ほら」

そんな感情を押し殺し、己の裡《うち》に閉《と》じ込めて、黒乃さんに手袋を無理やり押しつけた。

「あ……ありがとうございます。このご恩は必ずお返しします」

「いいよ、気にしないで。困ったときはお互《たが》いさまだから」

自ら生み出した小さな棘《とげ》が、ちくりと己の胸を刺《さ》す。

歯の浮くようなセリフ。

ろくでもない自分がすこしでもマトモに見えるように装着した仮面。

「あの……すみません。私、採取をするのがはじめてで……要さん、教えていただけないでしょうか」

仮面が功を奏したのか、黒乃さんが素直《すなお》に頭を下げてくる。

「いいよ。一回やるから見ていて」

……仮面の内側はきっと、さぞかし醜《みにく》いだろう。

《採取結果》
131回（補正なし） 131ポイント
判定↓E ペレ芋を獲得《かくとく》

「はぁっ……はぁっ……！ こんな感じで、五分間でタッチできた回数で、報酬が……はあっ、おえっ……」

「か、要さん、大丈夫ですか？」

なにもないところにポンッと現れたペレ芋。

黒乃さんが心配そうに顔を覗《のぞ》き込んできて、それが恥《は》ずかしかったから、肩で息をしながらいそいそとペレ芋を革袋に仕舞《しま》った。

「習うより慣れろ、ってやつだから、黒乃さんも、一度、やってみると、いい。はぁ、はぁ……」

たった五分間の作業でこれだけ疲《つか》れるのは、単純に不利な体勢で急いで身体を動かさなければいけないことに加え、誰かに見られているからより一生懸命励《いっしょうけんめいはげ》んでしまった、ということもあるが、きっと、採取という行動によるＳＰ——パラメータの減少によるところが大きいように感じる。

採取という摩訶不思議《まかふしぎ》な行動で、ＳＰという摩訶不思議な数値が減る。

ＬＶ１の俺もレベルが上がればＳＰの上限も上昇し、すこしは楽になるとは思うんだが、レベルアップをしたことがない俺にはよくわからない。

「が、頑張《がんば》ります……！」

黒乃さんは新品の手袋を装備して俺のように跪《ひざまず》き、白い光に手を伸ばした。

「……！　っ……！」

最初は白い光に翻弄されていた黒乃さんだったが、二分ほど経過すると白い光についていけるようになり、タッチするスピードもすこしずつ速くなってゆく。

……わりと上手《うま》いな。

この調子でいけば成功しそうだ、なんて思っていると——

「はっ……！　はぁっ……！」

……すごい。

なにがすごいって、黒乃さんが左右に手を伸ばすと同時、ばるんばるんと盛大《せいだい》に揺《ゆ》れるおっぱいがやばい。

それに気づいたとき、コモンシャツの首元から覗く深い谷間が目に入り、俺は慌てて視線をそらした。

「はっ、はっ……！　んっ……！」

それでも扇情的《せんじょうてき》な掛《か》け声は防ぐことができず、この場を立ち去って黒乃さんの意識を乱すこともできない俺は、悶々《もんもん》とした感情を抱《かか》えたまま、顔を背《そむ》けることしかできなかった。


採取ポイントは数回採取を行なうと消えてしまう。

俺も黒乃さんも、三つのペレ芋を採取した時点で白い光は消えてなくなった。

先立って南の部屋で採取をしていたおっちゃんたちは作業を終わらせて、すでに俺たちの周りに集まっていた。

「嬢《じょう》ちゃん、上手いもんじゃねえか！　ガハハハハ！」

「あ、ありがとうございます……！」

アントンの豪快《ごうかい》な笑い声に、黒乃さんは疲弊《ひへい》に緊張《きんちょう》を加え、しかし丁寧《ていねい》なお辞儀《じぎ》をして返した。

「向こうの部屋の採取、全部終わったんだよな。ちょっと相談なんだけど、みんなあの木箱に手をかざしてみてくれないかな」

通路の途中《とちゅう》にある、コボルトがドロップした木箱を指さすと、おっちゃんたちは、

「ほいきた！」

「あれがモンスターを倒《たお》したときの……！」

「はじめて見たわい……！」

と元気よくぞろぞろと駆《か》けてゆく。

「み、みなさんお元気ですね……」

毎回のことだが、採取が終わったあと、おっちゃんたちはいつも俺よりへっちゃらな顔をしている。

俺たちからしたら父親どころか祖父くらいの年齢《ねんれい》の人たち。

ボロをまとい、身体もガリガリ。

そんな風体《ふうてい》からは、俺たちよりも元気だ！　……というよりも〝俺たちよりも、もっとずっと辛《つら》いことを経験しているからこれくらいへっちゃらだ〟とでもいうような、悲しい人生観が根づいているように感じた。

どうやら開錠可能者の枷《かせ》は時間経過により外されていたようで、木箱のほうで歓声《かんせい》があがった。

「どうだった？」

「むふん……！　アントンがすごいぞ！」

おっちゃんたちのなかで一番背の高いマッティが、まるで自分のことのようにアントンを誇《ほこ》った。

「お、何%《パー》だった？」

「96%だ！」

「おー……！」

自分の口から思わず漏《も》れた歓声は、たしかな熱を持っていた。黒乃さんも「すごいです！」と胸の前で両拳を握っている。

「すごいなアントン」

「ガハハハハ！　ま、まあワシにかかればこんなもんよ！　ガ、ガハハハハ！」

アントンは照れて真っ赤になりながら、自慢《じまん》のあごひげをしごく。……すこしかわいいと思ってしまった。

「で、開けていいか？」

「ちょっと待ってくれ。うーん……」

うきうきと木箱の前に屈《かが》むアントンを手で制する。

96%。ほぼ成功する数値だと言っていい。

「どんな罠がかかっているか、わかるやつはいるか？」

俺の質問におっちゃんたちは首を傾《かし》げながらもふたたび木箱に手をかざすが、みんなそろって首を横に振《ふ》った。

「うーん、やっぱり開けるのはやめとくか」

「おいおいおいおい！」

アントンが俺に詰《つ》め寄る。

ほかのおっちゃんたちも、黒乃さんも、俺に「どうして……？」という目を向けていた。

「なに言ってんだレオンどの！　96％なんて成功してるようなもんじゃねえか！　たしかに4％で失敗して中身は消えちまうけどよお！」

アントンの言いたいことはわかる。失敗を恐《おそ》れるあまり、たった4％の失敗率を100％の失敗率にしようとしている――その臆病《おくびょう》を責めているのだと。

――でも、俺が言いたいのはそんなことじゃなかった。

「アントンこそなに言ってるんだよ。中身のことなんて言ってない。アントンに万が一のことがあったらどうするんだ」

「っ……」

アントンは俺を見つめたまま、緑眼を揺らめかせた。

たとえボロを纏《まと》っても、痩《や》せこけても、年老いても、彼の瞳《ひとみ》はどこまでも透明《とうめい》だ。

やがてアントンは俺から視線を逸《そ》らす。

「ここじゃワシらは死んでも死なん。レオンどのが一番よくわかっているだろうが」

「死なないからって痛みはあるだろ。こないだコボルトに皆殺《みなごろ》しにされてから、ヘンリクとスルホ、まだ具合悪いんだろ」

感じかたに個人差はあれど、死ぬ痛みと恐怖《きょうふ》は強烈《きょうれつ》だ。

死んだけど次があるから大丈夫！　なんて思える人間は稀《まれ》。

俺だってそうだった。

コボルトに喉《のど》を突《つ》かれ、自分の血液で肺を溺《おぼ》れさせて死に、凍《い》てつくような恐怖を植えつけられた。……だからこそ慎重《しんちょう》になる。

アントンが死んでもなお、元気でいられる保証なんてなにもないのだ。

「勇者のくせに、貧民《ひんみん》の心配なんてしやがって……」

「勇者とか関係ないだろ。貧民だって関係ない。痛いのも怖《こわ》いのも一緒《いっしょ》だろ」

アントンを含《ふく》め、彼らは命を粗末《そまつ》にしすぎる。

はじめてコボルトに殺されたときだって、アイテムダンジョンのなかでは自分たちは死なないことを知らなかったのに――

『レオンどのを守れッ！』

――そう吼《ほ》えながら、命を散らしていったのだ。

「レオンどのは、勇者とワシらを一緒だと言ってくださるのか……」

「当たり前だろ。俺たちになんの違いがあるっていうんだ」

わかってる。貧民は自分を軽く見る、って。

自分の身体しか、賭《か》けるチップがないから。

それがたまらなく俺の胸を掻《か》きむしる。

アントンはなにかをこらえるように口を引き結んだあと、ふっと相好《そうこう》を崩《くず》した。

「……気が変わった。レオンどの」

「うん」

「ワシはこの箱を開けるぞ」

俺の口から「はぁ？」と情けない声が漏れた。

「なにも変わってないだろそれ」

「ワシはな、ワシのいいところを勇者であるレオンどのに見てほしくて、人生で数少ない胸の張りどころを求めて、この箱を開けようと思っていた。でもな」

厳《いか》つい顔に刻まれたシワをより深くして、

「いまは、なんの得にもなりゃしねえのに、ワシらをこのダンジョンに連れてきてくれる、レオンどのに恩返しがしてえんだ」

笑いながら背後を振り返る。

おっちゃんたちが「おう！」「そうとも！」と拳を突き上げた。

「心配すんな。必ず成功してみせる。あと、約束する。もしも失敗して、ワシになにかあったとしても……」

アントンは俺に拳を突き出したあと、自分の胸元に引っ込《こ》める。

「ワシは逃《に》げねえ。レオンどのが、レオンどのでいてくれるかぎり」

もう一度にかっと笑って、木箱の前に腰《こし》を下ろした。

「お、おい」

アントンは俺の制止を聞かず、木箱に手をかざしたあと、開錠作業なのだろう――両手を箱の前で細かく動かしはじめた。

『レオンどのが、レオンどのでいてくれるかぎり』

唐突《とうとつ》に浴びせられた言葉。

なんだ、それ。なんだよそれ。

それって。

いまのままの俺でいい、ってことじゃないか。

……俺が大嫌《だいきら》いな、俺のままでいい、ってことじゃないか。

先ほどの好々爺然《こうこうや》としたにこやかな表情はどこへやら、真剣《しんけん》な顔をして、鋭《するど》い眼差《まなざ》しで木箱を見つめながら両手を動かすアントンを見下ろしながら、冷え切った心を柔《やわ》らかな布で包み込むような彼の言葉をずっと噛《か》み締めていた。

──やがて、バコンと音がして、木箱の上蓋《うわぶた》が勢いよく開いた。

「おおおおおおおっ！」

湧《わ》き上がる歓声。

「ガハハハハ！　ワシにかかればこんなもんよ！　ガハハハハ！」

アントンは立ち上がり、おっちゃんたちと肩《かた》を抱《だ》き合う。

箱の中身を検《あらた》めようともしない。

「すごいなアントン……！」

仮面とか本心とかそんなことはなにひとつ関係なく、俺の口から思わず感嘆《かんたん》の声が漏れた。

「レオンどの！　嬢ちゃん！　早速《さっそく》中身を！」

アントンだって中身が気になって仕方ないだろうに、まるで「それは自分の役目ではない」とでもいうように俺たちを促《うなが》す。

アントンの手柄《てがら》なんだから、見ればいいのに……なんて思いつつ、木箱に近寄る。

《開錠結果》　開錠成功率　96％　↓　成功
30カッパー　コボルトの槍《やり》　【採取LV1】

開かれた木箱は中身が見えないよう、蓋《ふた》部分と木箱の上部に立てかけるようにウィンドウが表示されていた。

この仕組み自体は荷物持ちをしていただけに知ってはいたが、こんなに近くで見るのははじめてだ。

「とりあえず全部持って帰ろう」

30カッパー、コボルトの槍、【採取LV1】とタップするたび、ウィンドウからその名前が消え、俺の周囲にアイテムたちがポンポンと出現する。

すべてのアイテムが現れると同時、木箱は緑の光に包まれて消えていった。

30カッパーというのはこの世界の通貨だ。

10カッパーで五〇〇ミリリットル程度の水や、黒パン二切れを購入《こうにゅう》することができる。

20カッパーで採取用の手袋や、いま俺が履《は》いている簡素な短パン――コモンパンツが買える。

30カッパーあればコモンシャツやコモンブーツに手が届く。

コボルトの槍は、多くのコボルトが持っている一五〇センチメートルほどの槍だ。木製の柄《え》は長いが穂先《ほさき》は小さく、骨か牙《きば》で出来ているのだろうか、白く尖《とが》っている。コボルトの大半がこれをドロップするため、勇者パーティにいたころ、荷物持ちの俺はこれをいやというほど担《かつ》いできた。

【採取ＬＶ１】というのは、表紙にそう書かれたぶ厚い本のことだ。

〝スキルブック〟と呼ばれていて、この本を読むことで、その名前のスキルを習得できる優《すぐ》れものだ。俺も何度か目にしたことはあるが、スキルブックはレアで、なかなかドロップしない。もちろん読んだこともない。

「あ……」

「黒乃さん、どうかした？」

「い、いえっ、なんでもないです」

黒乃さんは首を横に振ってうつむく。なんでもなさそうには見えない。

俺が首を傾げたとき――

「えっ」

「きゃっ」

「な、なんじゃぁ……？」

景色に影《かげ》がさした。木々にも緑の草々にも、おっちゃんたちにも黒乃さんにも影が浮《う》かんでいる。

慌《あわ》てて空を見上げた。空が、巨大《きょだい》な半透明《はんとうめい》のウィンドウになっている。

そこには大きな文字が書かれていて、それらがこの世界に影《かげ》をつくっていた。

《コンプリートボーナス》
撃破《げきは》数　1／1　開錠数　1／1　踏破《とうは》数　2／2　採取数　5／5
ペレ芋→ペレ芋＋1
ペレ芋ダンジョン創造に必要なＭＰ減少
『ペレ芋の意思』を獲得

「な、なんですかこれ……！」

「俺もはじめてだからわかんないけど……」

空に書かれた文字を見るかぎり、少なくとも後ろ向きな内容じゃなくて安心した。

「おおおおおおっっ！」

おっちゃんたちが湧き上がる。

これまで俺はなにをやっても中途半端《ちゅうとはんぱ》で、なにも成《な》し遂《と》げてこなかった。

このダンジョンで、俺がなにかを成した気はしないけど。

黒乃さんと白銀さんがいなければモンスターを倒すことができなかったし、おっちゃんたちがいなければ開錠をすることも、全部の採取ポイントを回ることも体力的にできなかっただろう。

コンプリートボーナスという単語に、クソッタレだった三ヶ月から抜《ぬ》け出せる希望のようなものを感じて、気づけば俺は拳を強く握《にぎ》っていた。

ウィンドウが薄《うす》くなり、やがて消え、世界が青空を取り戻《もど》した。

視界に映る太陽はどこまでも眩《まぶ》しく、広がる大空はどこまでも青かった。

第3話　希望の種

アイテムコンプリートボーナスを獲得し、魔《ま》法陣《ほうじん》から教会に帰《き》還《かん》した。

転移した元の部屋には台座の代わりに、上半分だけ丸みを帯びたゲートが存在している。

頂点部分にはダンジョンを創造する際に使用したペレ芋が飾《かざ》られていた。

ゲートのなかには不思議な色合いをした宇宙空間のようなものが広がっている。

そのなかからにゅうっとひとりずつ現れ、こちらへと歩み寄る。

全員がゲートからこちらへやってきたことを確認《かくにん》し、手をかざしてゲートをかき消した。

普段《ふだん》通りなら、ゲート頂上に鎮座《ちんざ》するペレ芋も一緒に消えるはずなんだが、今回は台座の上にペレ芋が残った。

手をかざしてみると——

ペレ芋＋1

良質な魔力が含まれたペレ芋。

アイテムの情報が記されたウィンドウが表示された。かごのなかにあるペレ芋は――

ペレ芋
多年草の植物。芽に毒があるため食べる際には注意が必要。

手をかざしても、これまでと同じ表示だ。

つまり、ダンジョンをクリアしたアイテムは、コンプリートボーナスに書いてあったとおり〝＋1〟になるということか。

しかし、良質な魔力が含まれた芋、といわれても、なにがどう違《ちが》うのかがわからない。

もしかして〝美味《おい》しくなる〟とかそういう話なのか……？

と、おっちゃんたちと黒乃さんをほったらかしにして、ずいぶんと考《かんが》え込んでしまった。

「……と、まあ、これがアイテムダンジョンだ」

黒乃さんは当初の目的が〝アイテムダンジョンがどんなものかを知る〟ことだったのを忘れていたようで、はっと口を開けたあと、

「不思議でした、とても……」

理解したけど理解できなかった、と、相反した感情が綯《な》い交《ま》ぜになったような顔をした。

まあそうだよな。不思議なことだらけの異世界とはいえ、アイテムのなかに入ることができて、モンスターがいて、採取ができて、コンプリートボーナスとか言われても、意味不明だよな。

モンスターを倒したのもはじめての俺《おれ》は、もちろんコンプリートボーナスもはじめてだ。

たしか、ペレ芋がペレ芋＋1になって、ペレ芋ダンジョンに入る際に消費するＭＰが減って、ペレ芋の意思を獲得したんだったか……。

『ペレ芋の意思』ってなんだ？　獲得とか言われても、ダンジョン内には落ちていなかったし、全員の革袋を調べてもそれらしきものはなかった。そもそも〝意思〟ってのが物じゃないんだから、当たり前と言われたら当たり前なんだけど。

……でも、なんとなく、俺の胸の裡《うち》に〝そういったもの〟がある気がした。

コンコンとノックの音がした。鍵《かぎ》を開ける音が続き、ギィィと扉《とびら》が開く。

ミシェーラさんは俺たちの姿を認めると、にこりと微笑《ほほえ》んで、丁寧に頭を下げてくる。

「みなさま、おかえりなさいませ。来客中でしたので、失礼いたしました」

「よしてくれよ。安全な場所でダンジョンに入ることができるのは、ミシェーラさんのおかげなんだから」

アイテムダンジョンはどこでも創造することができるが、さっき見た通り、その場にはゲートができる。

公共の場所でアイテムダンジョンをつくってしまうと、外からゲートを見た人が驚《おどろ》いてしまうかもしれない。

だからいつも、鍵がかかるこの部屋でダンジョンをつくっている、ってわけだ。

「お見事でしたわ。ダンジョンクリア、おめでとうございます」

「うん。とはいえ、俺はなにもしてないけどね。モンスターを倒せたのは黒乃さんと白銀さんがいてくれたからだし、箱を開けてくれたのはアントンだし」

「しかし、レオンさまがいらっしゃらなければ、ダンジョンに入ることすらできませんわ」

「ガハハハハ！　レオンどのは暗くていけねえなあ！」

遠慮から卑屈へと堕《お》ちてゆこうとする俺の感情を、ミシェーラさんの微笑みが繋《つな》ぎ止《と》めてくれた。

アントンの笑い声が、俺の周囲にある闇《やみ》を吹《ふ》き飛ばしてゆく。

「あの……どうしてミシェーラさんがご存じなのでしょうか？」

黒乃さんが首を傾げるのは、ダンジョン外にいて、ダンジョンクリアのことを知らないはずのミシェーラさんが、どうしてそのことを知っているのか、ということだろう。

「レオンさまがダンジョン内にいらっしゃるあいだは、ゲートにはダンジョンの景色が映し出され、外からも見えるようになっているのですわ」

ようするに、ミシェーラさんからすると、ゲート自体が巨大なモニターになり、ダンジョン内の様子をライヴ中継《ちゅうけい》しているようなものだろう。

……俺からは見ることができないけど。

そこでミシェーラさんはふっと視線を落とす。

「先ほどお部屋を確認して参りましたが、マリアリアさまはしっかり拠点《きょてん》の登録がお済みでした。あと一時間ほどでご快復されると思いますわ」

「そうですか……ありがとうございます」

黒乃さんがほっと息をついた。

あの場でそのまま骸《むくろ》にならず緑の光に包まれたということは、白銀さんにはちゃんと拠点があり、魂《たましい》がそこへ向かっていったという証左なんだけど、やはり不安だったのだろう。

また、ミシェーラさんが視線を落としてくれたことでも、黒乃さんは安心しているように見えた。

ここオラトリオの人々と異世界勇者の違いは大まかにわけてふたつある。

ひとつめは、異世界勇者はユニークスキルと呼ばれる個人特有の特殊《とくしゅ》能力を持っていること。

黒乃さんと白銀さんのユニークスキルを俺はまだ知らないが、俺のアイテムダンジョンを創造する【デウス・クレアートル】が俺に与《あた》えられたスキルだ。

異世界勇者は主にこのユニークスキルを利用して、モンスターに立ち向かってゆく。

ふたつめは、拠点さえあれば、異世界勇者は死んでも復活できること。

オラトリオの民がアイテムダンジョン外でモンスターに倒されると、そのまま骸となる。

だから異世界勇者は不死の兵隊としてモンスターに立ち向かえる……という話なんだが。

街の人たちのなかには勇者パーティに対し「どれだけやられても死なないんだから頑張れ、頼《たの》むよ」という感情を持っている人々が数多く存在する。

死んでも死んでも何度だって立ち上がれるのは、その痛みを知らないからだ。俺だってゲームをしているときは何回やられても再挑戦《ちょうせん》し、モンスターに立ち向かい、向こう岸へのジャンプに失敗して奈落へと落下していった。

とまあ、俺たちは「死んでも死なないんだからいいでしょ」と気楽に考えられているが、当の本人たちはそうではない。死ぬほどの痛みはどうしても避《さ》けたいし、仲間が死ぬほど苦しい思いをして消えていくこともいやなのだ。

だから、ミシェーラさんの白銀さんへの気遣《きづか》いは、黒乃さんに大きな安心を与えてくれたことだろう。

俺も、ミシェーラさんの優《やさ》しさに、何度も救われた。

「手に入れたアイテムの分配は白銀さんが目を覚ましてからでいいよね。あと一時間、悪いけど休憩《きゅうけい》させてもらうから」

言いながら部屋の奥《おく》にあるステータスモノリスに手をかざす。

要零音
LV　1／5　☆転生数　0　EXP　1／7
HP　10／10　SP　3／10　MP　6／10
▼────ユニークスキル
【デウス・クレアートル】　LV1
アイテムダンジョンを創造することができる

コボルトを倒したことで、この世界にきて初めて、俺のEXP《経験値》が0ではなくなった。コンプリートボーナスを得たこともあり、これまでの生活から前進できたという実感がわいてくる。

……それにしても、三回採取をしただけでこのＳＰの減り。

今回のダンジョン創造には５のＭＰを消費して、時間経過で１回復して６のＭＰが残っている。

おっちゃんたちはまだまだ採取がしたいだろうし、ＳＰはともかく、またアイテムダンジョンに潜《もぐ》れるよう、ゆっくり休んでＭＰを全快させておかないとな……。

「ワシらは教会の掃除《そうじ》をするぞ！　なあ皆《みな》の衆！」

「おうっ！」

「まあまあ、いつもありがとうございます」

アントンたちはそれぞれ掃除用具を持って、どべべべー！　と部屋を出ていった。いっつも思うけど、あいつらも採取をしたはずなのに、なんであんなに元気なんだよ……。

「ヒミコさま」

「は、はいっ」

自分はどうすれば、とあわあわしていた黒乃さんにミシェーラさんが声をかける。

「わたくしの部屋へお招きしたいのですが……お手間をとらせてしまいますが、よろしいでしょうか？」

「だ、大丈夫《だいじょうぶ》ですっ」

黒乃さんは困惑《こんわく》した様子だったが、ミシェーラさんに手を引かれてともに部屋を出ていった。

俺も台座の部屋を抜け、螺旋《らせん》階段を上がり二階へ。上がりきったところで左右に分かれた廊下《ろうか》を右折する。

二階には一〇を超《こ》える扉があり、ミシェーラさんは一階に自室を持っているため、今日まで俺の部屋以外は空き室か物置になっていた。

木製の床《ゆか》を踏《ふ》みしめながら奥へ。

石でできた壁《かべ》にはいくつかのランタンが設置されているが、いまはまだ午前中だから火が灯《とも》っていない。

光源はガラスになっている高い天井《てんじょう》からの陽光だった。

「ただいま」

だれかが待っているわけでもないのに、自室に入るなり勝手に声が出た。

五畳《じょう》ほどの四角い部屋。簡素なベッドと古ぼけた机、背もたれのない木製の腰掛《こしか》けがあるだけの殺風景な、俺の部屋だ。

ベッドは起き抜けのままにしてあったのに、いますぐにでも気持ちよく寝《ね》られるよう、ベッドクリーニングがされていた。高い天井は廊下と同じようにガラスになっていて、眩しいほどの陽射《ざ》しが真っ白な布団《ふとん》を照らしている。

革袋《かわぶくろ》を置き、ベッドに腰掛ける。

「……」

『ちょ、ちょっと母さん、俺が学校に行ってるあいだ、勝手に部屋に入ったでしょ』

『入ったわよー。お掃除しておかないとー』

『そういうのやめてくれよ。自分でやるから！』

俺がどれだけ言っても、母さんは部屋に入り、布団だけは畳《たた》んでおいてくれたっけ……。

結局、掃除は自分でやるって言いながら、最低限の片付けくらいしかしなかったな……。

あれだけ鬱陶《うっとう》しいと感じていた母の行動。いなくなってはじめて、あれが〝愛〟だったことを知った。

仕事に厳格らしいが、家族には優しかった父。つまらない冗談《じょうだん》を言って、俺たちが白けた顔をするとすぐにふてくされる子どもみたいなところもあったっけ。あのときは、あれだけ面倒《めんどう》くさいと思っていたのに。

学校では内気でおどおどしているくせに家では内弁慶《うちべんけい》な妹の愛音《あいね》。中学のとき『学校では話しかけて来ないで』なんて言っておいて、下校中に偶然《ぐうぜん》会うと『一緒に帰ろー♪』なんてくっついてきたんだよな……。そういや幼いころ、ドラマかアニメの影響《えいきょう》で、兄妹《きょうだい》なのに将来結婚《けっこん》しよう、みたいな話をしたこともあったな。

「…………」

茶色の靴《くつ》を脱《ぬ》いで仰向《あおむ》けに倒れ込み、目を閉じる。脳裏《のうり》に浮かぶのは、家族との思い出ばかりだった。思い返すのは、家族とのなんてことない日常ばかりだった。

どういうわけか、異世界では夢をみない。すくなくとも俺はみたことがない。

せめて夢でも、もう一度家族に会いたい。そんな女々《めめ》しい渇求《かつきゆう》を枕《まくら》にし、俺は意識を手放した。

◆
◆
◆

――レオンさま……。カナメ、レオンさま――

微睡《まどろ》みのなか、女性の声が聞こえた気がした。

――アイテムの意思を、集めて、くださいませ――

この声はいったい、なんなのだろう。

意思。アイテムの意思って……さっきのペレ芋《いも》の意思のことか……？

――レオンさまは、無限の力を――

大切なことを言われている気がするのに、まるで水のなかで声を聞くような感覚。強烈な眠気《ねむけ》が話の軸《じく》を捉《とら》えさせてくれない。

——そしてどうか、わたくしたちを、お救いください——

——願わくば、早急《さっきゅう》に水の意思を——続いて、木の意思を——

ずっと意識はぼやけたまま、謎《なぞ》の声に問い返すこともできず、俺は睡魔《すいま》の海に溺れていった。

◆　◆　◆

——目がさめた。

いまの声はなんだったのだろうか。いや、いまなのか、あの声を聞いてからずいぶんと眠《ねむ》っていたのかどうかもわからない。

目は開いているのにどこかぼやけた視界が、自分がいま寝起《ねお》きであるということだけを教えてくれていた。

半身を起こし、がしがしと頭をかいたとき、視界の左下にメッセージウィンドウが出ていることに気がついた。

《スキル《ペレ芋》を習得》

なんだよ《ペレ芋》って。芋のスキルってなんだよ。

直近の記憶《きおく》を手繰《たぐ》ると、ペレ芋ダンジョンのコンプリートボーナスを得たことと、謎の声が言っていた〝無限の力〟という言葉が同時に思い出され、重なる。

《ペレ芋》という不思議な括弧《かっこ》で挟《はさ》まれた妙な名前は、俺の力らしい。しかも無限の。

ステータスモノリスを確認すれば、なにかわかるだろうか。そう思い、ベッドから降りて部屋を出た――

「きゃっ」

「わっ」

――ところに黒乃さんが立っていて、ずいぶんと驚いた様子で口元と胸に手を当てていた。

「どうしたの？」

「あ、いえ、そ、そのっ……ま、マリアちゃんがそろそろ帰ってきますので、お呼びしようかとっ」

「もうそんな時間なんだ。それにしても、普通《ふつう》にノックしてくれてよかったのに」

もしかすると、俺は怖がられているのかもしれない。

「いえっ、その、男性のかたのお部屋をノックするには、その、ゆ、勇気がいりましてっ……！」

モンスター相手にあれだけの勇気を奮った黒乃さんの言葉とは思えなかった。ずいぶんと内気というか……前向きに言うと古風というか。

「ありがとう。用事が済んだらすぐに行くよ」

「は、はいっ。お部屋の場所は……」

白銀さんの部屋の場所を俺に伝えると、黒乃さんはどべべべー！　と走り去ってしまった。

……白銀さんの部屋に行く前に、ステータスモノリスを確認だな。

〝力〟。

俺になくて、なにもできなくて、ずっとほしかったもの。

それがどんなものなのか、この世界では極《きわ》めて珍《めずら》しい〝期待〟というものを胸に抱きながら、階下へと続く螺旋階段を駆け下りた。

LV　1／5　☆転生数0　EXP　1／7
HP　10／10　SP　11／11（＋1）　MP　10／10
▼――ユニークスキル
【デウス・クレアートル】LV1
アイテムダンジョンを創造することができる
▽――アイテムスキル
《ペレ芋》――【SPLV1】【ペレ芋採取LV1】

台座の部屋で、俺はステータスモノリスをじっと見つめていた。

……きっと俺は、微妙《びみよう》な顔をしているに違いない。

本当に〝力〟を得たのだという喜びと、力と呼ぶにはちょっと微妙じゃないか？　という残念な思いが綯い交ぜとなり、俺の顔を歪《いびつ》にした。

これまでにはなかったアイテムスキルというタブのなかに表示されている《ペレ芋》。その下にあるスキルをタップしてみる。


【SPLV1】

ＳＰが10％上昇《じょうしょう》する

【ペレ芋採取ＬＶ１】
ペレ芋の採取時、10％の上昇補正を得る

【ペレ芋採取ＬＶ１】の効果はここでは実感できないが【ＳＰＬＶ１】はステータス上でＳＰが10から11に上昇しているため『ペレ芋』とはこれらふたつの複合スキルであり、またスキルの効果がたしかなものであることがわかった。

だからこそ、なんかこう……武器の扱《あつか》いに適性を得るとか、ＭＰが倍になるとか……そういった超絶《ちょうぜつ》パワーを期待してしまっただけに、残念でもあった。身勝手でわがままな、俺の女々しさだった。

「あああああん……」

モノリスの両脇《りょうわき》を両手で掴《つか》んだまま、心の裡《うち》ともども女々しく崩れ落ちる。

「あ、あの……レオンさま？」

「あああああん……えっ」

ばっと振《ふ》り返ると部屋の入口にミシェーラさんが立っていて、なんともいえない表情で視線を彷徨《さまよ》わせていた。

「ご、ごめんっ、ちょっと柔軟《じゅうなん》体操を」

「そ、そうでしたか」

あまりにも苦しい言い訳だったが、ミシェーラさんは見なかったことにしてほしいという俺の心中を察したのか、それに乗ってくれた。

「それにしても、珍しいですわね」

「な、なにが？」

「レオンさまがそこまで取り乱すなんて」

全然見なかったことにしてくれてなかった。

「いや、その……ははは」

「なにがありましたの？　わたくしでよろしければ、教えてくださいませ」

それでも誤魔化《ごまか》そうとする俺にずずいと詰《つ》め寄ってくる。

「その……さっきペレ芋のダンジョンを攻略《こうりゃく》して、コンプリートボーナスってのをもらったんだけど……」

「存じておりますわ、拝見しておりましたもの」

そういえばそうだった。ミシェーラさんはゲートの外からダンジョンの様子を見ているんだった。

「喜びのあまり、わたくし、つい……うふふ」

右手を頬《ほお》に当てて微笑む。つい、どうしたのか……怖《こわ》くて訊《き》けなかった。

「それで――」

ペレ芋の意思を得たこと、力を得たこと、その力が思ったよりもしょぼくてがっかりしたことを包み隠《かく》さず話した。

「まああ、それはとても素敵《すてき》なことだと思いますわ」

「素敵？」

「はい。レオンさまはアイテムダンジョンを攻略していくことで、もっともっとお強くなるのでしょう？　とても素敵ですわ」

「俺はもっとこう、みんな……ほかの異世界勇者みたいな、手軽で一気に強くなれるものかと思っていて」

ほかの異世界勇者のユニークスキルはめちゃくちゃ怪力《かいりき》になったり、いくつもの魔法《まほう》に適性を得たり、目にも止まらぬ脚力《きゃくりょく》を手に入れたりと非常に強力だ。

Ａパーティの吉田《よしだ》先輩《せんぱい》なんかは【ペルセウス】という、パーティメンバーが多ければ多いほど全員の能力が上昇し、自身は剣《けん》の扱いと光魔法に適性を得るというぶっ飛んだ強さだった。

それに比べて、俺は……

「手軽に得た力は、使いかたを誤ってしまいますわ。それに、レオンさまはわたくしと出《で》逢《あ》った頃《ころ》からすでに、真の強さをお持ちでしたわ」

自虐的《じぎゃくてき》にうつむいた俺に、ミシェーラさんは一歩近づいてくる。

「真の強さ……？　ミシェーラさんまで不思議なことを……。前から思っていたけど、ミシェーラさんは俺を買いかぶりすぎだと思う」

視界に入ったシスター服が目に入らぬよう、顔を背《そむ》けた。

「そうですかしら？　真の強さがなければ、どれだけ力を持っても意味がありませんわ。

……しかし、レオンさまは」

俺は、なんなのか。

「あらあら、そろそろマリアリアさまがお目覚めになりますわね。レオンさま、参りましょう」

また、思わせぶりなことを言われ、肩透《かたす》かしをくらった。しかしそれも仕方のないことだとも思う。先に顔を背けたのは、俺なのだから。

「レオンさま」

扉の前で俺を手招くミシェーラさんを見て、気づいた。本当はもうすこし前に気づいていたかもしれない。

「ミシェーラさん、俺が寝てるとき、部屋に入った……なんてことは」

「いいえ、わたくしはヒミコさまとお茶をしておりましたが、どうかされましたか？」

夢のなかで聞いた、懐《なつ》かしく感じた謎の声の雰囲気《ふんいき》は、どこかミシェーラさんに似ていたのだと。

妹以外の女子の部屋に入るなんてはじめてのことで、若干《じゃっかん》の緊張《きんちょう》を覚えたが、実際に入ってしまえばなんてことはなかった。

白銀さんの部屋は当然ながら、俺の部屋と似た構造をしていた。

屋根に沿って斜《なな》めになった天井のガラス、簡素な机と背もたれのない椅子《いす》。白銀さんは目を閉じて白いベッドの上に横たわっていた。

緑の光が白銀さんに集まって淡《あわ》く光っている。小柄《こがら》な体躯《たいく》を——シンプルな衣服から覗く白磁のような無垢《むく》な手足を、緑に照らしている。

やがて光が消えたとき、白銀さんは大きなアイスブルーの瞳《ひとみ》をぱちりと開けた。

「マリアちゃん……！」

黒乃さんは膝《ひざ》立ちになり、ベッドに身を乗り出して白銀さんの胸に顔を埋《うず》めた。

白銀さんはぬぼーっとした三白眼を天井に向けたまま、黒乃さんの頭を撫《な》でる。

「マリアちゃん……マリアちゃん……！」

黒乃さんは白銀さんが倒《たお》れたあと、開錠《かいじょう》のことを話したり採取をしたりと気丈《きじょう》に振る舞《ま》っていたが、よほど不安だったのだろう。

眼鏡のズレを気にもとめず、白銀さんの胸に顔を擦《す》りつけている。

真上を向いていた白銀さんと、顔を覗《のぞ》き込《こ》んだ俺と、視線がぶつかった。小さな口がゆっくりと開く。

「かったの」

抑揚《よくよう》のない声だったが「コボルトとの戦いに勝ったの？」という質問であることは理解できた。嗚咽《おえつ》を漏《も》らす黒乃さんの代わりに俺が応じる。

「勝ったぞ」

「そう。よかった」

白銀さんは喜びも笑いもしなかった。ただ、深く長い息を鼻から漏らしただけだった。

勝ったの？　……か。

俺がコボルトにやられたときは、どうなったのかを案じることなどできなかった。

おっちゃんたちの命が永久に喪《うしな》われたかもしれないのに、コボルトに喉《のど》を突《つ》かれた恐怖《きょうふ》が俺のすべてを支配して、心の安寧《あんねい》を守るために布団のなかで震《ふる》えることしかできなかった。

そんな俺とは、違う。

白銀さんは黒乃さんを手で制し、半身を起こす。

黒乃さんは目元を拭《ぬぐ》い、膝立ちのまま両手で包み込むように白銀さんの右手を握った。

「つぎはもっと、うまくやる」

言いながら俺を見上げる。美しい碧眼《へきがん》には、死んだ直後の恐怖など微塵《みじん》もないように見えた。

痛い目にあったばかりなのに、まだ次に行こうとするのか？　怖くないのか？　上手《うま》くってどうするつもりだ？　そんな疑問が次々と脳内に浮かぶ。

「怖く……ないのか？」

それらのなかから質問として選んだのは、これだった。

「こわい」

「なら……どうしてわざわざ戦おうとするんだ？」

アイテムダンジョンに潜り、モンスターから逃《に》げながら採取を続ければ、すくなくとも食材は確保でき、生きていける。殺された俺が選んだ生きかただ。力がなく、強さもない、落ちこぼれの俺が選んだ生きかただ。

「わたしはこれまで、なにもできなかったから」

白銀さんはベッドの脇《わき》に添《そ》えられていた白い杖《つえ》を手に取り、俺に向かってかざした。

「わたしには、これがある。でも、これしかなかった」

これというのが杖のことではなく、魔法のことを指しているのはわかる。

「モンスターは、こわい。でも、これさえつかえないのは、もっと、こわい」

白銀さんには、魔法しかなかったらしい。……でも俺には、魔法さえなかった。

敵を焼き焦《こ》がす紅蓮《ぐれん》の炎《ほのお》も、相手を凍《い》てつかせる吹雪《ふぶき》も、モンスターを打ち据《す》える雷《いかずち》もなかった。

俺の【デウス・クレアートル】というアイテムダンジョンをつくるユニークスキルは、勇者パーティにおいて不要だった。

勇者パーティは朝から晩までモンスターの討伐《とうばつ》、ダンジョンの攻略と忙《いそが》しい。それらに明け暮れたあと宿に戻り、飯を食って風呂《ふろ》に入って一日の疲《つか》れを取る。そして朝が始まる。ずっとこの繰《く》り返し。疲れきったメンバーのなかに、俺のスキルで現れるダンジョンに

わざわざ潜ろうとしてくれる人はいなかった。

どうにか役に立ち、勇者パーティにしがみついていたかった俺は、パーティ内でアイテムダンジョンの仕組みを再三説明した。

外に出ることなく採取ができて、モンスターを倒すことで報酬《ほうしゅう》や経験が得られる。メインメンバーに追いつくことができていないメンバーをアイテムダンジョンで成長させることで、パーティの力を底上げすることができる、と。

Aランクのひとりが心底面倒くさそうに、俺の足元に一振《ひとふ》りの剣を放り投げた。

『それでやってみ』

装備の新調により不要となった、ランク4――ブロンズブランドの剣だった。

ようやく俺のスキルを認めてもらえるチャンスだと思った。

……しかし手をかざしても、アイテムダンジョンを創造することはできなかった。

皆からメンバーだと認められず、経験値を分け与えられなかった俺のLVは1。ランク4の剣のダンジョンを創造できるほどのMPを持っていなかった。

剣を投げた男は残念そうにせず、むしろ楽しそうに嗤《わら》った。

『なんだよ、やっぱり使えねえな、カメレオンは！』

『カメレオンどころか、落零音《おちこぼれおん》じゃねえか！　だっはっは！』

『あはははははは！』

皆の嘲笑《ちょうしょう》が俺に突き刺《さ》さる。

ナイフで刺されれば俺は死ねるのに、どうして言葉の棘《とげ》では死ねないのか。そんな理不《りふ》尽《じん》を感じながら、気づいた。

俺はもう、すがりつくべきパーティから、とっくに見放されていたのだと。カメレオンのように擬態《ぎたい》しながらそっと食《く》らいついていたパーティのメンバーからは、いてもいなくても同じどころか、いないほうがいいやつになっていたのだと。

三日前の話だ。それから俺は、勇者パーティに執着《しゅうちゃく》することをやめた。

俺からすれば、黒乃さんだって白銀さんだって羨《うらや》ましい。

黒乃さんは弓を扱う。白銀さんは魔法を使う。いくらでもパーティの役に立てるはずだ。

……俺と違って。

それなのに、自分たちを落ちこぼれだと語る。

なんだよ、それ。

「白銀さんと黒乃さんは」

脳内が疑問に満たされて、それは震えを伴《ともな》い、口からまろびでた。

「俺が見た感じ、ふたりはじゅうぶんに戦える。ふたりはすでにして勇者だと思う」

やめろ、ともうひとりの俺が警告する。しかし、もう止まらなかった。

「俺はふたりがどんなユニークスキルを持っているのか知らない。でも、戦えるんだろ。どうして俺についてきた？　勇者パーティは居心地《いごこち》こそ悪いかもしれないけど、それでもふたりなら食らいついていくこともできたんじゃないのか」

どうして俺についてきた。今朝した質問だ。あのときは落ちこぼれてしまい、Aランクにはついていけないから、という話だったが……

「俺からしてみれば、ふたりは落ちこぼれじゃない。逃げることしか知らない俺からすれば、ふたりは見事に勇者だ。それなのに……」

ふたりが自分たちを落ちこぼれだと言ってしまったら。

俺はいったい、なんなんだよ。

「わたしには、これしかない」

白銀さんはふたたび杖を掲《かか》げる。

「さっき聞いたからわかってる。ついでに俺がみっともないことを言ってるのもわかってる。でも、言う。魔法しかなくたって、あるだけいいだろ。いまからでも勇者パーティに戻《もど》ったほうが白銀さんのためになるんじゃないのか」

ずいぶんと冷たい言いかただと自分でも思う。「放っとけない」とか言っておいて、相手に劣等感《れっとうかん》を覚えた途端《とたん》、このザマ。

瓦解《がかい》してゆく。偽善《ぎぜん》の仮面が剥《は》がれ落ちてゆく。

「これしかない。でもさっきまでは、これをつかうことすらできなかった」

「……え？」

「わたしのユニークスキルは【黄昏の賢者《トワイライト・フォース》】。こうげきまほうとＭＰにおおきなてき、せいをえる」

羨ましいかぎりだ。普通に考えれば、どんなパーティでも引く手あまたに違《ちが》いない。

なんだよ、やっぱり上等じゃないか。

……きらいだ。

こんなにも嫉妬《しっと》してしまう、自分がきらいだ。

他人と自分を比べて、自分をみすぼらしく感じてしまう自分がきらいだ。

そのうえ、自分じゃなにもできないくせに「放っとけない」とか言っておいて、自分が誰《だれ》かを救える立場だと言い聞かせて、どうにかバランスを保とうとする自分がきらいだ。

そして、相手のほうが上だと知るやいなや、こうしていじけてしまう自分の女々しさが、大きらいだ。

「わたしはまほうのちからをえた。でもそのかわり、おおくのちからをうしなった」

「……え?」

「ついてきて」

白銀さんはベッドから降り、杖を持ってとことこと部屋を出る。黒乃さん、ミシェーラさんと顔を見合わせて、彼女《かのじょ》のあとに続いた。

白銀さんについていくと、行き先は俺《おれ》がつい先ほどまでいた台座の部屋だった。彼女は台座の奥へと足を進め、ステータスモノリスに手をかざす。

マリアリア・ヴェリドヴナ・白銀
LV　1／5　☆転生数0　EXP　0／7
HP　2／2　SP　1／1　MP　54／54
▽――――ユニークスキル
【黄昏の賢者《トワイライト・フォース》】　LV1
攻撃魔法《こうげきまほう》とMPに非常に大きな適性を得る。
クールタイムが倍になる。HPとSPが大きく減少する

▽――魔法

【火矢《ファイアボルト》】　消費ＭＰ７　【氷矢《アイスボルト》】　消費ＭＰ７　【落雷《サンダーボルト》】　消費ＭＰ７

非常に高いＭＰと三種もの魔法が使える。しかしこのステータスを見て、さすがに羨ましいとは思えなくなった。なんだよ、ＨＰ２、ＳＰ１って。

「白銀さん、さっき初陣《ういじん》だ、って言ってたよな」

コボルトと戦う直前、たしかに言っていた。どうしてだろう、と思っていたけど……。

「わたしのＳＰは１。ダンジョンまでたどりつけない」

「辿《たど》りつけない、って……いままでどうしてたんだ？」

「しれたこと。みちのとちゅうでみどりのひかりになった」

……？　意味がわからない。

黒乃さんに視線を向けると、彼女は言っていいものかどうか迷ったように白銀さんと顔を合わせる。白銀さんが頷《うなず》くと、おずおずと切り出した。

「私が手を引いて途中《とちゅう》までは歩くのですが……どうしても途中で緑の光になってしまうんです。たぶん、ＳＰの枯渇《こかつ》によるＨＰの低下が原因だと思うのですが……」

ステータスモノリスで確認《かくにん》できるＨＰ、ＳＰ、ＭＰってのは、その人が持つ、あるいはまとう魔力《まりょく》のことだ。モノリスは本人の能力を参照しているわけではなく、本人が所有する魔力量を測定しているにすぎない。

これらみっつのパラメータは休憩することで時間経過とともにすこしずつ回復するが、ひとつのパラメータが大きく減少したままほうっておくと、残りふたつのパラメータが減ったひとつを支えようとして減少する。

右足が痛むから左足で庇《かば》って歩き、結果、左足が痛くなる……そんなイメージだ。

白銀さんはダンジョンに向かって歩くことでスタミナを消費し、1しかないSPが0になる。それを庇おうと、潤沢《じゅんたく》なMPはともかくとして、2しかないHPが減少してしまって緑の光に……ってことらしい。

「周りの人たちに言ってもダメだったのか？」

訊いておいて、失言だったとすぐに気がついた。白銀さんは首を横に振って「ヒミコだけ」と細い声を漏らした。

……そうだ。あいつらが、困った人を助けるわけがない。あいつらが助けるのは、金やアイテムなど、助けるメリットがある相手だけだ。

三ヶ月、ずっと、そうだった。

「そう、だったのか……。ちなみに、これまではどうやって生活を？」

ダンジョンに行けないということは、白銀さんへの分配はなかった、ということになる。

俺はきまぐれで与《あた》えられるわずかな施《ほどこ》しを教会に寄付することでミシェーラさんの世話になるという搦手《からめて》で生き延びていたが、さっきの話を聞くかぎり、勇者パーティと同じ宿にいたらしいけど……。

「ずっと、ヒミコのおせわになっていた」

視線が黒乃さんに集まる。黒乃さんは口を引き結び、うつむくだけだった。

「こんなこと言っちゃなんだけど、黒乃さんはどうして？」

どうして白銀さんを助けようと思ったんだ？　とまではさすがに訊けなかった。

「マリアちゃんは……私に、優しくしてくれましたから」

黒乃さんのひとことで、彼女自身もつらい目に遭《あ》ってきたことがありありと理解できた。

白銀さんがアイスブルーの瞳を煌《きら》めかせて黒乃さんの腰《こし》に抱《だ》きつく。

「ごめん。ヒミコがいじめられたのは、わたしのせい。わたしを、かばってくれたから」

「違います。マリアちゃんは悪くありません」

黒乃さんは白銀さんの銀髪《ぎんぱつ》を優《やさ》しく撫でながら、俺へちらちらと視線を送る。原因は他にあるが、言いづらい……そんな印象を受けた。

「ヒミコさま。レオンさまにも打ち明けてみてはいかがでしょうか。レオンさまは笑ったりからかったりしませんわ」

いままでじっと話を聞いていたミシェーラさんが優しい声を黒乃さんにかける。

……俺にもということは、ミシェーラさんには打ち明けたということだ。きっと俺が寝ていたあいだにしていたらしいお茶会のときに違いない。

「私、小学生の頃から弓道《きゅうどう》をやっているんです」

「詳《くわ》しくはないけど、そうだと思った。構えがサマになっていたから」

俺は弓道のことをよく知らないが、弓を構える黒乃さんは……なんというか、凛《りん》としていた。

「私はメルクリウスというスキルなんです」

黒乃さんはステータスモノリスに歩み寄る。

黒乃灯美子
LV　1／5　☆転生数0　EXP　1／7
HP　11／11　SP　10／11　MP　8／8
▽――ユニークスキル
【メルクリウス】　LV1

射撃《しゃげき》に非常に大きな適性を得る。スキルブックのドロップ率が大幅《おおはば》に上昇する

▽――――アクティブスキル

【強矢《パワーショット》】消費ＳＰ３　【矢生成《アロー・クリエイション》】消費ＳＰ２、ＭＰ２

黒乃さんはいかにもアーチャーらしいスキルだった。

ユニークスキル【メルクリウス】の効果を見て、先ほどのコボルトがスキルブック【採取ＬＶ１】をドロップしたのはきっと黒乃さんのスキルの効果だったのだろうと思い至る。

「見た感じ、問題ないように見えるけど」

白銀さんのようにスキルにマイナス効果もないし、ステータスもピーキーじゃない。むしろバランスが取れているように見える。

「そ、その……。ぅ……」

黒乃さんは気まずそうに目を伏《ふ》せる。ミシェーラさんが黒乃さんの肩《かた》にそっと手を置いた。

「ヒミコさまは弓を引いた直後、弾《はじ》いた弦《つる》が胸を強打してしまうのですわ」

黒乃さんが真っ赤になった顔を両手で覆《おお》った。

「弦が胸を？　なんで？」

白銀さんが「ほんとうにきづいてないの」とでも言いたげな胡乱《うろん》な眼差《まなざ》しをこちらにむけてくる。

「ぜいたくななやみ」

その視線は黒乃さんの胸に注がれ、次いで己《おのれ》の絶壁《ぜっぺき》に落とされた。

……いやまあ俺だって、ちょっと根暗なところはあるけれど、健全な高校生なわけだし、黒乃さんをぱっと見て大きいなとは思った。採取中、深い谷間が目に入って顔を背けるくらいの反応はした。

だからみんながなにを言っているのかくらいは理解できる。

ギリシャ神話に登場する女戦士として有名なアマゾネスたちは、自らの武器である弓を扱う際の邪魔《じゃま》にならないよう、子どものうちに胸を切り落とす、という逸話《いつわ》を聞いたことがある。

でも異世界とはいえ、現代で……？　ええ……？

「その、気を悪くしたらごめん。ずっと弓道をしていたんだよな。そのときは大丈夫《だいじょうぶ》だったんだろ？」

「そ、その……学校や道場ではサラシを巻いていました。それに、道着と胸当てを着けていましたから……」

なるほど、対してこちらでは薄《うす》い服一枚。さすがに下着事情まではわからないけど……ともかく、防御力《ぼうぎょりょく》がなく、弦の強打がモロダメージになっちゃうのか……？

さっきのコボルト戦で痛がっていたのって、そのせいだったんだな……。

凄《すさ》まじい勢いで飛んでいった矢を思い出す。となれば、弦の勢いも激しかっただろう。

「道着はともかく、こっちの世界にも胸当てみたいな防具はあるだろ？　ボロギレを巻いてサラシにする、とかはできなかったのか？」

「そ、その……。宿代で精一杯《せいいっぱい》で、防具はおろか、布を買う余裕《よゆう》すらなくて……」

「そ、そっか」

話の流れから、どうしても黒乃さんの胸に視線が吸われてしまう。まるでダイソンだ。

黒乃さんは俺の視線に敏感《びんかん》に気づいて身をよじらせて胸を隠した。

「ご、ごめん」

「い、いえっ」

ふたり同時に互《たが》いから目をそらす。

しばらく経《た》って、黒乃さんがふたたび口を開いた。

「それで私……男性からはからかわれて、女性からは鬱陶《うっとう》しがられていたんです。でも、マリアちゃんだけは優しくしてくれて」

黒乃さんの表情に影《かげ》が差す。

「だからマリアちゃんのせいだなんて、そんな悲しいことを言わないでくださいっ……！」

「ヒミコ」

白銀さんが黒乃さんにふたたび抱きついた。今度は黒乃さんの肩に小さな顔を埋《う》めてゆく。

……なんということだ。

俺が役立たずと言われ、疎《うと》んじられていたように、白銀さんと黒乃さんもそうだったんだ。白銀さんは役に立てないことで。黒乃さんは身体的特徴《とくちょう》のせいで。

女性のイジメは男性よりも悪質で狡猾《こうかつ》だと聞く。だからこそ、俺が気づいていないだけだったのだ。

それも、黒乃さんが経験値1、白銀さんが0ってことは、俺と一緒《いっしょ》で、勇者パーティから経験値を分けてもらっていなかった、ってことじゃないか。なんだよそれ。

さっき黒乃さんに手袋《てぶくろ》を渡《わた》すとき、彼女に対して〝俺がいじめられていたとき助けようとしなかったのに〟なんて思った。

……じゃあ、俺はどうなんだよ。

勇者パーティでダンジョンに向かう道中、白銀さんが緑の光に包まれていたことにも、黒乃さんが一生懸命《いっしょうけんめい》フォローしていたことにも、気づきすらしなかった。

……なんだよ。俺、他人のこと、まったく言えないじゃないか。

全員で部屋を出て礼拝堂。

みんなは「これからどうする？」なんて言っているが、俺は思考の海に溺《おぼ》れていた。

『人はみな、なにかを抱《かか》えながらそれでも平然と生きている』という伊集院静《いじゅういんしずか》の言葉がある。

悪態や愚痴《ぐち》を吐《は》く者だけが苦しいのではない。みな苦しいなか、それでも踏《ふ》ん張って生きているのだ。

白銀さんと黒乃さんは、つらい現状を変えようと立ち上がり、自らパーティを抜《ぬ》けた。

俺は？

パーティから追い出されたまま、流れるようにここに居座《いすわ》ろうとして、また仮面を被《かぶ》っただけ。居場所を守るために、いい人のフリをしただけ。

いまの自分はきらいだ、と自分に言い聞かせて、誰かになにかを言われたときの防護を張り巡《めぐ》らせただけ。

…………ダッセェ。

胸の裡《うち》に巣食う、自虐的で厭世的《えんせいてき》で皮肉屋な自分を、脳内で殴《なぐ》りつけた。

自分のダサさに改めて気がついた。

俺がダサいのは、力がないからじゃない。力がないまま終えようとしていることがダサいんだ。

「悪かった」

頭を下げる。「えっ」と黒乃さんの声がした。

きっと彼女の驚《おどろ》きは、突然俺《とつぜんおれ》が頭を下げたからではなかった。声のトーンがこれまでよりも低かったからだろうと思う。

「そう……だよな。白銀さんも黒乃さんも、たくさん抱えてるよな。迷ってるし、悩《なや》んでるよな。勇者パーティに戻ったほうが、なんて心ないことを言って悪かった」

よく見られようとする声ではない。よそ行きの声でもない。仮面というフィルターを通した声でもない。

なんでもない、ただの要零音《かなめれおん》の声だった。

「ミシェーラさん」

「はい」

「たぶん俺、ミシェーラさんが思ってるようないい人じゃない」

そう言ってもやはり、ミシェーラさんは微笑《ほほえ》んでいた。

自分のダサさに改めて気がついた。

なら、変えなきゃいけない。でもその前に……俺は、これまで被った仮面を脱《ぬ》ぎ捨てる必要があるのだ。

「俺、誰かのためとか、そこまで考えてなかった。全部、自分に都合がいいように事を運ぶための〝偽善〟だったんだ」

積もった感情の吐露《とろ》は、声の震えを伴った。

ミシェーラさんは表情を崩《くず》さない。

彼女の肩越《かたご》しに見える、創造神オラトリオによく似た、慈愛《じあい》に満ちた笑《え》みをそっと浮《う》かべていた。

「俺、こっちに来てからずっとイマイチでさ。役立たずの落ちこぼれってこともあるけど、それもあってなんというか……パーティとうまく馴染《なじ》めなくって」

俺が急に語りだしたにもかかわらず、三人はじっと俺の話を聞いてくれている。

「俺の【デウス・クレアートル】ってスキル。名前だけはかっこいいのに、ダンジョン攻略を急ぐ勇者パーティにはまったく必要のないスキルで」

創造神オラトリオが俺たちを見下ろしている。なんとなく、ミシェーラさんたちに交ざって、彼女も俺の話を聞いてくれている気がした。

こっちに来る前はすごく良いこともすごく悪いこともなくて。とくに大きな苦労もしたことがなくて。困ったら周りの大人が助けてくれるような環境《かんきょう》で。

だからこっちに来ても、どれだけつらくてもなんとかなるだろって思ってた。パーティと同じ場所にいたくなくて、宿を逃げ出したとき、ミシェーラさんが助けてくれた。

ごめん、感謝しているのは本当なんだ。

……でも、心のどこかで、ああ、この世界では俺を救ってくれる周りの大人は、ミシェーラさんだったんだ、みたいに思っちゃった自分がいて……。

そんな自分が、どうしようもなくきらいで。

自分をきらいだと思うのと同時に、家族がいないこんな世界の俺は本当の俺じゃない、って思うようになった。

そう思うことでうまれた余裕を、俺は俺がいい人に見られるように使った。

いい人の仮面を被って、俺のスキルを貧しい人たちに使うことで、役立たずの俺でもだれかの役に立っているっていう満足感を得た。

アントンやミシェーラさんは俺をすごいヤツだ、みたいに言ってくれるようになって……。

口では俺はそんなやつじゃない、って言いながら――

正直、気持ちよかった。

久しぶりに人として認められて。ああ、俺はここに居ていいんだって。

カメレオンでも落零音《おちこぼれおん》でもなく、要零音《かなめれおん》はここで胸を張っていいんだ、って思った。

でも……モンスターに殺されてから、どうしようもなく怖くて。モンスターを倒すために召喚《しょうかん》された勇者のくせに、ただ一匹《ぴき》のコボルトが怖くて……。

白銀さんと黒乃さんは違った。俺はさっき、ああ、人間としての出来が違うんだ、って思った。

……でも、そうじゃなかった。人間の出来とか、生まれ持った才能とか、スキルとか、そういうのは関係なかった。

きっと、俺たちの違いは――苦難が訪《おとず》れたとき、膝を抱えるか、立ち向かうか、だったんだ。

「白銀さん、黒乃さん、ふたりの立ち向かう姿勢が、俺に気づかせてくれたんだ」

そこまで一気に語って「ありがとう」と頭を下げた。こんなにたくさん一気に喋《しゃべ》ったのははじめてだ。吐いた息は深かった。

「俺はもう、仮面を被らない。ごまかしもまやかしもおためごかしも必要ない。つまらない計算も方程式もいらない。俺はきっとこのままじゃ、なりたい自分にはなれない」

白銀さんは首を傾《かし》げていて、黒乃さんはおずおずと問うてきた。

「要さんのなりたい自分、とは?」

「わからない。……でも、胸を張って生きたいとは思う。身勝手な話だけど、俺はいまからでも抱えた膝を解いて立ち上がりたい。立ち向かいたい」

俺が答えても、ふたりはやはりよくわからない、という顔をするだけだった。続けてミシェーラさんに頭を下げる。

「ミシェーラさん、繰り返しになりますが、本当に感謝しています。優しさを、ありがとうございました」

「あの……もしやどちらかへ行かれるつもりでは」

「はい。今日じゅうにここを発《た》ちます。ここにいたら、いつまでも甘《あま》えてばかりの俺のままだから。一人前になったら必ず、このご恩を返しに来ます」

ミシェーラさんの瞳が揺《ゆ》れる。……俺は本当に自分勝手だ。

でもきっと、彼女の表情が曇《くも》ったのは、俺があまりにも身勝手だから呆《あき》れたのではなく、俺の身を案じてくれているからだと思う。

「お尋《たず》ねしても、よろしいでしょうか」

そんな彼女は胸に手を当て、俺にまっすぐな視線を送ってくる。首肯《しゅこう》で返すと、ミシェーラさんはこてんと首を傾げた。

「先ほどレオンさまは偽善とおっしゃいましたが……それのなにが悪いのでしょうか？」

「え……」

「ご自身が有利になるために計算し、取り計らったうえで、どなたかに優しくする……それのなにがいけないのでしょうか？」

ミシェーラさんは俺の醜《みにく》さを〝なんでもない〟とでも言うように、今度は反対側に首を傾げた。

「自分のためにだれかを貶《おとし》める……残念ですけれど、そういったかたはたくさんおられます。しかしレオンさまは優しくしてくださるのですよね？　とてもご立派だとわたくしは思いますが」

どうしてそんなことで悩んでいるのだろう、と俺を不思議そうに見つめてくる……。

「カナメのいってること、わたしもわからない」

白銀さんがソプラノで俺を否定する。

「やさしくするとゆうりになってはいけないの。そんなやさしさなら、わたしはいらない」

「そうですね。優しくしてくださったかたには、良いことがあってほしいと思うものではないでしょうか」

黒乃さんが頷いて、優しい顔を白銀さんに向けた。

「ふくぞうなくいうと」

白銀さんはぬぼーっとしたアイスブルーで俺を見上げる。

「わたしはとおくのダンジョンまでたどりつけない。そのてん、カナメのアイテムダンジョンはありがたい。カナメがここをでるのなら、わたしもついていきたい」

白銀さんの言葉にぎょっとした。それは俺だけでなく、黒乃さんもだった。

SPが枯渇するほど遠くのダンジョンまで歩かなくても、アイテムダンジョンならすぐに採取スポットがあるし、モンスターもいる。

それはまさしく俺が先輩《せんぱい》たちにアピールし、受け入れられなかったことだった。

「でもせっかくのきょてん。ミシェーラもやさしい。できるならここにいたい。だからカナメもここにいてほしい」

白銀さんは「わたしがいえるたちばじゃないけど」とつけ加えて、たくさん喋って疲れたのだろうか、ほうと息を吐いた。

　黒乃さんはこくこくと頷いて、

「私は要さんの言うことも、マリアちゃんの言うこともわかります。おふたりの持つ感情は、人間として当たり前のものだとも思います。そのうえで、要さんとマリアちゃんの関係はＷｉｎ—Ｗｉｎだと思います」

　戦闘《せんとう》ができない俺と、魔法《まほう》しか使えない白銀さん。

　机上《きじょう》で語るならば、俺たちの凹凸《おうとつ》はぴったりと合致《がっち》する……ような気もする。

「人はきっと、頭ではそういった計算をしながら、それをわざわざ口にせず、平然と過ごす生きものだと思います」

　黒乃さんの台詞《せりふ》で、伊集院静の言葉が蘇《よみがえ》る。

　人はみな、なにかを抱えながら、それでも平然と生きている——

　俺はこの言葉から、愚痴をこぼすヤツだけじゃなくて、みんな頑張《がんば》っているんだよ、というメッセージを受け取った。

　でも、たぶん、それだけじゃなかった。

　きっと人は、図太くないとだめなんだ。なにかを抱えても、平然と生きていけるように。

　きっと俺は、図太くならなきゃいけないんだ。なにかに悩んでも、前を向けるように。

うんうんと懊悩《おうのう》する俺に、ミシェーラさんが笑いかける。

「レオンさまのお気持ちが偽善ならば、わたくしなどは偽善まみれですわ」

「うそだろ……？　たとえば……？」

「うふふ……内緒《ないしょ》ですわ。わたくしが言わなければ、レオンさまが知らなければ、善のままですもの」

くすくすと笑うミシェーラさん。彼女は俺が思うよりもずっと図太かったらしい。

ちぇっ、とらしくなく悪態をつく。でも不思議といやな気分じゃなかった。

ミシェーラさんはこほんとひとつ間をとって、佇《たたず》まいを整える。表情は真剣《しんけん》そのものだった。

「レオンさま、ここに居てくださいませ」

「なんで……？　俺、ミシェーラさんに助けてもらって、心のどこかで当たり前みたいに思ってたんだぜ？　俺がミシェーラさんだったら、俺と一緒にいたいと思わない」

同族嫌悪《けんお》というやつなのだろうか、それはわからないが、少なくとも俺は俺と一緒にいたくない。こんな根暗で内気で内心ではなに考えてるかわからないやつ、ごめんだ。

……でも、ここまで言っても、ミシェーラさんの表情は翳《かげ》らない。

「残念ですけれど、わたくしはレオンさまではありませんので。わたくしはレオンさまに、ここに居てほしいと思っておりますわ」

「どうして……？　正直、食材はアイテムダンジョンがなくたって平気だろ。教会の裏に畑があって、飲み水だってテラスの簡易装置で事足りるだろ」

俺とミシェーラさんでは考えかたや価値観が違うとはいえ、現状、食材調達のためにしかアイテムダンジョンを活用していない俺を教会に置いてもいい理由が見当たらなかった。

……もしかして俺のこと好きなの？　なんて冗談《じょうだん》でも勘違《かんちが》いできる図々《ずうずう》しさだって俺は持ち合わせていなかった。

「レオンさま。生きるために必要なものはなにかご存じですか？」

「水と塩、あとは空腹をみたす食材だろ」

あまりにも簡単な質問だったから、即答《そくとう》した。

ミシェーラさんはくすくすと笑って首を横に振《ふ》る。

そのとき――

バァンと大聖堂の扉《とびら》が開いておっちゃんたちが姿を現した。

教会内はガラス天井《てんじょう》からの陽光で明るいはずなのに、おっちゃんたちが背にする外の世界はやけに眩《まぶ》しく見えた。

「生きるために必要なものは……〝希望〟ですわ」

俺の口から「は？」なんて情けない声が漏《も》れる。

白銀さんが感心したように「おー」と口にした。

「ガハハハ！　ミシェーラどの、お掃除《そうじ》終わりましたぞい！　あとこれを持ってきたぞい！」

おっちゃんたちは元気よく大声を出しながらぞろぞろと歩み寄ってくる。

「アントンさまたちがどうして笑っているのか、ご存じですか？」

「性格の問題だろ」

「ふふっ……レオンさまがいらっしゃるからですわ」

……。

わかってる。

ミシェーラさんはともかく、貧民《ひんみん》のおっちゃんたちは食うに困ってがりがりだ。ミシェーラさんが収穫《しゅうかく》したものや、アイテムダンジョンで手に入れたペレ芋《いも》を家族のために持って帰っていることはとっくに知ってる。

こいつら、バカなんだ。

貧民なのに。腹減って仕方ないのに。家族も抱えてるのに。

「ガハハハハ！　新しい勇者さまが増えたとあっちゃ、歓迎《かんげい》しねえとな！」

なんで事あるごとに、教会に野菜を持ってくるんだよ。ネギに似た野菜とか、大根に似た野菜とか……それ、お前らで食えばいいじゃん。

「レオンさま」

「……ああ」

ミシェーラさんがそっと耳打ちしてくる。

「みなさまが野菜を持ってきてくださるのは、純粋《じゅんすい》な優しさや、貧しいなかでも食べものを分けあう美しさ——だけでは、ありません」

「……ああ」

わかってる。本当に、バカだって。

「みな、怖《こわ》いのです。レオンさまがここから去ってしまわれることが」

「……ああ」

こんなこと、なんにも関係ないのに。

「ですから、自分たちのもとから離《はな》れないよう、必死に、自分たちの利用価値をレオンさまに見せているのですわ」

「……ああ」

利用価値なんて、考えたこと、ねえよ。

「ものごとには表と裏があります。レオンさまは裏を忌避《きひ》しますが……わたくしは彼《かれ》らの裏を知ってなお、彼らの想《おも》いを尊いと思います」

「……ああ」

彼らには貧しいがゆえの悲哀《ひあい》に満ちた下心がある。

俺はそれを知って――

「そんなの、放っとけ、ない、だろ」

なにか熱いものが頬《ほお》を伝った。

それは俺が記憶《きおく》するかぎり、現実にいたときも、殴られたときも蹴《け》られたときも、唾《つば》を吐きかけられたときも、追放されたときも流れなかったものだった。

「仮面、偽善、そういったものはどうでもよく、レオンさまはすでにして、わたくしを含《ふく》め、みなさまの希望になっているのですわ」

ミシェーラさんがそっと俺の手を取った。

「だから、いなくならないでくださいませ。偽善なのではないかと苛《さいな》む……レオンさまのそのお心こそが善なのです。わたくしたちにもうすこし、希望を見せてくださいませ」

ふわりと笑って俺の手を放し、懐《ふところ》から手ぬぐいを取り出して俺の目元を拭《ふ》いてくれる。

「居ても……いいのか。俺は、俺でいいのか」

「はいっ」

「でももう仮面を被らないぞ。きっと口も悪くなるぞ」

「まあぁ。……うふふ、その後は告解部屋ですわね」

「おっかないな……」

周囲に目をやると、おっちゃんたちが「どうしたどうした、レオンどの、なにかあったのか！」と揉《も》めていて、白銀さんと黒乃さんが彼らを一生懸命《いっしょうけんめい》抑《おさ》えてくれていた。

「ミシェーラさん」

「はい」

「けじめだけつけさせてください」

ミシェーラさんの手を取り、花の香りがする手ぬぐいを俺の顔から遠ざけ、彼女の手を放す。

不思議そうにするミシェーラさんから一歩下がって、深く頭を下げる。

「出ていくなんて言っておいてすぐ、こんなのカッコ悪いってわかってる」

そう、わかってる。

俺はカッコ悪い。ダッセェ。それを口に出すのはもっと恥《は》ずかしい。

でも、俺はまだ、ちゃんと言っていない。そっちのほうがダサいと思った。

「パーティから追放された落ちこぼれです。改めて、この教会の世話にならせてください。お願いします」

たぶん俺は、生まれてはじめて、小賢《こざか》しい計算抜きで――たったひとつ、ここに居たいという願いだけで頭を下げた。

ミシェーラさんからここにいてくれって言ったんだから、これはいわば恋愛成就《れんあいじょうじゅ》が約束された告白に等しい。

それでも、怖かった。己の本音をぶつけることがこんなにも怖いのだとはじめて知った。

「――朝の礼拝は六時。時間に遅《おく》れないことが、ここに住んでいただく条件ですわ」

顔を上げると、ミシェーラさんはやはり柔《やわ》らかく笑っていた。

「条件を守っていただけるのでしたら、いつまでもここに居てくださいませ」

「……ああ、約束する」

すっと差し出されるミシェーラさんの手。

今度は俺《おれ》の手を取るでもなく、涙《なみだ》を拭うでもなく、ミシェーラさんと俺の中間で、俺の手を待ってくれている。

「よろしくお願いします」

「こちらこそですわ」

右手の手汗《てあせ》をシャツで丁寧《ていねい》に拭いてから、ミシェーラさんの手を取った。

「なんだなんだぁ？　なんの話だぁ？」

「ま、まあまあ……！」

振り返るといまだに黒乃さんと白銀さんがおっちゃんたちを抑《おさ》えてくれていた。

「終わったよ、ふたりともありがとう」

「おうおうおうおうレオンどの！　水くせえじゃねえか！　……ま、まさか、ここを出ていくってぇんじゃ……」

「違《ちが》うよ、改めてこれからもよろしく、って話をしただけ」

黒乃さんと白銀さんのおかげで、俺たちの話はアントンたちに届いていなかったらしい。

「カナメ。あさのれいはい、じかんをまもれないとどうなるの」

しかしどうやら白銀さんには聞こえていたようで……

「絶対守れ。人として生まれてきたことを後悔《こうかい》することになる」

お世話になってはじめての朝を思い出し、自分の顔が青ざめたことを自覚した。

「きをつける。ヒミコ、わたしのいのちはヒミコにかかってる」

「私はいったい、なんの責任を背負わされているのでしょうか……」

あのときは目にも留《と》まらぬ早業《はやわざ》で両目を塞《ふさ》がれて、たぶん告解部屋まで引きずられてそこであああああああああ………。

やめよう、思い出すと情緒《じょうちょ》がおかしくなる。

「レオンさま、これからどうされますか？」

この言葉はミシェーラさんのものだったが、問いはみんなのものだった。

白銀さんも黒乃さんも、おっちゃんたちも問いかけるような視線を俺に向けている。

……なんで俺なんだよ。

「とりあえず食い物にも困ってる現状をどうにかしないといけないだろ。食材のアイテムダンジョンに潜《もぐ》り続けて、ひとまずこの状況《じょうきょう》を打破したい」

おっちゃんたちから「おおっ！」と熱い声があがった。

「その前に、まずは俺の話を聞いてほしい。俺の【デウス・クレアートル】ってユニークスキルなんだけど、ダンジョンをクリアすることで新しいスキルが――」

俺が夢の話をすると、みんなはふんふんと真剣に聞いてくれる。

ダンジョンのコンプリートボーナスを得てアイテムの意思を獲得《かくとく》することで、俺のステータスにボーナスが発生することを説明すると、俺が頭を下げる前に「手伝わせてくれ！」と豪快《ごうかい》に笑われてしまった。

「お前ら、覚悟《かくご》しとけよ。こちとら今日から無職だ。俺のＭＰがあるかぎりダンジョンに潜るからな」

「ガハハハハ！　レオンどのは頼《たの》もしいな！　こっちは呼べば数十人は集まるからな。ワシらのことは心配いらねえぞ！」

「マ◯ハンドかよ……やっぱり五人くらいでじゅうぶんだわ」

俺がげっそりすると、なおのこと高々と笑い出す。

彼らは、いつもそうだ。

俺は、希望ってものは、遥《はる》か高く――空の彼方《かなた》にあるもんだって思っていた。

憧《あこが》れるけどどこにあるかわからなくて、なんとなく手を伸《の》ばしても届かなくて。

でも、きっと、俺が気づかなかっただけなんだ。

ミシェーラさんは俺のことを希望だなんて言ったけど。

どれだけ貧しくても、どれだけつらくても、ガハハハハと笑い飛ばす彼らこそがいま、

俺にとっては燦然《さんぜん》と輝《かがや》く希望に見えた。

第4話　防具屋エストラーダ

item dungeons!

貧困《ひんこん》を解決するため、みんなでがんがんアイテムダンジョンに潜ろうと決まったはいいものの、その前に相談すべきことがいくつもあった。

まずは先ほどのペレ芋ダンジョンでモンスターの木箱から入手した報酬《ほうしゅう》の分配だ。

30カッパー、コボルトの槍《やり》、スキルブック【採取ＬＶ１】。

もうこの時点で教会の礼拝堂は揉めに揉めていた。

「なんで誰《だれ》も受け取ろうとしないんだよ……」

「わたしはすぐしんだ。うけとるりゆうがない」

「いや、たぶんコボルトに致命傷《ちめいしょう》を与《あた》えたのは白銀さんの魔法だった。だから……」

そう言っても白銀さんはふいと顔を背《そむ》けるだけ。

「黒乃さんはモンスターに矢を当てたし、このスキルブックは黒乃さんのユニークスキルの成果だろ。だから……」

「いえ、私はうずくまっていただけですし、【採取ＬＶ１】のスキルブックも読むことができませんから」

　黒乃さんも首を横に振る。

　スキルブックは読めば誰もが習得できるわけではなく、対応するスキルへの〝適性〟が不足していると読むことができず、スキルも習得できない。

　今回のスキルは【採取】だが、黒乃さんはさっきはじめて採取をしたということで経験値が足りず、習得可能状態になっていなかった。

　読むことができるかできないかは、表紙に書かれた〝採取LV1〟という文言が淡《あわ》く光っているか光っていないかで判断できる。

　黒乃さんと白銀さんは光っていないらしいが、俺と、アントンを含むおっちゃんたちの多数は「光っている」と挙手した。

「んじゃアントンたちはどうだ？　っていうかアントンがいなかったら木箱を開けることさえできなかったんだし、アントンが持っていくべきだろ」

「なにを言うか。レオンどののおかげで採取ができるだけでじゅうぶんだわい。嬢《じょう》ちゃんたちのおかげでモンスターに怯《おび》えず励《はげ》めたしの！　ガハハハハ！」

「……マッティ、オリヴァー、カタイネン、お前らはどうだ」

「ガハハハハ！」

「聞いちゃいねえ……」

食うのにも困ってるくせに欲がないってどういうことなの。

白銀さんも黒乃さんもおっちゃんたちも受け取る気がないというか配分に参加する気さえない。そのうえ頑固《がんこ》だ。困った。

「あの……そもそも要さんのアイテムダンジョンで手に入れたものですので、要さんが受け取るべきでは」

「いや俺、コボルトにトドメさしただけだしな」

「カナメはがんこ」

うーん、困った。

「そうだ、俺のアイテムダンジョンで、っていうなら、俺たちはミシェーラさんの世話になってるわけだし、これ全部寄付します」

「ガハハハハ！　それがいい！」

「あの……お気持ちはうれしいのですが、ダンジョン攻略《こうりやく》を有利にするためにつかっていただいたほうがよろしいかと思いますわ……」

なんだかミシェーラさんまで疲《つか》れた顔をしている。

やれ勇者さまがたで10カッパーずつとアイテムを分けろ、だの。わたしはしんだから、そのぶんアントンにあげて、だの。私は採取用手袋を頂いていますので、だの。

「お前らちょっと折れるってことを覚えたほうがいいぞ」

「すさまじいブーメランをみた」

白銀さんがぬぼーっとしたアイスブルーで俺を見つめる。心なしか、じとーっとしているような気もする。

「ふふっ……」

黒乃さんがこらえきれない様子でくすくすと笑う。

「どうした？」

「あ、いえっ、すみませっ……。前のパーティでは毎回報酬の争奪戦《そうだつせん》だったのに、こちらではみなさんが譲《ゆず》りあっているのがなんだかおかしくて……」

たしかに勇者パーティのときは、早いもの勝ちだとか、あーっテメエ取りすぎだろ！とかいっつも喧嘩《けんか》してたもんな。

まあ俺は蚊帳《かや》の外で、お情けで投げられた硬貨《こうか》を拾っていたんだけど。1カッパーだけぽんと投げられて笑いものにされたこともあったなあ……。

黒乃さんと白銀さんも俺と同じような状況だったのなら、なんだかつらさが増してくる。

しかし報酬が宙ぶらりんで残ったまま、ってのは、勇者パーティよりもタチが悪い気もする。

「んじゃ俺はコボルトの槍を貰《もら》うわ。【採取LV1】のスキルブックはおっちゃんたちの誰かが使ってくれ。で、お金なんだけど、黒乃さんが持っていってくれ」

俺が無理やり決めると、白銀さんはほっとした顔をして、おっちゃんたちと黒乃さんがはわわわと慌《あわ》てだした。

「スキルブックってめちゃくちゃ高いんだろ？　貰えねえって！」

「ど、どうして私なのでしょうか？」

「ミシェーラさんが言ったとおり、アイテムダンジョンに潜るため、パーティの強化に使う。俺は武器として伐採《ばっさい》用の斧《おの》よりマシそうなコボルトの槍を貰う。コンプリートボーナスを獲得するには採取をする必要があって、おっちゃんたちは採取の主軸《しゅじく》なんだから、誰かが使ってくれ。んで、黒乃さんなんだけど……」

そこで言葉を区切り、どう伝えようか悩んだ挙げ句、結局ストレートに口にした。

「足りるかわからないけど、その金で胸当てみたいなものを買ったほうがいいんじゃないか。俺、弓道《きゅうどう》のことは詳《くわ》しくないけど、構えって変えられないんだろ？　なら防具のほうでどうにかすべきだろ」

黒乃さんは自分の胸を抱《だ》くようにして「お気をつかわせてしまってすみません」と消え

そうな声を発したあと、俺の手から30カッパーを受け取ってくれた。

しかしおっちゃんたちはまだ納得《なっとく》していないようで、

「お、おい、レオンどの……このスキルブック、売れば高いんだろ？　そんなもの、ワシらなんぞに……」

アントンがまだ食い下がってきた。

「なんぞじゃない。あと勘違いしないでくれ。これは施《ほどこ》しじゃなくて、先行投資だ。俺はおっちゃんたちにこのスキルブックを活用して、もっと働いてもらおう、って魂胆《こんたん》なだけだから」

仮面を脱いだとはいえ、あまりにもどストレートな口ぶりに自分でも驚く。さすがに傷つけてしまったかな、と彼らの顔を見ると、

「なんぞ、じゃ、ない……」

「おおおおお……レオンどのは、まことの勇者さまじゃ……」

別ベクトルで刺《さ》さってしまったようだった。耳、都合よすぎない？

気づけば今度はミシェーラさんがくすくすと笑っていた。

「たしかにお口は悪くなりましたけど、いままでよりも強くレオンさまの愛を感じますわ。不思議ですわね」

「そんなんじゃないって」

……ミシェーラさんは本当に、俺を買いかぶりすぎだ。

「それにしても……」

そんな彼女《かのじょ》は、こてんと首を傾げる。

「普通《ふつう》のコボルトが、30カッパーもドロップしましたかしら……」

「俺は荷物持ちだったし、どのモンスターがいくら落とす、とかわかんない。ミシェーラさんは知ってるのか？」

「いえ、いいえ……。わたくしもどこかで耳にしただけで」

すこし気になったが、ミシェーラさんがそれ以上訊《き》いてほしくなさそうだったから、俺もそれ以上追及しなかった。


アイテムダンジョンに潜るにあたり、いちばん重要なことはモンスターの対処だ。モンスターさえいなければ安全に採取ができるし、なによりモンスターの討伐《とうばつ》はコンプリートボーナスに含まれている。

どのアイテムのダンジョンに潜るか、という話の前に、モンスター討伐にあたって問題はいろいろとあるし、まずは白銀さんだ。魔法を放つたびに死ぬんじゃ話にならない。

白銀さんからは「それでもいい」とでもいうような気配を感じるが、こちらが見ていられない。しかしまあ、白銀さんの対処は俺のほうでなんとかできそうだった。

問題は黒乃さんだ。むしろ黒乃さんの胸だ。

いや、おっぱいは悪くない。おっぱいには夢が詰《つ》まってる。

……俺なに考えてんだ、なんて思いながら、教会を出て貧困街を五分ほど南下する。

太陽は出ているのにどことなく暗い感じがするのは、きっとワラでできた痩《や》せた建物と、家に負けないくらい痩せこけた貧民の、厭世的《えんせいてき》な空気が原因のような気がする。

貧困街を抜《ぬ》け中央通りに出ると、石畳《いしだたみ》が陽光を反射して眩しいくらいだった。気温も三度ほど上昇《じょうしょう》した気がして、すこし暑く感じるほどだった。

目当ての店はいったん大通りまで南下してからすこしだけ西に進み、路地をふたたび貧困街のほうへ北上してすぐのところにあった。

たぶんレンガ造りの茶色い建物。小さな店舗《てんぽ》だが扉は大きく、開け放たれている。その上部には鎧《よろい》と盾《たて》を手《て》描《が》きであしらった看板が、この店舗が防具屋であることを明示していた。

「すみません、つきあわせてしまって」

「いいえいいいえ。うふふ、防具屋は久しぶりですわ」

おっちゃんたちに留守を任せてついてきたミシェーラさんはなんだかうきうきしている。あの教会、大丈夫《だいじょうぶ》か。いや、それよりもっと心配な子がいる。

「白銀さん、大丈夫か？」

「へいき。あるくれんしゅうもしておかないといけないから」

絹糸のようにさらりとした銀髪《ぎんぱつ》のショートを揺らしながら隣《となり》を歩く、小柄《こがら》というには小柄すぎる少女は、美しい顔のパーツと相まって西洋人形のようだ。

そんな彼女はスキルのマイナス効果も相まって、しばらく歩くだけでSPが枯渇《こかつ》してしまい、命に危機が訪れる。

黒乃さんもミシェーラさんも何度も白銀さんを振り返り声をかけながら、どうにかこの防具屋に到着《とうちゃく》した。

……と、防具屋の前で壁《かべ》に背を預けているひとりの女性が目に入った。

腰《こし》までさがる金髪《きんぱつ》のストレート。コモンシャツを胸下で縛《しば》りへそを出していて、コモンパンツ——短パンも改造しているのかホットパンツのように短くなっている。

ひと昔前のギャルといった印象の彼女は誰かを待っているのだろうか、切れ長の目を退《たい》屈《くつ》そうに彷徨《さまよ》わせながら、自分の毛先をくるくるともてあそんでいる。

コモンシリーズという服装と見た感じの年齢《ねんれい》から、もしかしたら俺たちと同じ現代から飛ばされた同級生なのかもしれない……なんて思った。

しかしまあそれだけだ。「おっ、飛ばされた組？　俺も俺も！　チームどこ？」なんてこちらから話しかけることなんてするわけがないし、むしろギャルっぽいというかヤンキーっぽい見た目の女子は苦手だ。

ギャル怖え。ヤンキー怖え。

そう思いながら防具屋に入るとき、視界の端《はし》でギャルがこちらをちらりと見やり、興味なさげに視線を戻《もど》す動作が目に入った。

……ほっ。「あれー？　噂《うわさ》のカメレオンじゃんw」みたいなことを言われなくてよかった。

金髪ギャル怖え。

自分の偏見《へんけん》に辟易《へきえき》しつつ、何事もなく店内へ。

木とレザーの香りが鼻孔《びこう》をくすぐる。

ミシェーラさんが紹介《しょうかい》してくれたこの店は、ランクの高い防具は取り扱《あつか》っていないが、低ランク――コモン、レザー、ウッドブランドの品揃《しなぞろ》えがよく、他店舗《たてんぽ》よりも安価で販売《はんばい》しているそうで、ようするにルーキー御用達《ごようたし》の店、ってわけだ。

そのためか、ずらりと並んでいる防具は地味な色が多く、なんというか、芋の煮《に》っころがしのような色合いの店である。

貧民街《ひんみんがい》をすこし入った場所にあることもあってか、客つきはよくない。俺たちの他には

一組の男女がいるだけだ。

「おや、シスター・ミシェーラじゃないかい。いらっしゃい」

店の奥《おく》からハスキーな女性の声がした。ミシェーラさんは俺たちの先――レザー装備が並ぶハンガーラックのような棚《たな》の向こうでぺこりとお辞儀《じぎ》をする。

「ごきげんよう、エストラーダさま」

エストラーダさまと呼ばれた女性は店の一番奥、木製のカウンターの向こうであご肘《ひじ》をつきながら、空いた手の人差し指と中指にキセルを挟《はさ》んで紫煙《しえん》をくゆらせていた。

「おやおや、可愛《かわい》らしいメンツだね。アタシはエストラーダ。どうぞご贔屓《ひいき》に」

彼女がこの店の主であることは間違《まちが》いない。

来客があってもキセルに口をつけ、うまそうにたっぷりと煙《けむり》を吐《は》き出す姿はきょうび現実ではお目にかかれない。

年齢は四〇歳《さい》から五〇歳くらいだろうか。ウェーブがかった黒髪《くろかみ》、肩《かた》にひらひらのレースがついた黒の服。ついでにキセルも黒い。まるで「アタシは黒以外身につけないよ」とでも言っているように彼女は黒かった。

キセルを口にする小慣れた様子や、ニヒルな笑《え》みなのに歓迎してくれているのは間違い

ないと確信できる雰囲気《ふんいき》は、テレビドラマなんかで見かける場末のバーのママを思わせた。

「コモンシリーズは20カッパーから30カッパー。レザーシリーズとウッドシリーズは60カッパから1シルバー20カッパー。一式で揃《そろ》えるなら安くしとくよ」

なんだろう、一見すると無愛想な接客なのに心地《ここち》いい。コンビニの店員がこんな感じだったら「二度とこねえよ」ってなるのに。もしかするとこの女性の魅力《みりょく》のようなものなのだろうか。

「エストラーダさま。本日はこちらのヒミコさまの防具を探しにきたのです」

「く、黒乃灯美子です。よろしくお願いします」

そんなこんなで、今回の目的は黒乃さんの鎧——というか、胸当てである。ミシェーラさんがエストラーダさんに相談をもちかけると、黒乃さんが赤くなってうつむいた。

黒乃さんからすると特に男子の俺には聞かれたくない話だろうから、そっとその場を離《はな》れ、店内の防具をなにげなく眺《なが》めていることにした。

目の前には地味な色合いの衣服がずらりと掛《か》けられていて、足元にはローファーのような底の浅い靴《くつ》が並んでいる。

防具ランク1、コモンシリーズ。俺が装備しているルーキー御用達の麻布《あさぬの》防具だ。コモンシャツ、コモンパンツ、コモンブーツがルーキー三種の神器と呼ばれている。

それらに手をかざすと、目の前に半透明《はんとうめい》のウィンドウが現れた。

コモンシャツ　30カッパー　HP2　DEF0．20
安物の素材でつくった簡素なシャツ。まずはここから。

コモンパンツ　20カッパー　HP2　DEF0．10
安物の素材でつくった簡素なパンツ。まずはここから。

コモンブーツ　30カッパー　HP1　DEF0．10
安物の素材でつくった簡素な靴。まずはここから。

この異世界には〝非魔力物質《まりよく》〟と〝魔力物質〟が存在する。
物質に含まれる量が一定未満なら非魔力物質、一定以上なら魔力物質になる。
シャツやパンツを掛けてある、木と石を組み合わせたようなお手製のハンガーラックじみたものに手をかざしてもなにも起きない。このハンガーラックが非魔力物質だからだ。対し、こうやってウィンドウが出てくるものは魔力物質——アイテムと呼ばれている。

俺はアイテムダンジョンを創造するっていうスキルを持っている。

さっきのようにアイテムに手をかざした状態で、強く意識すると――

コモンシャツ　30カッパー　HP2　DEF0．20
簡素なシャツ。まずはここから。
▽――【デウス・クレアートル】創造消費MP7
（X）創造不可：未所有

こんなふうにダンジョン創造の情報が追加される。

『（X）創造不可』というのは、このコモンシャツが俺の所有物ではないからだ。30カッパーを支払《しはら》って購入《こうにゅう》して自分の所有物にすれば（X）のロックが解除され、コモンシャツのダンジョンを創造することができる。

ちなみにこうしてウィンドウが開くアイテムならば、たぶんどんなものでもダンジョンの作成が可能になる。

ただし、ダンジョンの難易度は消費MPに比例しているみたいで、さっき潜ったペレ芋のダンジョンの消費MPは5。そして多くのアイテムの消費MPは6以上で、複数のモンスターがいたり、ダンジョンに降り立った瞬間《しゅんかん》モンスターに発見される構造だったりと、少なくとも昨日までの俺たちでは採取さえできなかった。

ダンジョンで全滅《ぜんめつ》、あるいは攻略できずに撤退《てったい》した場合、ダンジョン創造に使用したアイテムは消滅《しょうめつ》する。だからこれまでは消費MP5のペレ芋ダンジョンに潜り、なんとか採取をして稼《かせ》いでいたわけだ。

実際に俺が身にまとっているコモンシャツのダンジョンならば創造できる。その場合、上半身裸《はだか》の状態でコモンシャツダンジョンに入ることになる。ダンジョン内の転移陣《じん》から逃《に》げ帰《かえ》れば俺は半裸《はんら》でこの店に戻ってくることになり、めでたく変態の完成となる。

コモンパンツならモア変態だ。きっと警備兵がやってきて、俺は牢獄《ろうごく》に閉《と》じ込《こ》められてしまうに違いない。

ちなみにコモンパンツは短パンだが、その下には原始人が装着しているような麻《あさ》のボロギレを履《は》いているから、丸出しになることはさすがにないんだけど。

「カナメ、おちこんだかおしてる」

いつの間にか隣に白銀さんがいて、俺の顔を見上げていた。

「あ、いや、なんでもない」

まさか変態的な理由で捕《つか》まる妄想《もうそう》をして落ち込んでいました、なんて言えるはずがない。

適当に誤魔化《ごまか》すが、白銀さんはぬぼーっとした瞳《ひとみ》をこちらへ送り続けている。

「なにかあったら、かかえこまないで、おしえて」

俺よりもずいぶんと低い位置にあるアイスブルーに吸《す》い込まれそうになった。どう考えても同い年と思えない相手に不覚にもどきりとしてしまい、

「お、おう、わかった」

どうにかそれだけ返すと、白銀さんは「そう」と短く応え、何気ない様子でハンガーラックに掛かる衣類に目をやった。

「わたしにできることは、すくないとおもうけど」

言いながら眼前に並ぶシャツの一着をきゅっとつまむ。そんな様子は、本気で自分の無力を苛んでいるように見えた。

……白銀さん、めっちゃいい子じゃないか。

「そ、その、ありがとな。頑張《がんば》ろうな、これから」

これまでの俺なら、感謝の台詞《せりふ》も奮起の声も、なんの抵抗《ていこう》もなく口にできた。それはきっと、そうするべきだとか、そう言っておけばいいか、なんて計算があったからだ。

ミシェーラさんに対してもそうだったけど、自分の感情を素直《すなお》に吐露《とろ》することが、どもるほどに難しく、声が震《ふる》えるほど照れくさいことを、改めて知った。

「うん。まほうでがんばる」

白銀さんは骨製の杖《つえ》――コモンスタッフを掲《かか》げてきて、俺はそれに拳《こぶし》をこつんと当てて返す。そんなとき――

「ねぇねぇカズくぅん。ここ可愛い服ないからべつの店行こうよぉー」

店内にいた唯一《ゆいいつ》の男女客が、いつのまにかハンガーラックを挟んだ向こう側にいて、女性のほうが黄色い声をあげた。

というか、じつはさっきから男に媚《こ》びるような声がちょっと大きいなー、とか、もうちょっと小さい声で喋《しゃべ》ってくんないかなー、なんて感じていた。

どんなやつなんだ、と衣類越《ご》しにちらとあちらを見て――すぐ視線を戻した。

男性のほうはわからないが、女性のほうは学校で見たことのある顔だった。

自慢《じまん》じゃないが俺は人の顔と名前を覚えるのが苦手だ。それでもいま見た相手の姿かたちはひどく印象に残っていた。

校則ガン無視の、どピンクツインテール。威圧《いあつ》感のある横幅《よこはば》は、低身長ながら巨体《きょたい》の風格。ごつごつした顔は巌《いわお》を思わせた。

「いちごちゃん、人いるから」

いちごというかわいい名前らしい彼女は、衣類を挟んだ俺たちの目の前で、隣の彼氏《かれし》らしき男子の腕《うで》を抱き、身体をこすりつけている。

「カズくんはアタシだけ見てればいいのー」

「ちょ、ちょっと」

いちごちゃんはカズくんの腕を掴《つか》んだまま身体で押《お》してゆき、店外へ。決まり手、押し出し。

「お待たせー」

「そ、相馬さん、お待たせ」

いちごちゃんが外で待っていた金髪ギャルに軽い感じで声をかけ、カズくんが続く。

「べつに待ってない。てかあんたら、またなんも買わないで出てきたわけ？」

外で退屈そうにしていたギャルは、ふたりの連れだったらしい。いちごちゃんの、カズくんに対する媚びた声と相馬さんと呼ばれたギャルに対する低い声の温度差が怖かった。

「ねーねーカズくぅん、店の中の男子、めっちゃアタシの胸見てきたー」

「は？　誰？　ぶっ飛ばしてこようか？」

そんな会話が遠ざかってゆく。ともかく、これで店内がエストラーダさんと俺たちだけになって静かになった。

一安心、一安心。

……？

ちょっとまって。店内に男子って、俺しかいなくない？

じゃあさっきのいちごちゃんが言っていた〝めっちゃ胸を見てきた男子〟って……。

気づけば白銀さんが「ふーん」とでも言いたげな顔で、俺をじーっと見上げていた。

「いや、見てないぞ」

「だいじょうぶ。おとこはそういういきもの、だ、ってしってる」

「白銀さんは理解があって偉《えら》いな。でもそれ以前に見てないから。いやマジで」

本当に見てない。冤罪《えんざい》だ。あんなこと言われたから俺も言わせてもらうけど、お前のだけは絶対に見ないわ。

はぁぁ、と大きなため息をついたとき「レオンさま」とミシェーラさんの声がして、白銀さんとふたりでふたたび店の奥へ。

「お仲間が悩《なや》んでいるのに、レオンさまが素知らぬ顔をしていてはいけませんわ」

なんか怒《おこ》られた。

「いや、胸当ての相談なんだろ？　俺がいたら黒乃さんもやりにくいでしょ」

黒乃さんにちらりと目をやると、きっと自分のことで俺が注意されたことが申しわけなかったのだろう。「すみませんすみません」と何度も頭を下げられた。

「いや、謝《あやま》らなくていいんだ。俺が力になれることなんてないと思うけど、どうしたんだ？」

俺の問いかけに、黒乃さんはバツが悪そうな顔をして、

「そ、その……どちらにしようか迷っていて……」

両手に持つ二種類の胸当てを差し出してきた。

まずは片方を手にとってみる。

コモンチェスト　30カッパー　HP1　DEF0．10
左胸を保護する安物の胸当て。まずはここから。
（X）装備不可：女性専用

片胸だけを覆《おお》う、たぶん革製《かわせい》の胸当てだ。肩と左わきを通すための紐《ひも》がついている。

「黒乃さん、その……こんなことを訊くのはあれなんだけど……」

「は、はいっ」

デリケートな話題なだけに口ごもってしまう。

変な緊張《きんちょう》が黒乃さんに移ったのか、黒乃さんもどこかたじろいだような様子だった。

「まあ、レオンさま。ヒミコさまはこれからの運命を共にするお相手ですのよ。そのよ

うに遠慮《えんりょ》していてはいけませんわ」

「間違ってはいないかもだけど、その言いかたはどうにかならないかな」

俺たちはいわば運命共同体だ。それはわかってる。でも男女なんだから、そういう話題にはお互《たが》いに立ち入らないという線引が必要なのだろう。とくに男子は女子の領分に入り込むべきではないと思う。

でもミシェーラさんはそういった線を取り除こうとしているように感じる。防具屋に来るときも俺は遠慮したんだけど、ミシェーラさんは『レオンさまがそれではいけませんわ』なんて言って教会から俺を引っ張り出した。

ミシェーラさんの目的がいったいなんなのか、俺にはわからない。

わからない、けど……。

「弦《つる》が当たるのは左胸だけなのか？」

「そ、そうです」

「じゃあこれで問題ないんじゃないのか？　もう片方の胸当ては？」

困っている黒乃さんの相談に乗れることはありがたかった。

コモンブレスト　60カッパー　HP2　DEF0．20

両胸を保護する安物の胸当て。まずはここから。

(X) 装備不可：女性専用

なるほど、チェストは片胸、ブレストは両胸を保護するタイプのようだ。

両胸を覆う丸みを帯びたフォルムはウィンドウに表示されている通り明らかに女性用で、俺《おれ》が触《さわ》ってはいけないもののように感じた。

……って。

「さっき、コモンシリーズは20カッパーから30カッパーって言ってませんでしたっけ。これ、60カッパーって書いてあるんですけど」

エストラーダさんに視線を送ると、彼女はキセルから紫煙を吐き出して、

「女性専用って書いてあるだろ。専門性のある装備は高いのさ。覚えておきな」

悪びれもせず口角を上げながら教えてくれた。

「胸を保護するならレザーアーマーで事足りるからねぇ。ほら、そこにある」

キセルで指された先の革鎧《かわよろい》はたしかに胸、肩、胴《どう》を覆う形状をしていて、触《ふ》れてみると
コモンシリーズよりも柔軟《じゅうなん》かつ頑丈《がんじょう》そうだ。これなら弦が胸を打っても大丈夫だろう……

と、経験もないのに勝手に思った。

レザーアーマー　1シルバー20カッパー　HP5　DEF0．50
なめし革《がわ》でつくった鎧。ウッドシリーズよりも柔軟性《じゅうなんせい》があって動きやすい。
（X）装備不可：適性不足
▽――【デウス・クレアートル】創造消費MP12
（X）創造不可：未所有、MP不足

ゲーム的な視点から見ると、HPとDEFの上昇がコモンシャツの2．5倍と凄《すさ》まじい。

DEFってのは防御力《ぼうぎょりょく》のことで、モンスターから受けるダメージを軽減してくれるらしい。

HPってのは装備者のHPに追加される〝防具HP〟ってやつらしい。

モンスターの攻撃《こうげき》を受けると、痛みのほかにHPという数値が減少する。このHPが枯渇すると俺たちは拠点《きょてん》に戻されるわけだが、この防具HPってのは戦闘《せんとう》中、装備者へのHPダメージを肩代《かたが》わりしてくれるそうだ。

俺のHPは10で、コモンシャツとコモンパンツ、コモンブーツの防具HP合計は5だから、10（＋5）＝15ってことで、俺は15のHPを持っていることになる。

で、この防具ＨＰってのは基本的に戦闘が終われば回復する。

大気中にうようよ存在する〝マナフライ〟って魔力生物が、魔力防具――アイテムを元の形に復元しようとする働きがうんたらかんたらと勇者パーティの誰かが言っていた気がするが、いまは割愛《かつあい》する。

ちなみに白銀さんの場合はＨＰ２（＋５）＝７ってことになるが、疲労《ひろう》や病気によるＨＰの減少は防具ＨＰで賄《まかな》えないらしく、防具強化以外での解決策を考える必要がある。

……とまあ脱線《だっせん》したが、防具ってのはすごいもんなんだ。ＨＰ５、ＤＥＦ０．５のレザーアーマーは俺からすると非常に強力だった。

ただそのぶん、値段もすごいことになっている。１シルバーが１００カッパーだから、この鎧は１２０カッパー。高いというよりもまったく手が届かない。

そういえば勇者パーティを結成してちょっとしたころ、いち早くこの革鎧を装備した先《せん》輩《ぱい》たちが居丈高《いたけだか》に振《ふ》る舞《ま》っていたなぁ……。

で、俺はといえば適性不足で装備さえできない。どうやら黒乃さんも同じらしかった。

「適性不足ってやつは、いつか装備できるようになるんですか？」

「そうだねぇ。レベルが上がるか、スキルブックの【防具】【鎧】あとは【服】【着こなし】あたりを読むと適性は上がるよ」

エストラーダさんは〝装備できるようになる〟と明言はしなかったものの、装備できる可能性はある、と希望を残してくれた。

……というか、スキルブックの種類、ありすぎじゃないの？

それはともかく、どちらにせよレザーアーマーはおろか、両胸を保護するコモンブレストも金が足りなくて買うことができない。

だから結局、30カッパーのコモンチェストを選択《せんたく》せざるを得ない、って状況《じょうきょう》だ。どうして俺に相談する必要があるのかわからない。

「足りないぶんはわたくしがお手伝いさせていただきますわ。レオンさまはどちらがヒミコさまにお似合いか、見比べてくださいませ」

「ねえそれ俺がチェックする必要ある？」

俺の声は届いていないのだろうか、ミシェーラさんに促《うなが》され、黒乃さんは店の隅《すみ》にある試着室へと入っていった。

……と思ったら、彼女は早々に胸当てを装着して姿を現した。

「ど、どうでしょうか」

装備したのはコモンブレスト。両胸を隠《かく》すタイプのものだ。

女性用の胸当てというだけあって、最初から胸部分がこんもりしているタイプだ。

だからまあ、自分の胸を気にしている黒乃さんからすれば、胸当て自体の膨《ふく》らみで素の大きさが誤魔化され、他人の目が気にならなくなるっていう意味ではいいのかもしれないけど……。

「似合ってるとは思うけど……。もう片方も見せてもらっていいか？」

「は、はいっ」

黒乃さんは試着室へと引き返し、またすぐ姿を現した。

今度はコモンチェスト――左胸だけを覆う胸当て姿だ。

こちらは左胸が胸当てに押しつぶされて若干《じやつかん》平らになっているが、むしろそのぶん右胸の盛り上がりが目立っている。

とくに胸当てから右腋に伸《の》びる紐が右胸の下側を通って、なんとも言えないカーヴを持ち上げるように際立《きわだ》たせて……

「あ、あのっ、そんなにまじまじと見られると……」

「ご、ごめん」

さすがに見すぎた。黒乃さんは赤くなって右胸を隠してしまう。俺も同時に顔を背《そむ》けたときに見えた、白銀さんの「ふーん、やっぱり」みたいな視線が俺に突《つ》き刺さって痛かった。

「個人的には、いまのコモンチェストのほうがいいと思う」

「ふーん、やっぱり」

今度は声にまで出されてしまった。

「いや、その……黒乃さん、弓を引くとき、左胸が邪魔《じゃま》になるんだろ？　ならこっちのほうがいいんじゃないか」

「そ、そうですね……。そうですよね」

弓道のことはよくわからないけど、盛り上がったコモンブレストは〝弾《はじ》いた弦が胸を打つ〟ことを前提とした防具だ。

それに比べコモンチェストは左胸を押しつけてやや平らにするぶん〝胸が構えを邪魔しない〟という点で軍配が上がる気がした。

素人《しろうと》の俺でもわかることなんだから、こんなことは黒乃さんならとっくに理解しているだろう。それでも俺に意見を訊いたのは、ミシェーラさんの後押《あとお》しがあったから、ってのもあるだろうけど――

「俺は笑ったりからかったりしないぞ。堂々としていればいいと思う」

たぶん、コモンチェストのほうが胸が目立つのがいやだったのだろう。

きっと、このことでからかわれて邪険《じゃけん》にされたこの三ヶ月が、黒乃さんの胸中に深い影《かげ》を落としているのだ。

……俺だって、そうだったから。

「黒乃さんと白銀さんは、俺が落ちこぼれだと知っても、俺が胸のなかにあるドス黒い塊《かたまり》を吐き出しても、笑いもからかいもしなかった。だから俺も、ふたりのことを笑わない。絶対に」

俺たちは勇者パーティにいた落ちこぼれ同士なのだ。互いにどんな目に遭《あ》ってきたのか詳しいことはわからないが、そのつらさがどれほどのものだったか、どれほどの傷痕《きずあと》を残したのかを共感することはできる。

俺と違《ちが》い、ふたりは寄り添《そ》って必死に生きようとした。

そんな姿がカッコいいと感じた。

だから自分を変えたいと思った。

そう思わせてくれた黒乃さんが落ち込んでいる姿は、俺の心をざわつかせた。

「ありがとう、ございます」

黒乃さんは顔を伏《ふ》せ、腰に提《さ》げた小銭袋《こぜにぶくろ》から大銅貨三枚をエストラーダさんに手渡《てわた》す。

「毎度あり。……ん？　どうしたね」

さきほどから白銀さんがエストラーダさんのキセルをじーっと見つめていた。

「くんくん。わたしはグランパのキセルのにおいがにがてだった。なのにくさくない。……ふしぎ」

言われてみれば、これだけスパスパ吸って煙を撒《ま》き散らせているのに、店内はまったく煙《けむ》たくなかった。

「ああ、これかい？　これはマジックアイテムでね。煙じゃなくて蒸気が出る魔法《まほう》のキセルなのさ。防具に匂《にお》いが移っちゃイヤだからねえ」

「なるほど、なっとくした」

電子タバコかよ。場末のバーのママみが九割なくなった。

item dungeons!

第5話　ブイ大根ダンジョン

教会に戻ると、おっちゃんたちが目を輝《かがや》かせて待っていた。アーチを潜《くぐ》った先のテラスでは芋《いも》を煮《に》炊《た》くための巨大《きょだい》な鍋《なべ》が火にかけられている。

「待ちかねましたぞ！　あと三〇分ほどで昼飯じゃ！　もうすこしお待ちくだされい！」

「おお、嬢《じょう》ちゃんの胸当て、似合っておりますな！」

相変わらずおっちゃんたちは元気だ。そんなパワーがどこにあるのか、赤くなってうつむき「ありがとうございます」と頭を下げる黒乃さんの声が聞こえなくなるくらい大声で笑い合っている。

教会正面の上部に掛けられている大時計の針は十一時四〇分を指している。もうすぐ昼時だ。いつもなら勇者パーティの荷物持ちとしてこの島の各地を回っている時間だから、良く言えば新鮮《しんせん》、悪く言えば若干の罪悪感みたいなものがあった。

「カナメ、これからどうするの」

だからだろうか、このままのんびりする、ってのは違うと思った。

「昼食の前に、もう一回くらいはダンジョンに潜っておきたい。黒乃さんの胸当てが使い物になるかどうかも確認《かくにん》しておきたいしな」

「ご迷惑《めいわく》かけます。……その、またペレ芋のダンジョンに向かうのでしょうか？」

「ペレ芋も増やさなきゃなんだけど、俺としては別アイテムのダンジョンにも潜りたい」

ダンジョンを攻略《こうりゃく》しコンプリートボーナスを得れば、アイテムのスキルを得ることができるみたいだし、ペレ芋のスキルではＳＰが１上昇するだけだったけど、様々な種類のアイテムダンジョンを攻略し、そういったスキルを積み重ねていけば、俺もいつかは強くなれるんじゃないか、って思う。

これはあくまで俺のわがままだから、せっかくダンジョンに潜るなら教会での生活が豊かになるようなダンジョンに入りたい。

ダンジョンを想像するには、魔力が含《ふく》まれたア、イ、テ、ムが必要になる。この世界にあるもののほとんどは――たとえば、煮炊きに使う水やベンチに使用されている木材は非魔力物質だ。アイテムではないから、これらのダンジョンには入れない。

アイテムっていうのは、さっきのペレ芋とか、エストラーダさんの防具屋で触れたときにアイテムウィンドウが表示されるもののことをいう。

じゃあアイテムとしての素材はどうやって手に入れるかというと、どこかで〝採取〟や

"伐採"――ミニゲームじみたことをして仕入れてくるか、素材を販売しているショップで購入してくるしかない。

ペレ芋を採取したように、白い光を追うミニゲームのような摩訶不思議《まかふしぎ》現象を経《へ》て手に入れた摩訶不思議物質こそがアイテムなのだ。

しかし作物であれば、普段《ふだん》の収穫《しゅうかく》でもときおり魔力保有量の多いものが採れることがあり、いつもは畑の収穫品からアイテムである作物を見繕《みつくろ》ってダンジョンを作成していた。

ミシェーラさんが収穫したかごを見た感じだと、ペレ芋しか入っていない。しかし——

「なあアントン、持ってきてくれた野菜って使っていいのか」

おっちゃんたちが黒乃さんと白銀さんを歓迎《かんげい》せねば、と持ってきてくれたかごに目をやる。

「もちろんじゃ！　アイテムの野菜は別にとってあるぞい！　……とはいえ、一本しかないがの」

「気が利《き》くな。サンキュ」

かごは四つあり、青と白の野菜がこんもりと盛られたものが三つと、大きな野菜が入ったかごひとつだった。アントンが別にとってあると言うのは、間違いなくこれのことだろうと思いながら手をかざす。

ブイ大根
二股《ふたまた》の長い根菜。茎《くき》も葉も食べられる。
▽――【デウス・クレアートル】　創造　消費ＭＰ５

〝ブイ〟という名を冠《かん》しているだけあって、Ｖの字になった大根だ。なかなかの太さがあり、根の部分も六〇センチ～七〇センチほどの長さのため、これ一本でニホンのスーパーマーケットに並んでいた大根三本ぶんほどの大きさがある。

これまでの体感として、ダンジョンの難易度は消費ＭＰの高さに依拠《いきょ》しているように思う。ブイ大根の消費ＭＰはペレ芋と同じ５だから、ペレ芋ダンジョンと同程度の難易度だと推察できる。

ここまで言っておいてあれだが、俺はこのブイ大根ダンジョンに潜ったことがあり、コボルト一体が出現する、ということを知っている。

あのときは当然すたこらと逃げたわけだが、いまは黒乃さんと白銀さんがいる。ペレ芋ダンジョンで勝利はしたものの、白銀さんは緑の光になり、黒乃さんはうずくまるほどの手傷を負った。リベンジマッチとしてはちょうどいい。

黒乃さんと白銀さんにブイ大根ダンジョンの情報を伝え、問う。

「昼食前にこのダンジョンに潜ろうと思うんだけど……いいか？」

「もちろんかまいません」

「おー……。うでがなる」

俺たち三人は頷《うなず》きあい、数人のおっちゃんを連れて台座の部屋に向かった。

魔力の奔流《ほんりゅう》にのまれ、瞼《まぶた》を開けたとき、黒乃さんと白銀さんの息を呑《の》む音が聞こえた。

「おー……。ジャパニーズうつくしい」

白銀さんの言いかたはどうかと思うが、ブイ大根はペレ芋と違い、背と左右を竹に囲まれたダンジョンだ。

横幅六メートルほどの通路がずっと前方に続いている。左右の壁《かべ》は背高い竹がみっちりと生い茂《しげ》っていて、通ることはおろか、先を見通すことさえできない。

「この世界にも竹があるんですね……」

「俺もこのダンジョンでしか見たことがないけどな」

このアイテムダンジョンの不思議なところである。

不思議ついでに言えば、外は昼なのに、このダンジョン内は夜だ。夜空を見上げれば、立派な竹葉にまん丸の月が浮《う》かんでいる。

かぐや姫《ひめ》は帰ったあとなのか。それとも俺たちが竹取の翁なら、この竹林のなかから彼《か》女《じょ》を見つけ出すことができるのか……。そんなつまらないことを考えてしまう。

普段ならこちらが風下なのか風上なのかを真っ先に確認するところだが、今回はしなかった。

なぜなら俺たちはいま、モンスターを倒《たお》しにきたのだから。

警戒《けいかい》しながら一本道の竹林を進む。地面はむき出しの土くれに、ぽつぽつと雑草が生えている程度だ。

そんななか、通路の端《はし》に耕されたごく小さな畑と、その上に輝く白い光が見える。

「いつもはこの辺で採取して、コボルトが来たら一斉《いっせい》に逃げる、ってパターンだった」

ふたりに説明すると、アントンたちが「そうじゃのうそうじゃのう」と懐《なつ》かしむように頷く。……といっても、ここ一ヶ月以内のことなんだけど。

「ここではなにがさいしゅできるの」

「予想できてると思うけど、ブイ大根だ」

「そうなの。……フルーツタルトのダンジョンだったら、フルーツタルトがさいしゅできるの」

「マリアちゃん、ゴリ押しが過ぎると思います……」

わくわくした瞳で「じゅるり」と涎《よだれ》を吸う白銀さんに反して、黒乃さんの声は疲《つか》れていた。

果物のダンジョンならともかく、タルトになるまで加工していれば、すでに人の手によって魔力は霧散《むさん》し、出来上がったフルーツタルトはアイテムとしての体《てい》を成さないだろうから、ダンジョンに入れないに違いない。……なにより、フルーツタルトを採取するという摩訶不思議なイメージが湧《わ》かない。

もうすこし進み、進軍のスピードを落とす。

「どうしたの」

「いつもはさっきの場所で採取してコボルトが来たら逃げてたんだけど、あんまり奥《おく》のほうまで進んでしまうと、いざというとき逃げられなくなる」

俺も一応コボルトの槍《やり》という武器を手にしたとはいえ、俺たちのメイン火力は白銀さんの魔法と黒乃さんの弓による遠距離《えんきょり》攻撃《こうげき》だ。この一本道で討《う》ち取る気まんまんなんだから、モンスターとの距離《きょり》は長いに越したことはない。

先ほどのように、ふたりの攻撃でコボルトを瀕死《ひんし》状態まで持ち込むことができれば御《おん》の字《じ》。手負いになれば俺の槍が火を噴《ふ》く。重症《じゅうしょう》のコボルト相手なら、俺にも勝機が生まれる

──かもしれない。

問題は矢も魔法もコボルトにかわされた場合だ。そうなったら全員で入口の魔《ま》法陣《ほうじん》まで全力疾走《しっそう》だ。逃走《とうそう》までプランに入っているのなら、その距離は短いほうがいい。

……セコい？　馬鹿言え、これはスポーツじゃない。殺し合いなんだ。勝つためならなんだってやる。

「なら、このままモンスターがきづくのをまつの」

「いや、ふたりとも耳を塞《ふさ》いでくれ」

「えっ？」

「ん」

白銀さんが杖を片手に両耳を塞ぐと、不思議そうにする黒乃さんも俺に従ってくれた。

ふーっ、と大きく息を吐《は》く。

コボルトは怖《こわ》い。あいつの持つ槍が怖い。獰猛《どうもう》な爪《つめ》や牙《きば》も怖い。俺より低身長なのに、俺より強くてすばしっこい身体が怖い。

……でもきっと、俺は、自分がなにもできないクズのまま終わることが一番怖い。

大きく息を吸い込んだ。

この感情はなんだろう。モンスターと戦う恐怖《きょうふ》と、己《おのれ》の弱い心と闘《たたか》う恐怖が綯《な》い交《ま》ぜになり、しかしそれでも前を向こうとする感情は、いったいなんなのだろう。

それに名前があるのなら、きっと――

「オラァァァアアッ！　俺たちはここだッ！　かかってきやがれッッ！」

溢《あふ》れる感情をそのままに、身体からありったけの声を吐き出した。

ぎょっとするふたり。

「黒乃さん、構えて。白銀さん悪い、肩《かた》さわる」

闇《やみ》を湛《たた》える正面を向く白銀さんの後ろに回り込んで、彼女の肩を支えた。

「白銀さんが魔法の反動で吹《ふ》っ飛ばないよう、俺が支えるから」

俺がそう告げると白銀さんは首だけで振り返る。

「わるくないかんがえ。でもカナメはわたしをなめすぎ」

どういうことだ？　と瞳で問い返す。

「そんなささえかたではふじゅうぶん。うでをわたしのまえにまわして」

「ぬ、ぬお、ま、マジか」

肩に乗せた手を引かれ、後ろから覆いかぶさるように白銀さんを抱《だ》きしめる形になる。

なにこれどこのシャワー施設《しせつ》を使ってるのかわからないけどいい匂い。

「来ました」

沸騰《ふっとう》しそうな脳を黒乃さんの声が引き止めた。

通路の奥を見ると、俺の声に反応したのだろう、槍と盾《たて》を手に猛然《もうぜん》と駆《か》けてくるコボルトの姿が見えた。

「炎《ほのお》の精霊《せいれい》よ、我《わ》が声に応えよ」

俺の顔の下で、白銀さんが詠唱《えいしょう》をはじめる。

「我が力に於《お》いて顕現《けんげん》せよ。其は敵を穿《うが》つ炎の一矢《いっし》也」

普段の拙《つたな》い語り口とは比べ物にならないほど流暢《りゅうちょう》で、どこか風格さえ感じさせた。

「3《コルメ》……2《カクスイ》……」

詠唱が進むにつれ、水平に構えた杖の前に現れた魔法陣が大きくなってゆき、白銀さんの身体も震え出す。

「ふっ……！」

もうすぐくるであろう衝撃《しょうげき》に身構えたとき、黒乃さんの矢が放たれた。

矢羽を回転させながら小さくなってゆくそれを、コボルトは盾で防ぐと、コボルトの膂《りょ》力《りょく》よりも矢勢《やいき》が勝《まさ》ったのか、大きく仰《の》け反《ぞ》って万歳《ばんざい》の形になる。

「1《ウユクスイ》……火矢《ファイアボルト》」

「うおおおっ⁉」

そこに白銀さんの魔法が発動し、焦《こ》げるような熱感と燃えるような赤橙《あかだいだい》を伴《ともな》って、炎の槍が凄まじい勢いで射出された。

魔法のゆくえを目で追う余裕《よゆう》なんてなかった。

半端《はんぱ》ない衝撃が前方――白銀さんの背中から襲《おそ》ってきて、俺は白銀さんを抱きしめたまま、吹き飛ばされそうになるのを必死にこらえる。

それなりな体格が宙に浮きそうになるが、踏《ふ》ん張って耐《た》えた。

「ぐっ……！」

きっと俺の靴跡《くつあと》が地面に轍《わだち》を刻んでいるに違いない。

たまらなくなってたたらを踏み、二、三歩後ずさったところで衝撃は終わった。

白銀さんから緑の光は溢れていなかった。正面で杖を構えたまま、じっと前方を向いている。「大丈夫《だいじょうぶ》か？」なんて声をかける暇《ひま》はない。

彼女を解放し、革袋《かわぶくろ》から槍を取り出しながらコボルトに駆け寄ろうとするが――コボルトは二〇メートルほど先で仰向《あおむ》けに倒れ、そこからは緑の光が立ち昇《のぼ》っていた。

「え？」

俺の口から情けない声が漏《も》れると同時、

《戦闘終了《せんとうしゅうりょう》――1EXPを獲得《かくとく》》

視界の左下にそんなウィンドウが表示され、コボルトが倒れていた位置に木箱が出現した。

「え、倒したの……か？　一発？」

「すごい、すごいですマリアちゃん！」

「おー……」

黒乃さんがきゃっきゃと飛び跳《は》ねて、白銀さんが深い息を吐いて勝利の喜びを表現している。白銀さんの背中を支えることに必死だった俺にはなにがなんだかわからない。

ぺちん、とふたりがハイタッチを交《か》わした。白銀さんがとててと駆け寄ってきて、俺に両手を伸ばす。

「い、いえーい？」

「いえーい」

戸惑《とまど》いながら俺も手のひらを白銀さんに向けると、彼女の小さな手が俺の手と重なり、ぺたんと控《ひか》えめな音が鳴った。

「カナメとヒミコも」

白銀さんは黒乃さんと俺に、交互《こうご》に視線を向けてくる。

「え、俺たちもかよ。……いえーい」

「い、いえーい……」

白銀さんに促され、黒乃さんともぺちっと手を合わせる。ハイタッチをするというパリピ的な行動に対し、鳴った音はずいぶんとみすぼらしかった。

白銀さんと一緒《いっしょ》に吹き飛ばされないようにするのに必死でよく見ることができなかったけど、コボルトを討ち取ったのはきっと白銀さんの魔法だ。俺と黒乃さんが気持ちのいいハイタッチをするというのもなんだか違う気がする。きっと黒乃さんもそう思っているだろう。だからこそお互い、こんなにも控えめなタッチになる。

黒乃さんは身をよじらせ、視線を落とす。

「す、すみませっ……！　私、手汗《てあせ》すごくて」

……どうやらそういった理由ではないようだった。

「汗《あせ》を笑うことなんてしないって。それだけ頑張《がんば》ったって証拠《しょうこ》なんだから」

「う……は、はいっ……」

むしろ俺のほうがひどい手汗だったかもしれない。おもにモンスターに対する恐怖と白銀さんを抱きしめた緊張で。

黒乃さんは他者からの評価というか、悪意みたいなものを気にしすぎな気がする。……もっとも、俺が言えることじゃないんだけど。

　そのときおっちゃんたちが駆け寄ってきて、俺たちの暗さを吹き飛ばすように感情を爆《ばく》発《はっ》させた。

「ぬおおおおお感動しましたぞ勇者さまぁ！」

「やりましたなぁ！　おい、やったぞ皆《みな》の衆！」

　彼《かれ》らは手を合わせ、抱き合い、ついにはわっしょいわっしょいと胴上《どうあ》げまでしはじめた。

「喜んでるところ悪いけど、念のためモンスターが残ってないか確認してくる。ペッレヴォとアントンはさっき見かけたポイントで採取をしてくれ。アーロンたちは俺たちについてきてもらっていいか」

「おうッ！」

　アーロンたちと一緒に通路を北上する。その際、白銀さんたちが倒したコボルトの木箱に触れた。

《開錠《かいじょう》》　コボルト　罠《わな》：不明
開錠可能者：3名
要零音↓41％　黒乃灯美子↓1％　マリアリア・ヴェリドヴナ・白銀↓1％

うん、やっぱり開けられない。

「うぅ……どうして私は箱を開けられないのでしょうか……」

「わたしも。ここまでくるとむしろこぎみよい」

やけくそだろうか、白銀さんが薄《うす》い胸を自慢《じまん》げにふんすと張った。

ともかく、開錠ができないものは仕方がないからあとでアントンに任せるとして、ダンジョンの奥へと歩みを再開した。

「ところで黒乃さん、その……胸当て、大丈夫だったか」

視線が胸に吸《す》い込《こ》まれそうになるため、前を向いたまま問いかける。

「はい。痛みに怯《おび》えなくていいので、余裕を持って普段の射ができました。ありがとうございます」

「それならよかった。白銀さんも平気だったか」

「うん。しななきゃやすい」

「日本語の偏《かたよ》り」

白銀さんは北欧《ほくおう》から単身ニホンにやってきたらしいが、どうも独特だ。

入口から二〇〇メートルほど進んだだろうか、竹林の道がかなり急な角度で左に折れている。

警戒に警戒を重ねて道を曲がると、その先にも同じような通路が奥に続いていた。歩きながら黒乃さんが誰《だれ》にともなく問う。

「モンスターの姿は見えませんが、どこまで続いているのでしょうか？」

「俺にもわからない。ここまで来るのは初めてなんだよ」

いつもコボルトから逃《に》げていたから――なんて枕言葉《まくらことば》はつけなくてもわかるだろう。

「たぶん、いりぐちからここまでとおなじきょり」

「どうしてそんなことがわかるんだ？」

「このまがりみち、Ｖターンになってる。さっきのだいこんとおなじかたち」

言われてみれば、この急なカーブは、ブイ大根のＶ字と同じ角度……な気がする。

道はやがて突き当たった。モンスターが残っていないことに安堵《あんど》するとともに、白銀さんの言う通り、ここはブイ大根の形を模したダンジョンであるらしい。

しかし、ペレ芋ダンジョンは四角の部屋がふたつと通路が一本という構成だった。この違いはいったいなんなのだろうか。

ともかく、突き当たりに一ヶ所、近くの脇《わき》にもう一ヶ所耕された土があり、その上では白い光が俺たちに採取されるときを待ち侘《わ》びていた。

「アーロン、黒乃さん、先にどうだ」

「ええのか？　じゃあ遠慮《えんりょ》なく」

「要さんお先にどうぞ。私は先に矢の補充《ほじゅう》をしますので」

黒乃さんは腰《こし》に提げる矢筒《やづつ》——白い箙《えびら》を手に取った。

彼女のスキル、矢生成《アロー・クリエイション》だ。

異世界において、多くのアーチャーはこのスキルでつくった魔力《まりょく》の矢を射る。……魔力の矢といっても、見た目は木で出来ていて、矢尻《やじり》があって矢羽があって……と現実の矢となにも変わらない。この魔力の矢と弓、箙は密接に関係している。

弓は常に箙とセットでドロップするし、店でもセットで販売《はんばい》されている。

この世界では番《つがい》となった箙から取り出した矢でなければ上手《うま》く弓を引けないらしい。

黒乃さんが持つのは凡長弓《ぼんちょうきゅう》と呼ばれる、一番低ランクの和弓《わきゅう》だ。凡長弓《ぼんちょうきゅう》の番となる箙は小さく、入れておける矢の数はたったの二本。だからこまめに矢を補充しておきたい、と黒乃さんは説明してくれた。

ということで、白い光の前で膝《ひざ》をつく。

採取にはSPを使うため、残念ながら白銀さんにはできないとあらかじめ説明しておいたが、彼女はアーロンがひたすら地面を叩《たた》く様子をじーっと眺《なが》めていた。

《採取結果》
１０６回（補正なし）　１０６ポイント
判定↓Ｅ　ブイ大根を獲得

「はぁっ……はぁっ……！」

ひたすら地面を叩く五分が終わり、眼前にぽんっ、と二股の大根が現れた。

「アーロンもカナメもすごいあせ」

白銀さんを振り返ると、両足を投げ出して地べたに座《すわ》っていた。靴《くつ》の先が退屈《たいくつ》そうに揺《ゆ》れている。

その姿は竹林の妖精《ようせい》か、あるいは月に帰りそびれてふてくされたかぐや姫を想像させた。

彼女は俺《おれ》の採取ウィンドウを覗《のぞ》き込んで、

「このポイントでなにがかわるの」

アイスブルーに好奇心《こうきしん》を宿した。

ちょっと待ってくれと彼女を手で制し、呼吸と心音が落ち着くのを待ってから口を開く。

「１００ポイント未満だと失敗でなにも手に入らない。たぶんポイントが増えるとＤ判定になるんだろうけど、Ｅ判定しかとったことがないからＤ判定がなんポイントからなのかはわからない」

「それならカナメはちからをぬくべき」

「え？」

「いっしょうけんめいやってくたくたになるより、ちからをぬいて、100ポイントがぎりぎりとれるくらい、きらくにやったほうがいい」

白銀さんの意見はもっともだ。死ぬほど頑張って130ポイントを獲得しても、100ポイントと報酬《ほうしゅう》は一緒なのだ。

この30ポイントぶんの疲労とSPの減少は無駄《むだ》で、削《けず》ってもいいということだ。

「さんきゅ、そうしてみる」

「ん」

手を抜《ぬ》けるときに抜く、という言葉があるが、思えば異世界に来てから手を抜くってのをしたことがなかった。……毎回全力でも落ちこぼれた、ってのは虚《むな》しいけど。

採取にしたって、街の外でもアイテムダンジョンのなかでもモンスターに怯えながらだった。早く採取を終わらせて帰らなければという思いが、俺を必死にさせた。

いまは白銀さんと黒乃さんがもたらしてくれた平穏《へいおん》。すこしくらいのんびりしたっていいじゃないか。

「……ありがとう」

「ん。……にかいめ」

さっきの礼はアドバイスをくれたぶん。

いまの礼は、立ち向かう姿勢となにげなさそうな言葉で俺に学びをくれているぶんだ。

「アーロン、俺もう一回採取していいか」

「おうとも！　ワシは黒乃どのと交代するぞい！」

余裕を持って採取する。それを試《ため》したい。

「頑張ります……！」

アーロンに代わって黒乃さんが俺の近くでひざまずいた。

……べつの意味で余裕なんてできそうになかった。


アントンが木箱の開錠に成功し、わっと場が沸《わ》いた。

中身は30カッパー、スキルブック【◯体力ＬＶ1】、そして凡太刀《ぼんたち》という、鞘《さや》つきの日本刀だった。

「おお、武器……！」

いま持っている採取用の斧《おの》とコボルトの槍も武器ではあるんだが、斧は採取ツールであり、コボルトの槍はあくまでも素材。ちゃんと武器としてカテゴライズされたアイテムと比べると、性能や耐久力《たいきゅうりょく》などがどうしても落ちてしまうし、使《つか》い込んでしまうと、採取不可になったりレベルアップ用の素材としても使えなくなったりする。

俺がアイテムとしての武器を入手するのは初めてで、しかもそれが男のロマンをくすぐる刀であることに、頬《ほお》の緩《ゆる》みを止められなかった。

凡太刀《ぼんたち》　ATK1．00

反りのある長い片刃《かたば》。

▽――【デウス・クレアートル】創造消費MP7

そのうえ、不可の表示がないということは、俺でもこの武器が装備できるということだ。

「その……みんな、どうだった？」

問うと、おっちゃんたち全員と白銀さんは首を横に振《ふ》る。黒乃さんと俺だけが装備できるみたいだった。

「黒乃さん、弓も刀も扱《あつか》えるってすごいんだな」

「いえっ……。私は、父が道場の師範《しはん》で、母が日本舞踊《ぶよう》の先生なんです。ですので、幼いころから弓道《きゅうどう》と剣詩舞《けんしぶ》に触《ふ》れていただけで」

「むしろすごさが増したんだけど」

無論、俺は刀を触《さわ》ったことなんてない。幼き日の帰り道、傘《かさ》を刀の代わりにして幾多《いくた》の必殺剣を編み出し、数多《あまた》の敵をなぎ倒しただけだ。当然、敵は幼心《おさなごころ》の脳内にいた相手なんだけど。

「ならこの刀、黒乃さんが使ったほうがいいんじゃないのか」

「いえ、私はこれがありますので。よろしければ要さんが」

黒乃さんは背に担《かつ》いだ凡長弓を後手で握《にぎ》り、首を横に振る。それは〝弓さえあればいい〟という自負ではなく〝俺が刀を使いたそうに見えるから〟という遠慮のように響《ひび》いた。

……とはいえ、いまは白銀さんの魔法と黒乃さんの射撃《しゃげき》に頼《たよ》っている。このうえ、討ち漏らしたモンスターを黒乃さんが刀で迎《むか》え撃《う》つ、という形になってしまえば、俺はいよいよ荷物持ちからなにも変わらないことになってしまう。

「じゃあごめん。この刀、俺が使ってみてもいいか」

「もちろんです」

「いぎなし」

おっちゃんたちも快諾《かいだく》してくれて、この凡太刀はひとまず俺が使うことになった。

刀を半分だけ抜いてみると、銀の刀身に反った月が映り込んだ。

《コンプリートボーナス》
撃破《げきは》数　1／1　開錠数　1／1　踏破《とうは》数　1／1　採取数　5／5
ブイ大根↓ブイ大根＋1
ブイ大根ダンジョン創造に必要なMP減少
『ブイ大根の意思』を獲得

空に文字列が表示され、ペレ芋だけでなくブイ大根の意思も獲得した。

――アイテムの意思を、集めて、くださいませ――

夢で聞いた声が脳内で蘇《よみがえ》る。

これでペレ芋と同じように、俺はブイ大根のスキルも習得したということなのだろうか
……？

しかし、教会に帰還《きかん》し、台座の部屋ですぐステータスモノリスを確認してもブイ大根のスキル表示はなかった。なんなんだよいったい。

ちなみにもうひとつの報酬、スキルブック【○体力ＬＶ1】は【ＨＰＬＶ1】と【ＳＰ

LV1】両方の効果を持ち、HPとSPを10％ずつ増加させるという非常に強力なスキルだった。ちなみにスキル名の前についている〝◯〟は〝アンコモンスキル〟という意味だそうで、採取、HP、などのコモンスキルよりもすこしだけレアで強力なものらしい。

HPとSPが圧倒的《あっとうてき》に不足している白銀さんが読むのが一番良い気がしたが、彼女は適性不足で習得不可能だった。というよりも、俺も黒乃さんも習得不可能だった。残念。

第6話　逃げるのではなく

オラトリオはニホンと比べ、明らかに発展途上《とじょう》だ。ビルも車もない。電気もガスもない。

オラトリオにも数千年の歴史があるという。それなのに科学や文明の発展が止まっているのは〝生活魔法《まほう》〟があるからだと思う。

火も水も光も氷も、生活魔法を使用できる者がいれば事足りる。となれば研究や考察の対象は文明の利器ではなく、魔法に傾《かたむ》くのは自明の理だった。とはいえ、オラトリオの住民すべてが生活魔法を使えるわけではない。

そういう人たちは〝魔石《ませき》〟と呼ばれる魔力が封《ふう》じられた石を使い、生活魔法の代わりとして活用していた。

いま、俺たちの目の前でぐつぐつと煮《に》えている大鍋《おおなべ》。水は水の魔石から湧き出したものを使い、鍋の下で燃《も》え盛《さか》る火は炎の魔石でおこしたものだ。

「清浄《クレンジング》」

先ほどからミシェーラさんが手を何度か鍋にかざしている。水の魔石から出た水は飲めないこともないが、独特の臭《くさ》みがあり、あまり飲用には向かない。

煮沸《しゃふつ》させることである程度綺麗《きれい》になるが、それでは足りないと感じるのだろう、いつもこうして魔法の力でさらに綺麗な水にしてくれていた。

オラトリオはこのように、発展途上ではあるものの、生活するうえで最低限のことには困らない魔法文明が発展していた。

……とはいえ、魔石で使用した魔力はある程度使用すると時間経過による回復が必要で、たとえば水なんかはひとつの魔石じゃ全然足りないので、雨樋《あまどい》からの水を濾過《ろか》したり海水を太陽光で蒸発させて使ったりといろいろな手段で集めている。

茹《ゆ》であがった大量のペレ芋《いも》の皮をみんなで剥《む》き、明らかに手作りの、大きさや形が微妙《びみょう》に違《ちが》う木彫《きぼ》りの皿に載《の》せてゆく。

一緒に塩茹《しおゆ》でしたホウレン菜を添《そ》えれば昼食の完成だ。

「さあさあ、みなさまどうぞ」

ミシェーラさんがテラスにある唯一《ゆいいつ》のテーブルに俺たちを誘《いざな》ってくれる。黒乃さんと白銀さんが戸惑いながらも腰掛《こしか》けると、俺も腰を下ろした。

「では、いただきます」

ミシェーラさんが手を合わせると、慣れた様子で地べたに座り込んだおっちゃんたちが

「いただきます！」と声を揃《そろ》えた。

「あ、あの、いいのでしょうか、頂いてしまって」

「とくにわたしは、ひとつもさいしゅしてないのに」

「いいに決まってるだろ。ふたりがいないとこんなに採取できなかったんだし」

これまでのコボルトに怯えながらの採取は、大した収穫量《しゅうかくりょう》にならなかった。たった一回のペレ芋ダンジョンで一五個のペレ芋を採取できたのはふたりのおかげだ。

とはいえ、いま俺たちの前に並んでいるのはダンジョンで採取したものではない。今朝アイテムダンジョンに潜《もぐ》る際、非魔力物質だと選別した、ミシェーラさんの畑で採れた芋だった。

「あっ……美味《おい》しいです……！」

「ふー、ふー。あついけどおいしい」

「冷めると一気に不味《まず》くなるから早めに食ったほうがいいぞ」

ペレ芋はニホンで食べたジャガイモとほぼ同じだが、品質のこともあってかあまり美味しくない。美味しく感じるのは茹でたてだからこそだった。

スプーンで四等分し、ひとつを口に放《ほう》り込む。塩ゆでされた芋はシンプルながらもほくほくで美味《うま》い。火傷《やけど》しそうな口を細めると、白い蒸気がたちのぼる。

ホウレン菜という名前の緑黄色野菜は見た目も味もホウレンソウだ。異世界に来るまでは俺はこの苦味が得意ではなかったが、だいたいペレ芋と野菜一品という質素な食卓《しょくたく》だ。腹の足しにするために食べているうちに慣れた。

「……うんごめん、でもやっぱり得意じゃない。塩味で誤魔化《ごまか》されているが、ホウレン菜は一気に掻《か》きこんで、ペレ芋で味覚の上書きをした。

「……黒乃さん、食べないのか？　苦手でも食わないと生きていけないぞ。あと残念だけど、ここで住む以上、いまんとこはこんな食事ばかりだからな」

「いえ、そういうことではなくて……ぅ……」

黒乃さんは俺の後ろにちらちらと目をやってうつむく。

……あぁ、そういうことか。

俺の背後には教会を囲む錆《さ》びた鉄柵《てっさく》がある。

そこに群がる、痩《や》せこけた子どもたち。

五〇人くらいいるだろうか。俺たちの食事に、羨望《せんぼう》と怨嗟《えんさ》が綯い交ぜになった眼差《まなざ》しを送り続けている――

「見るな。気にしたら食えなくなる」

「しかし……」

「俺だってどうにかしたい。どうにかできるものだったらもうしてる」

食料の問題で俺たちがどうにかできるのは、俺たちとミシェーラさん、おっちゃんたち、あとはせいぜいおっちゃんたちの家族まで。

おっちゃんたちもそれをわかっているのだろう、子どもたちに背を向けて黙々《もくもく》と食べている。

教会の外で煮炊《にた》きをするのは仕方ないとしても、なにも外で見せびらかすように食べなくてもいいんじゃないか、とミシェーラさんに言ったことがある。そのとき彼女は――

『わたくしたちは常に犠牲《ぎせい》のうえに立っております。ならば隠《かく》れるのではなく、堂々と、彼らの視線を受け止め、痛みを負うことが必要です』

と、神の訓《おし》えを俺に説いた。続けて『その痛みから逃げるのではなく、立ち向かうことが肝要《かんよう》です』とも言った。

立ち向かうとはなにか。

貧民《ひんみん》の飢餓《きが》に立ち向かう――そんなことが俺たちにできるのか。

考えながら簡素な食事を終えたとき、白銀さんが声をかけてきた。

「カナメ、しばらくペレ芋ダンジョンにもぐるの。それともブイ大根なの」

「そうだな。新しいダンジョンにも潜りたいけど、消費ＭＰの問題もあるし、しばらくは消費5のどっちかだな」

ブイ大根ダンジョンでは新しく『リークネギ』という、どう見ても長ねぎのアイテムが出現した。

そちらは消費MPが6。MPを必要とするぶんだけモンスターは強くなるし、なにより休憩《きゅうけい》しながらとはいえ、俺のMPがもたない。

俺のMPは10。これが枯渇《こかつ》したとき、二時間ほど休憩すると全回復する。一番少ない、消費MP5のダンジョンでも一時間に一回しか潜れない。ただでさえ俺のMPがボトルネックになっているのに、これ以上みんなを待たせたくない、というところが大きかった。

「ダンジョンに潜ってコボルトを倒して、木箱開けて、アイテムとかスキルブックとかもっと集めて、とにかく強くならなきゃな」

誰かを救うってのは、手を差し伸《の》べるってことだ。

差し伸べるってのは、余裕があるからできることだ。

強くなって、いつかは――

「木箱から30カッパーずつ出るだろ。ある程度貯《た》まったら武器とか防具を買いに行こう。ちょっと地味だけど、繰《く》り返して強くなろう。そんで、別のダンジョンにも潜れるようになって――」

「いつかは、あの子たちを救えるようになりたいです」

黒乃さんの小さな、けれども熱のある声に頷《うなず》いて返す。

『その痛みから逃げるのではなく、立ち向かうことが肝要です』

たぶんミシェーラさんが言ったのは、こういうことなんだ。

「そろそろ行くぞ」

おっちゃんたちに声をかけると「おうッ！」といくつもの威勢《いせい》のいい声が返ってきた。

太陽はあまねくすべてを照らすはずなのに、教会の敷地《しきち》を隔《へだ》てた向こうは、まるで陰《かげ》になっているように暗い。

この光景を受け止めて、拳《こぶし》を握り、教会のなかへと足を進めた。

「1《ウユクスイ》……火矢《ファイアボルト》」

ドォン、と前方――白銀さんの背中から衝撃。

先ほどの抱きかたでは不安定だと思い、今回は膝立ちになって、後ろから白銀さんのお腹《なか》まわりを抱いていた。

「ぬぉおおおっ……！」

低姿勢のほうが安定すると思ったが、今度は足腰《あしこし》による踏ん張りが効かず、白銀さんを抱いたまま後ろに倒《たお》れる。

背が地面に衝突《しょうとつ》する直前、左手を放して白銀さんの後頭部を支えた。

またしても相手がどうなったのかを目で確認《かくにん》する前に、
すでにコボルトが木箱に変わったことをメッセージウィンドウが教えてくれた。

《戦闘終了――1EXPを獲得》

「おー……」

白銀さんが俺の上で、驚《おどろ》いたような感動したような声をあげた。

彼女《かのじょ》はあまり感情の起伏《きふく》を表情と声に出さない。しかし半日行動を共にして、これが彼女の感動表現なのだと理解することができた。

「す、すまん、それより先に」

「ごめん」

彼女はころりんと横に転がり、俺の上から降りてくれる。

いや、白銀さんは不安になるくらい軽いんだけど、正座みたいな体勢で急に後ろに倒れこんだもんだから、足腰へのダメージが半端ない。マジ痛い。

「ごめん。せわをかける」

言いながら、立ち上がった俺の足にこびりついた草を小さな手で払《はら》ってくれる。

「あ」

「ん？　どした」

白銀さんの声で自分の足を見下ろすと、倒れこむ直前に擦《す》りむいたのだろう、両膝《りょうひざ》にうっすらと血が滲《にじ》んでいた。

「ごめん」

白銀さんはしゅんと肩を落とす。

黒乃さんが心配そうに覗きこんできて、

「教会に戻《もど》って手当てをしたほうがいいですね。歩けますか？　もし無理そうなら……」

と自らの肩を突《つ》き出してくれる。

「大丈夫だって。コボルトと命のやり取りをしてんのに、これくらいなんともないって」

実際、膝よりも倒れた際に痛めた腰のほうが痛い。

採取でも酷使《こくし》してるぶん、いやな痛みがこびりついている。やだ俺この歳《とし》で腰痛《ようつう》？

「ですが……」

ふたりがいい人すぎてなんだか照れくささみたいなものを感じてしまう。誤魔化すようにその場でぴょんぴょんと飛んでみせ、膝の無事をアピールした。あ、いやこれやっぱり、腰のほうが痛い。

「それより採取しようぜ。時間がもったいない」

訪《おとず》れた平穏のもと、南の部屋ではおっちゃん四人、北の部屋で俺と黒乃さんとおっちゃんひとりといういつもの編成で採取に励《はげ》む。


さっき白銀さんがアドバイスしてくれた、余裕をもった採取ってやつを実践《じっせん》し、105ポイント、106ポイントとぎりぎりE判定で採取を成功させることで、ペレ芋ひとつという同じ成果を得ながらも体力的にはずいぶんと楽だった。

とはいえまったく疲《つか》れないかと問われるとそうでもなく、二回の採取が終わる頃《ころ》には、しっかり汗をかき肩《かた》で息をする程度には疲労《ひろう》していた。

タルモと採取を交代し、畑の近くでぼーっと座りこむ白銀さんに目をやる。

彼女は草に座り両の後ろ手を地面につけ、投げ出した両足をぱたぱたと揺らしている。

ブイ大根ダンジョンでも目にした、退屈のポーズだ。

そんな姿は非常に愛らしく、非常識といえるほど整った顔立ちとアイスブルーの瞳《ひとみ》も相まって、今度は森に住む妖精を思わせた。

あまりの可愛《かわい》さに引き寄せられるように、俺も白銀さんのとなりに腰を下ろし、あぐらをかいた。

畑では黒乃さんとタルモが必死に白い光を追いかけている。

「ひざ、だいじょうぶ」

白銀さんの声には抑揚《よくよう》がないが、大丈夫だよね、じゃなく、大丈夫？　と心配してくれているることがわかる。

「大丈夫だって言ったろ。大げさだな」

「でも、さいしゅはひざをつくから」

採取をはじめるとき、俺は怪我《けが》をしているからと白銀さんにも黒乃さんにもタルモにも止められた。

ひとつの採取ポイント——白い光は、だいたい三回の採取が可能だ。とはいえひとりで連続して三回の採取をするってのは相当の重労働だ。だからこそ、採取ポイントが五ヶ所のペレ芋ダンジョンに対し、休憩しながら採取を行なうため、五人ものおっちゃんを連れてきている。

俺が採取をしないぶんの負担は、黒乃さんとタルモにいく。俺はそれを好まない。なにより膝をすりむいたくらいで、という思いがあった。

白銀さんは「むー」と可愛らしく頬を膨《ふく》らませ、やがて「ふしゅー」と口内の空気を抜いた。納得《なっとく》してくれたか、諦《あきら》めたかどちらかだろう。白銀さんは首をかしげ、

「ほかのこと、きいていい」

しかたないといった様子で話を逸《そ》らしてくれた。

「けいけんちのしくみ、ききたい。はやくＬＶ２になりたい」

「あーとだな。俺も勇者パーティの話を聞いただけなんだけど……」

モンスターを倒した際、経験値はパーティ内で分配される。

それはリーダーが決めた配分率によるらしいんだけど、この分配の仕組みとか切り替《か》えかたがよくわからない俺は、なにも変更《へんこう》していない。そもそも自分をリーダーだと思っていない。

コボルトを倒して得られる経験値はたぶん３。これを俺、白銀さん、黒乃さんの三人で均等に分配しているんだと思う。つまりコボルト一体を倒せば、三人に１ずつの経験値が入る。

経験値は小数点以下も計算されるらしく、いま白銀さんの経験値が１ということは、戦《せん》闘《とう》不能になっていた白銀さんのぶんの経験値は俺と黒乃さんに０．５ずつ入っているのだと思う。

ＬＶ１からＬＶ２にレベルアップする際、俺たちに必要な経験値は７。このままいけば俺と黒乃さんはあと五体、白銀さんはあと六体コボルトを倒せばレベルが上がる計算になる。

こう言うとすぐに感じるが、採取も含《ふく》めると一度のダンジョン攻略《こうりゃく》にかかる時間はどれだけ急いでも約二〇分。ダンジョン創造には俺のＭＰを使うから、その回復時間を含めると夜までにレベルアップできるかどうか、といったところだった。

とはいえ、昨日まではレベルアップなんて夢のまた夢だった。先輩《せんぱい》たちのお情けで経験値が分配されるのを祈《いの》るばかりだった。

祈りは、届かなかった。

——だからこそ。

「決めた。今日じゅうに三人でＬＶ２になろう」

「おー……」

祈るために組んだ手を解いて、いまはその手で目の前にある希望を掴《つか》みにいくことができる。

どちらも俺の手には違いないけど、いまの手のほうが明らかに眩《まぶ》しく感じた。

《開錠結果》　開錠成功率　96％　↓　成功

30カッパー　採取用手袋《てぶくろ》　【休憩ＬＶ１】

【休憩LV1】はどうやら休憩時のパラメータ回復量が増加するスキルのようだった。

ダンジョン攻略生活において、ボトルネックは俺のMP不足と休憩時間の長さだったから、満場一致《まんじょういっち》で俺が習得することになった。

「よし、地味だけど当たりだな。次行こう。おっちゃんたちはアントン以外交代してくれ」

おっちゃんたちには代わるがわるダンジョンに入って開錠を試してもらってるんだけど、成功率が高いのはアントンだけなんだよなあ……。

台座の部屋に戻り、ふたたびダンジョンを創造しようとすると……

「まって」

「だめですよ要さん」

その手を白銀さんと黒乃さんに止められる。

「ひざ、てあてしてから」

「あれだけ言いましたのに、採取して……。傷口からばい菌《きん》が入りますよ」

「いや、いいってば……。うおお、おい」

ふたりに両腕《りょううで》を掴まれ、俺は礼拝堂へと引き摺《ず》られてゆく。

「ガハハハハ！　レオンどのはモテるのう！」

アントンの心から楽しそうな笑い声が、いまだけはどこか癪《しゃく》に障《さわ》った。

あれからさらにペレ芋ダンジョンを攻略し、大量のペレ芋と木箱からの報酬、コンプリートボーナスを得た。

クリアすればするほどそのアイテムの消費MPは減少し、ペレ芋ダンジョン創造に必要なMPは５から３．６４になっていた。小数点単位かよ。

数値にすれば微々《びび》たる差ではあるが、10あるMPを半分使うか、約三分の一を使うかでは身体の消耗《しょうもう》量と休憩時間の長さに雲泥《うんでい》の差が生じる。

新たなコンプリートボーナスを獲得《かくとく》するため新しいアイテムに潜るか、コボルトからの経験値と木箱報酬、食材確保の効率を上げるためしばらく同じダンジョンに潜り続けるか、悩《なや》ましいところだった。

なお、ブイ大根ダンジョンを攻略してブイ大根の意思を得たというのに、ブイ大根のスキルは習得できなかった。これはいったいどういうことなのか。

要零音
LV　１／５　☆転生数０　EXP　４／７
HP　８／10　SP　６／11（＋１）　MP　１／10

▼――ユニークスキル
【デウス・クレアートル】　LV1
アイテムダンジョンを創造することができる
▽――アイテムスキル
《ペレ芋》――【SPLV1】【ペレ芋採取LV1】
▼――パッシブスキル
【休憩LV1】


消費MPが減少し、休憩を交えながらの仕事でも、やがてMPがなくなる。HPまで蝕《むしば》むほどのMPの枯渇は万全《ばんぜん》に動けなくなるほど俺に疲労をもたらした。

ここは礼拝堂の長椅子《ながいす》。

おっちゃんたちには夕食まで休憩だと言ってあり、白銀さんと黒乃さんが俺の前席に横並びで腰掛け、俺を振り返って心配そうな視線を向けてくれている。

やがて立ちくらみもなくなってきて、脳が働きを取り戻す。

「悪いな……いま何時だ？」

「お気になさらないでください」

「もうすぐごじ、」

午後五時か。

ここまでで約五〇個のペレ芋を採取できたのは大きい。昨日までじゃ考えられなかった大豊作。芋《いも》掘《ほ》り家業なら上出来も上出来だ。

このまま夜もペレ芋ダンジョンに潜れば、今日じゅうに三人でＬＶ２になるという、さっきつくった目標も達成できるだろう。

身体的な余裕《よゆう》はないが、精神的な余裕ができたことにほっと息をつく。……でも俺は、余裕がうまれたからといって、なまけちゃダメなことを知っている。

かつてミシェーラさんに救われおっちゃんたちに持ち上げられ、安息を求めた俺はそうしてうまれた余裕を自分を守ることに使い、仮面を被《かぶ》った。

みんなは人間とはそういうものだと——俺は間違《まちが》ってないよ、みたいに言ってくれたけど、それじゃあ俺自身がどうにも胸を張れない。

ここはもうひと踏《ふ》ん張りするところじゃないのか。

『——アイテムの意思を、集めて、くださいませ——』

よくわからない夢の、よくわからない謎《なぞ》の声。

彼女の声を頼りに行動することが正しいのかはわからないけど。

『──そしてどうか、わたくしたちを、お救いください──』

胸の裡《うち》にある、俺が俺を許せる唯一の部分が、あの声を無視することは正しくない、と断じている。

「いまのうちに、ダンジョンに潜るための新しいアイテムを採取しに、街の外に出ようと思う」

のんびりと座っているか寝《ね》ていたほうがMPの回復効率は良いが、ぶらぶらと歩いていてもMPを使用する行動さえしなければ、MPはすこしずつ回復してゆく。俺の場合、ダンジョン創造さえしなければいい。

夜になると街の外はモンスターが増え、視界が悪くなることもあり、いまよりも危険になる。午後五時。明るいうちに外に出るならば、いましかなかった。

「大丈夫《だいじょうぶ》なんですか？」

黒乃さんが問うてくる。……表情から、なんだか呆《あき》れられている気がする。

「もう平気。心配かけて悪い」

長椅子から立ち上がり、部屋へ採取用の道具を取りに行く。螺旋《らせん》階段を上がる際、ふたりの不安そうな視線が俺にずっと突き刺《さ》さっていた。

第7話　海岸線に舞う星

貧困《ひんこん》街を南下し、中央通りの石畳《いしだたみ》を西へ。

まだ明るい時間だが、先ほどよりも涼《すず》しい風が、黄昏《たそがれ》が近づいていることを伝えている。

「いらっしゃいいらっしゃい！　マイナー・ヒーリングポーション！　たったの50カッパーだよ！」

「できたてのクロワッサンはどうだい！　ひとつ17カッパー！　ふたつで30カッパー！」

「キンバ魚とホウレン菜のスープ！　一杯《いっぱい》30カッパー、器つきで1シルバーだよ！」

貧困街と比べ、中央通りは賑《にぎ》やかだ。店舗《てんぽ》前のエプロン姿をしたおばちゃんや、自信げにおたまを振るう男性たちの声が争うように響いている。

「どうだいお嬢《じょう》ちゃん！　このバターの香り！　あんたこの街の子？　ここいらじゃバターは珍《めずら》しいからねぇ！　でも安くしとくよ！」

「いえ、あ、あの……っ」

「すいません、急いでるんで」

困ったようにあわあわしている黒乃さんからおばちゃんを引っ剥《ぺ》がし、歩みを進める。

「あ、あの、ありがとうございます」

「気にしないで。断るの、難しいよな」

俺《おれ》も現実だとティッシュを受け取ったついでに「ちょっとお話を……」みたいな営業を断るのが苦手だった。気弱そうな黒乃さんもそうだろう。「祈らせてください」なんて言われて断りきれずに祈らせちゃう子かもしれない。

オラトリオ西門の橋の途中《とちゅう》に銀の鎧《よろい》を纏《まと》った屈強《くっきょう》そうな中年の警備兵が立っていて、通り過ぎる際に軽く会釈《えしゃく》すると、

「おっ、気をつけろよ、コモン装備三人組！」

と大きな声をかけられた。

言葉だけ聞くと失礼な物言いだが、彼《かれ》の声色《こわいろ》や表情からは馬鹿にされたようには感じない。コモン装備の駆《か》け出しだけで外に出るのは危険、と注意してくれているのだろう。

もう一度会釈して橋を渡《わた》り終えると、目の前には緑の地平線が広がっていた。とはいえ俺たちが向かうのはそちらではなく、街を出てすぐ南。

「白銀さん、大丈夫か？」

「へいき。【歩行ＬＶ１】はすごい。じっかんできるくらい、らく」

ラッキーなことに、さっき攻略したペレ芋ダンジョンのコボルトから【歩行ＬＶ１】がドロップした。それを読んだ白銀さんはうずうずとして、歩きたくて仕方がなかったそうで、俺についてきた、ってわけだ。

街の外での歩行は、街の中よりも大変だ。

なんせモンスターを警戒《けいかい》しながらの行軍。三人であたりを見回しながら南へ進む。ほどなくして潮の匂《にお》いが漂《ただよ》い、坂を下ると海が見え、砂浜《すなはま》に到着《とうちゃく》した。

この砂浜はオルフェ海に面し『オルフェ海岸』と呼ばれている。

ここで採取用バケツを使用して『オルフェ海水』というアイテムを獲得することが今回の目標だ。このアイテムは俺が手に入れたことのある数少ないアイテムのひとつだ。

消費ＭＰ６とペレ芋、ブイ大根よりは高く、過去にこのダンジョンを創造したことがあり、出現モンスターがコボルト二体とキツめだが、一から消費ＭＰ５のアイテムを探すよりも、このダンジョンに挑戦《ちょうせん》するほうが遥《はる》かに効率的だと思った。

オルフェ海水には塩素と毒素が含まれているためそのままではもちろん飲むことはできないが、教会二階のテラスにこしらえた簡易装置で煮沸して飲用の水にすることができる。

貧困街で水を確保する方法は海水の煮沸、雨水の蒸留、魔石から得られる水の清浄化《せいじょうか》と限られていて、水不足の解消と新アイテムの獲得の両方を解決するため、この海岸を選んだ、ってわけだ。

この海岸にもモンスターが出現するため、現実のように泳いでいる人やサーファー、オイルを塗《ぬ》るカップルなどはおらず、いつもは海水や砂の採取や、高台にある群生林で伐採《ばっさい》に勤《いそ》しむ人ばかりだ。

……しかしいまはじつに空《す》いている。波打《なみう》ち際で、バケツを手に海水を集めている金髪《きんぱつ》の女性がただひとりいるだけだった。

あれは間違いなく海水の〝採取〟だ。

坂を下りきると、自然と彼女に近づくことになる。

——ああ、やっぱり。

採取している女性は、防具屋の前で見かけた切れ長の瞳が鋭《するど》いギャルだった。

彼女はコモンパンツを短く折り、コモンシャツを胸下で結んだ大胆《だいたん》な格好で、金髪をなびかせながら真剣《しんけん》そのものの表情でバケツに白い光を集めている。

それはまるで、舞のようで——

不覚にも、綺麗だと感じてしまった。

背にした革袋《かわぶくろ》を下ろし、砂浜で靴《くつ》を脱《ぬ》いで隣《となり》に並べる。

「じゃあ、モンスターが来ないか警戒《けいかい》頼《たの》んだ」

「わかった」

「あの……ご無理はなさらないでくださいね」

ふたりにそう伝え、コモンパンツと七分袖《しちぶそで》のコモンシャツを二度折り、バケツを片手に海水に素足《すあし》を浸《ひた》す。

海水は冷たかったが、午後から働《はたら》き詰《づ》めだった足には心地《ここち》よかった。

さっき海岸をすこしだけ歩いてみたが、今日の海水の採取ポイントは一ヶ所に密集しているようだった。

……すなわち、ギャルの近くだけ。彼女の採取が終わったタイミングで、

「隣で悪い、俺も必要で」

とバケツを掲《かか》げる。ヤンキーは怖《こわ》いしギャルも怖い。なんなら金髪ロングのストレートってだけで怖い。

しかしこうして採取をする際、近くにいる人に声をかけるのは異世界でのマナーというか「ちょいと失礼」って挨拶《あいさつ》するのは採取者の礼儀《れいぎ》のようなものだとおっちゃんたちに聞いたことがある。だから素知らぬ顔で白い光を追うわけにもいかなかった。

……あと、さっき見た採取の姿から、不思議と彼女が見かけほどギャルギャルしい人間ではないのではないかという、勝手な安心感があった。

彼女はちらりと顔を上げて「どーぞ」と無愛想に返し、俺が採取をはじめるよりも早くふたたび白い光を追いかけた。

……すげえ速さ。それもさることながら、動きが効率的というか。

先ほど彼女の採取を舞《まい》のようだと感じ、綺麗だとも思ってしまった。

それはきっと、見てくれの派手さというよりも、効率よく採取する姿における〝機能美〟だったんだと気づいた。

俺も負けていられない、と海に浮《う》かぶ白い光をタッチしようとしたとき、ギャルの肩になにか〝丸っこいもの〟がぶつかってきた。

両手で持てるくらいのそれはギャルに衝突し、ぽよよーんと跳《は》ね返ったあと、ギャルに寄り添った。

え？　なに？　見たことないモンスター？　なんて思ったが、ギャルは採取の手を止め、

「んーなに？　どしたー？」

丸っこいものに優《やさ》しい声をかけた。先ほどの無愛想な声からは想像もできない、まるで年若い母親が愛《いと》しい我《わ》が子をあやすような声だった。

「うにー！　うにー！」

丸っこいものは宙でふよふよと飛び跳ねながら高い声をあげる。

「え、マジ？　あっちゃー……しゃーないか」

ギャルには声の内容がわかるのか、肩を落としたあとバケツを持ってじゃぶじゃぶと水音を鳴らしながら砂浜へと戻ってゆく。

その際、つぶやくように口を開いた。

「モンスター、くるみたい」

顔は俺のほうを向いていなかったが、どうやら俺に向かって言っているのだろうと察した。

「忠告はしたから」

興味なさげに彼女はそれだけ言って海からあがり、周囲を警戒しながら砂浜に置いてある彼女の荷物に歩み寄る。

水の入ったタンクで足についた砂を洗い流し、タオルでさっと拭《ふ》いてから靴を履《は》く。

俺ももう浜《はま》にあがっていた。

「要さん、どうされたのですか？」

「なんかモンスターが来るらしい」

「む。わたしたちがちゃんとみてる。モンスターはきていない。……あ」

白銀さんが指差した先——街の反対側からこちらへ猛然《もうぜん》と駆けてくる二体のコボルトの

姿があった。

「どうする」

白銀さんが杖《つえ》を、黒乃さんが背から弓を取り出しながら問うてくる。

相手は両手で槍《やり》を持つコボルトと、槍と盾《たて》を構えたコボルト。コボルトが同時に二体。

いままでの俺ならばさっさと逃《に》げていた。

しかし幸いにも、コボルトとの距離《きょり》はかなりある。なによりも、すでに武器を構えた白銀さんと黒乃さんが「俺の判断に殉《じゅん》ずる」と態度で言っている。

――ならば、俺も……！

「戦うッ！」

「はいっ……！」

「炎《ほのお》の精霊《せいれい》よ、我が声に応えよ」

これまで俺たちが相手にしてきたのは、たった一体のコボルト。そいつを〝黒乃さんと白銀さんのコンビプレー〟で討《う》ち取ってきたことは、何度かダンジョンを潜るなかで理解している。

「我が力に於《お》いて顕現《けんげん》せよ。其は敵を穿《うが》つ炎の一矢《いっし》也」

いつもは、まず黒乃さんが射撃《しゃげき》をし、コボルトの盾に矢を吸《す》い込《こ》ませる。コボルトはガードした衝撃《しょうげき》で仰《の》け反《ぞ》り、万歳《ばんざい》の姿勢になる。そしてこちらに見せつけるように丸出しになった喉《のど》に白銀さんの火矢《ファイアボルト》を直撃《ちょくげき》させ、一撃《いちげき》で葬《ほうむ》り去っていたのだ。

「3《コルメ》……2《カクスイ》……」

黒乃さんが弓を引いた。ヒュッ！　と音がして、矢は三〇メートルほど先にいるコボルトたちに向かってゆく。

砂の上だから足元が不安定だったのか、いつもよりほんのすこし矢勢が悪い気がした。

「1《ウユクスイ》……」

矢は両手で槍を持つコボルトに避《さ》けられてしまう。

……このままじゃ、マズい。

白銀さんの背を支えながら、いや、と首を振《ふ》る。ここまでモンスターを倒してきた。狩《か》ってきた、と言ってもいい。

羆《ひぐま》は魚を穫《と》るとき、左手でフェイントをかけ、魚が避けたところを本命の右手で狩るという。

黒乃さんがふたたび矢を番《つが》える。

両手で槍を持つコボルトは黒乃さんを警戒したのだろう、駆けながら盾を持つコボルトの後ろに隠れた。

縦一列になり駆けてくる二体のコボルト。　そこへ――

「火矢《ファイアボルト》」

轟《ゴウ》と音が耳を劈《つんざ》いた。

「ぐおおおおっ……！」

いまの俺は裸足《はだし》。砂と摩擦《まさつ》で焼けそうな蹠《あしうら》の痛みをこらえながら、白銀さんの背中を支える。

炎の矢が、黄昏にはまだすこし早い橙《だいだい》を海岸線に運ぶ。まばゆい赤を放ちながら、火矢というには大きすぎる炎の槍は、縦に並んだコボルト二体の胸を一度に貫《つらぬ》いた。

ギャアアア、という悲鳴が重なった。コボルトたちは胸を押《お》さえ、たたらを踏みながらも倒れることはない。

でも、俺は武器を手にしない。革袋は波打ち際に置いたままだったし、それに――

「光、の精、霊《れい》よ、我が声に応えよ」

魔《ま》法《ほう》の反動がまだ残っていて、俺とふたりで砂浜を削《けず》りながら後退しているさなか、白銀さんが次の魔法の詠唱《えいしょう》に入っていたから。

「我が力、に於いてけんげ、んせよ。それ、は敵を打ち据《す》える、ふたすじの、いかずち也」

俺にかかる衝撃ですら凄《すさ》まじいのだから、白銀さんの負担は計り知れない。水平に杖を構える両腕はいまにも折れそうで、声と同じようにぷるぷると震《ふる》えている。

しかし白銀さんは腕《うで》を伸ばしたまま、決して曲げない。

「3《コルメ》……2《カクスイ》……」

胸に穴が空いた一体のコボルトがもうすぐそこまで迫《せま》ってきていた。

「ふっ……！」

「ギャァァァァアッ！」

黒乃さんの矢がコボルトの脚《あし》を撃《う》ち抜《ぬ》いた。コボルトはつんのめって前方に倒れこむ。

その後ろにいたコボルトが、倒れたコボルトを飛び越《こ》え、なおこちらに向かってくる。

黒乃さんがコボルトから逃げるように――いや、自分の役目が、も、う、ひとつ残っ、て、いると
でもいうように、俺の背後に回り、背中を支えた。

「1《ウクスイ》……落雷《サンダーボルト》」

ふたたび衝撃。しかしいつもほどの力はなく、いまなお残る火矢《ファイアボルト》の反動による残滓《ざんし》の
ほうが強いようにすら感じた。

詠唱が終わると同時に魔法陣《まほうじん》がふたつに分かれ、二体のコボルトの頭上へ。

「おしまい《ロップ》」

白銀さんが杖を今一度突き出すと、魔法陣から雨雲なき雷《いかずち》がコボルトに降り注ぎ――

——俺が見たのは、そこまでだった。

なぜなら落雷と同時、凄まじい衝撃が伝わって、白銀さん、俺、黒乃さんは宙を浮き、ひとかたまりになって砂の上をごろごろと転がったからだ。

《戦闘終了《せんとうしゅうりょう》——1EXPを獲得》

三人揃《そろ》って宙を舞う。

一秒ほどで背から落下し、反動の勢いは止まらず、白銀さんを抱《だ》いたまま砂の上をごろごろと転がった。

とにかく白銀さんの命を守ることに必死だった。

頭を庇《かば》うため腕を回し、俺が白銀さんを押しつぶしてしまわないよう転がるたびに腕に力を込めた。

「むぎゅ」

最終的に白銀さんの顔が着地したのは黒乃さんの左胸だった。対し、俺の顔は白銀さんの隣で勢いよく砂の中。焼けるような顔面の痛み。なにこの不条理。

だめだとわかっちゃいるが、一瞬《いっしゅん》だけでもいいから、白銀さんと顔の位置を入れ替えてほしかった。

「ちょっ、大丈夫なん⁉」

顔を上げると、先ほどの金髪ギャルが心配そうに駆けてきた。

「いってぇ……！　黒乃さん、白銀さん、平気か？」

「マリアちゃん、大丈夫ですか⁉」

白銀さんは黒乃さんの胸から顔を上げ、

「おー……いきのびた」

ほっとした……というよりも、あれだけぶっとんで転がったのに生きている——そのことに驚いたような表情をした。

黒乃さんは白銀さんを胸に抱く。

「ああ……マリアちゃん、よかったです……！」

「ヒミコ。くるしい。いきができない。しぬ」

白銀さんがギブアップと言わんばかりに黒乃さんの肩を何度も叩《たた》いた。

「えーと……逃げたんじゃなかったのか？」

金髪ギャルにどう声をかければいいかわからず、俺が口にしたのはこれだった。

「ん……あんたらもコモン装備じゃん。どうするつもりなのかなって思ったら、なんだか逃げるのも悪くってさ……。それで……」

ギャルはバツが悪そうにもじもじして、なにかを言うか言わないか迷っているような様子だった。

「近くにいたからかわかんないけど、あたし、あんたらの経験値、吸っちった……ごめん」

「いや、そっちが教えてくれないと、あんなに早くモンスターに気づけなかったんだし、あれだけの距離がないと勝つことは難しかったと思う。あと、その子も」

ギャルの肩の近くにふよふよと浮かんでいる丸い物体を指さす。ギャルは「あ、やば」と丸いものを背に隠《かく》した。まるで隠れて飼っていた猫《ねこ》が親に見つかったような様子だった。

というかさっきモンスターが来たことを教えてくれたとき、俺モロ見えちゃってるんだけど。……あの物体、なんなんだろう。

白銀さんと黒乃さんが立ち上がり、お互《たが》いがお互いの服についた砂を払いあう。それを見て、俺もいまさらになって同じように砂を払う。手で払っただけではとても落ちそうにはなかった。

「はこ、どうする」

「どうしましょうか」

それはふたりも同じだったようで、しかし白銀さんは無頓着《むとんちゃく》にふたつの木箱を指さし、黒乃さんはこれ以上綺麗《きれい》にならないとわかっていながらも自らの服を叩く。なんなら「どうしましょうか」ってのは木箱のことじゃなくて服の汚《よご》れのことを言っているような気もした。

たぶん生死の境を彷徨《さまよ》ったであろう白銀さんは思いのほか元気そうにとてとてと木箱へ駆け寄る。

俺たちはコボルトの反対側に勢いよく転がったというのに、いまの場所と木箱の位置がそう離《はな》れていないことが、いまの戦いがぎりぎりのものであったことを如実《にょじつ》にもの語っていた。

ここにはアントンがいないのだから、どうせ開錠《かいじょう》は無理だろうと諦めながらも木箱に手をかざす。

《開錠》　マイナーコボルト　罠《わな》：不明
開錠可能者：４名
相馬星良↓１００％　要零音41％
黒乃灯美子↓１％　マリアリア・ヴェリドヴナ・白銀↓１％

そうだ、経験値を吸ってしまったと言っていたんだから、今回の戦闘においては金髪ギャルも俺たちのパーティの一員だった、ってことで……。

「マジかよ」

　俺、黒乃さん、白銀さんが同時にギャルを振り返る。

「え、な、なに」

　彼女《かのじょ》は自分に耳目《じもく》が集まったことで、見かけに反してキョドる。

「名前、相馬さん……であってるよな」

「……そーだけど、なんで……。あ、そっか」

　彼女——相馬さんは開錠のウィンドウを覗《のぞ》きこみ、そこに自分の名前を見つけたのだろう、得心したように頷《うなず》いた。

「えっと……あたし経験値吸っちったし、お礼にこの箱、開けよーか？」

「おー……いいの」

「いーよ。ほかに返せるもんもないし」

　相馬さんはずいと木箱に歩み寄り腰《こし》を屈《かが》める。うっすらと香水《こうすい》の匂いがした。

「うに子。【幸運】と【増収】使いたいんだけど、いー？　五秒……んー、三秒あればじゅーぶん」

「てぃんくるー♪」

　彼女が声をかけると、うに子と呼ばれた丸い物体が嬉《うれ》しそうに飛び跳ねる。

……よく見たらこの物体、顔がある——というか、正面に顔文字のようなもの——というよりも、まんま顔文字が描《えが》かれていて、表情をころころと変えている。

相馬さんに白い光がまとわりついたかと思うと、その瞬間《しゅんかん》彼女《かのじょ》はふたつの木箱に手をかざし、たったそれだけで木箱はばこんばこんと音をたてて開いた。

片方の木箱からは黄色？　金色？　の光みたいなものが立ち昇《のぼ》った。

「お、レア確定演出じゃん」

「え？　終わり？　なんか箱の前でこう、手を動かさなくてよかったのか？」

たしかアントンは毎回、箱の前で手をくねくねさせていたと思うんだけど。

「あー、あれは開錠成功率を上げるための作業みたいなもん。今回はそんなんしなくても100％だったし」

あのくねくねした動きって、そんな意味があったのか……。

白銀さんじゃないが、ふたつの箱の中身を確認《かくにん》すると、全員が「おー……」と声をあげた。

80カッパー　コボルトの槍×2
☆レザーベルト（？？？？？？）　木長弓《ちょうきゅう》　【採取LV1】×2

あれ、たしか、マイナーコボルトからの木箱には30カッパーしか入っていないはずだ。それなのに40カッパーずつ、計80カッパー入っていたってことは……。

「これ、相馬さんとその子の力なのか？　さっき【幸運】とか【増収】とか言ってたけど」

「あ、うん、この子のおかげ。……でもスキルブックが二冊ってすごくね？　えぐ」

「それはヒミコのちから」

俺たちは黒乃さんのおかげで毎回のようにスキルブックを手にしていたけど、そういえばスキルブックって珍しいもんだったんだよな……。

「相馬さんのおかげで箱を開けられたんだし、好きなものを持っていったらどうだ」

「あたし経験値のお礼がしたかっただけだから、いらないよ。戦ったのはあんたらでしょ」

彼女はそう言いながらも木箱のウィンドウにちらちらと目をやる。

「なにかおひとつだけでも。これでは私たちの一分《いちぶん》が立ちません」

俺と白銀さんは黒乃さんの意見にうんうんと頷くが、相馬さんは「それじゃ筋が通んないって」と遠慮《えんりょ》する。

最初のダンジョン攻略後、誰《だれ》も報酬《ほうしゅう》を受け取ろうとしない光景を思い出し、なんだかおかしさがこみあげる。

「このレザーベルトの頭についてる〝☆〟ってなんだ?」

ウィンドウをタッチしてレザーベルトを取り出す。

☆レザーベルト(??????)
未鑑定《かんてい》アイテム

……なにもわからない。ぱっと見なんの変哲《へんてつ》もない、エストラーダさんの防具屋に置いてあったベルトと同じものに見えるんだけど。

「それたぶん、ユニークアイテムってやつ。大抵《たいてい》の装備には特殊《とくしゅ》な能力を持つものがあって、それがそーらしーよ」

相馬さんは「ギルドで鑑定してもらったら?」と付け加える。

特殊な能力を持つユニークアイテム。そう言われてもぴんとこない。

「とにかくモンスターが来ないうちになにか持っていってくれよ。言っとくけど、このふたりは見かけによらず頑固《がんこ》だからな。相馬さんがなにか受け取るまで譲《ゆず》らないぞ」

「ひどいブーメランをみた」

「要さんに言われたくありません……」

俺たちがぎゃーぎゃーやっていると、相馬さんはため息をつき、

「じゃ、じゃあ、その、厚かましいかもだけど、この【採取ＬＶ１】もらってい－？」

じつに控《ひか》えめにスキルブックのウィンドウを指さした。

「え？　それだけでいいのか？」

「あんた、これの価値わかってる？　店で買おうとすると１シルバーくらいすっからね、これ」

えっ、と俺たちは顔を見合わせる。そんなに高いものだったの？

「金も持っていってくれよ。ほら、20カッパー」

「いらない。もらいすぎたくらいだし、これ以上もらうと、あたしがあたしを許せない」

彼女はウィンドウをタップして、一冊の【採取ＬＶ１】を胸に抱く。

「あ、そーいえばあんた、それ」

空いた手で相馬さんが指さすのは、波打ち際に置かれた俺の採取用バケツ。

「ここの海水集めに来たんでしょ？　ちょっと待ってて」

相馬さんはすこし離れたところに置いてあったふたつのバケツの片方を持ってきて、その中身をすべて俺のバケツに注いだ。

「え、なにしてんの」

「言ったでしょ〝もらいすぎた〟って。これで貸し借りなしね。ってゆーか、あんたらなんで海水なんか集めてんの？」

「海水っていうよりも〝アイテムの水〟が必要なんだよ。この海水で代用できるかもわかんないんだけど」

「アイテムの水……？　海水じゃなくて水のほーがいーってこと？」

頷くと、相馬さんは俺のバケツに注いだ海水をもう一度自分のバケツに戻《もど》し、空いた俺のバケツに革袋の中身をぶちまけた。

「え、お、おい……って、革袋の中身、水かよ」

「うん。綺麗な水だから安心して」

バケツは三分の一ほど水で満たされた。……5リットルくらいだろうか。

オルフェの水

オルフェ海水から魔力抽出《まりよくちゆうしゆつ》した飲用可能な水。

▽――【デウス・クレアートル】　創造消費ＭＰ６

「うお、海水じゃなくて真水か」

「ウィンドウが表示されるということは、アイテム……なんですよね？」

「そういうことだ。……これ、どうやって手に入れたんだ？」

「あたし、分解とか加工とか錬金《れんきん》とか、そーゆーの好きでさ。……って、あたしのことはどーでもいーじゃん」

そこまで言うと相馬さんは革袋を背に担《かつ》ぎ、満タンのバケツふたつを両手に持って、

「そんじゃ。うに子、行くよ」

「うにうにー♪」

「あ、お礼に荷物くらい運ぶ――」

そう言い残し、俺の言葉も聞かず、丸い物体――うに子とともに駆け足で海岸を去っていった。

俺たちも木箱の中身を回収し、ふたたびふたりに見張りをしてもらい、バケツ一杯ぶんのオルフェの海水を採取し、高台でウド木材を伐採して帰途《きと》につく。

「ソーマ、みかけによらずいいやつだった」

「もうマリアちゃん、そんなこといったらいけませんよ」

白銀さんはひとこと多かったが、俺もまったくもって同意見だったから、おかしくなって吹《ふ》き出してしまった。

彼女は見た目こそひと昔前のギャルだが、仕事に対してじつに真剣で、俺たちにも驚《おどろ》くほど筋を通す。

想定外の方法だったけど彼女のおかげで無事に新アイテム——オルフェの水が手に入った。このアイテムを攻略《こうりゃく》することで、水不足をすこしでも解決することができれば。……あと、あの謎の声も喜んでくれる……と、思う。

いつしか空は黄昏色。

人生で一番充実《じゅうじつ》した日は、もうすぐ夜になろうとしていた。

第8話　てぃんくる☆すたー！　～星に願いを～

オラトリオに夜が来ても、暗黒は訪《おとず》れない。

地球と同じように月のようなものが夜空に浮かんでいるし、なにより〝マナフライ〟と呼ばれる蛍《ほたる》のような魔力《まりょく》生命体が光を放ちながら街を灯《とも》している。

そしてこの教会の前においては、闇《やみ》など無縁《むえん》の存在だった。それは——

「ガハハハハ！　食え、もっと食え！　ガハハハハ！」

「お前ら、そんなところで見てないでこっちに来い！　ガハハハハ！」

「こっちの鍋《なべ》の芋《いも》も茹《ゆ》で上がったぞい！　誰ぞ皮むきを手伝ってくれい！　ガハハハハ！」

貧民《ひんみん》たちの笑い声が、闇などいとも簡単に吹き飛ばしてしまうからだ。

四つもの鍋からは湯気がもうもうと立ち昇っていて、夜空へと吸い込まれてゆく。

夕食は刻んだペレ芋とおっちゃんたちが持ってきてくれた野菜、あとはオルフェ海で釣《つ》れるらしいサーモ魚の細かい切り身が入ったスープだった。

味付けは塩だけとのことだったが、野菜と魚が出汁《だし》となり、まろやかな旨味《うまみ》を口内に運んでくる。

「うまうま」

魚は苦手だと言っていた白銀さんもスプーンを運ぶ手を止めない。

釣れたてだからだろう、魚独特の臭《くさ》みというか嫌味《いやみ》は薄《うす》く、じつに食べやすい味になっている。

このスープ、じつは黒乃さんの案だった。たくさんの人の腹を満たすには、芋そのものを食べるよりも温かいスープのほうがいいのではないかと。

黒乃さんはまだスープに手をつけず、ミシェーラさんやおっちゃんたちと一緒《いっしょ》に調理に励《はげ》んでくれている。サーモ魚と呼ばれる赤みの——ぶっちゃけサーモンに似た色と味の魚を捌《さば》いたのは黒乃さんだった。

内臓と血合いを丁寧《ていねい》に取り除き、ふり塩をして塩水でさっと洗う——料理に疎《うと》い俺にはそれが正しいやりかたなのかはわからないが、ミシェーラさんやおっちゃんたちの驚く声とスープの味が、彼女の腕は素晴《すば》らしいものであると教えてくれている。

「あー美味え……」

具の大半は大量に採れたペレ芋だったが、なるほどたしかにスープのほうが腹にずっしりとくる。

ここ二ヶ月のあいだの食事はほぼペレ芋の塩ゆでだったから、味の塩梅《あんばい》が変わるだけで違《ちが》うものを食べている気にもなってきて、スプーンが進む進む。木彫《きぼ》りの器はあっという間に空になってしまった。

「レオンさま、おかわりはいかがですか？」

配膳《はいぜん》をしてくれていたミシェーラさんが笑いかけてくる。

「あ、いや、悪いしいいよ」

鍋のひとつには、教会の近くに住む貧民たちによる行列ができていた。

昼、柵《さく》の外から恨《うら》めしげな視線を送ってきた子どもたちもいる。なんだか二杯目《はい》をもらうのは悪い気がした。

「ふふっ……こんなにも早くみなさまの笑顔《えがお》をお目にかかれるとは思いませんでしたわ」

行列を見てミシェーラさんは心から嬉しそうに笑う。

「笑顔？　おっちゃんたちならいっつも笑ってるだろ」

「ええ。ですが……」

彼女は言葉を濁《にご》し、笑顔をつくり直した。

「おかわり、お持ちします。マリアリアさまもいかがですか」

「おー。たべる」

白銀さんが突《つ》き出した器と宙ぶらりんになった俺《おれ》の器を手に取り、ミシェーラさんは鍋のほうへと歩いていった。

……ミシェーラさんが言っていることはわかる。

おっちゃんたちはこれまでも笑っていた。

しかしそれは、自らの不遇《ふぐう》や貧しさを吹き飛ばすための笑いだったのだ、と。

今日の彼《かれ》らの笑い声は、きっと、そういった類のものではない。

俺流に言うならば、昨日までの笑い声は、きっと、おっちゃんたちの〝仮面〟だったのだ。

ミシェーラさんはそういうことを俺に聞かせたくなくて言葉を濁したのだろう。

……俺、また意地悪な質問をしちゃったかも。ぽりぽりと頭を掻《か》いたとき、俺の目の前を球体のようなものがひゅんと通り過ぎていった。

顔を向けると、丸っこい物体が教会の裏庭のほうへと消えてゆく。

「は？　いまのって」

間違《まちが》いない。オルフェ海岸でギャル——相馬さんの隣に浮いていた、たしか……

「うにこ」

そう、白銀さんの言う通り、そんな名前だった。

黒乃さんもミシェーラさんもおっちゃんたちも、列に並ぶ貧民たちも不思議そうな顔をして立ち尽《つ》くしている。

俺と白銀さんは立ち上がり、裏庭のほうへ駆《か》けようとしたとき——

「ちょ、ちょっとうに子……！　あ、あれ？　あんたら……」

教会の外から柵にしがみつく相馬さんの姿があった。

「ごめん、うに子がそっちに飛んでっちゃって……！　そっち、入ってい－？」

彼女は切迫《せっぱく》した表情で、こちらを指さす。これだけ貧民たちが教会の外まで行列をつくっているのだから入ってくればいいのに、律儀《りちぎ》に問うてくる。

「そのアーチのところから入れるぞ」

俺の言葉を最後まで聞いたのか聞いていないのか、俺がアーチを指さした瞬間《しゅんかん》、彼女は風になっていた。

俺もうに子を——というか、相馬さんを追いかけて裏庭へ。

うに子は裏庭の畑にいた。

「てぃんくる、てぃんくる－♪」

「こ、こら、人様のお家でなにやってんの……！」

畑の一メートルほど上で、真下から立ち昇る白い光を浴び、幸せそうに浮いている。

……ん？　白い光？

「なにごとかの」

すこし遅《おく》れてアントン、ミシェーラさん、黒乃さんも駆けてきた。アントンは彼女とうに子を襲撃者《しゅうげきしゃ》かなにかだと思ったのか、コボルトの槍を不慣れそうに構えていた。

「えーと……知り合いだ。大丈夫《だいじょうぶ》だから」

そう告げるとアントンは槍を下ろし、はぁぁぁぁー……と大きく安堵《あんど》の息をつく。

ミシェーラさんは相馬さんを見て「あら、たしかエストラーダさまのお店で」と頬《ほお》に手のひらを添《そ》えた。

しかし当の相馬さんはそれどころではなく、

「ごめんこの子、質のいい魔力が好きみたいで……ほらうに子いくよ、こっちおいで」

と躾《しつけ》に必死だった。

「あらあら？　畑が……」

ミシェーラさんはこてんと首を傾げる。

そう。俺も最初は畑にマナフライが集まって白く光っているのかと思ったが、それはどうやら街の外やダンジョン内で見る、採取ポイントのようだった。

「あちらは『ペレ芋＋1』を埋《う》めた場所ですわね」

白い光はひとつだけではなく、畑の一隅《いちぐう》――八分の一ほどの面積で、八条の白い光を煌々《こうこう》と放っている。……え？　ミシェーラさんの畑でなんで？

恐るおそる白い光に手をかざすと、

《採取には採取用手袋《てぶくろ》が必要です》

そんなメッセージウィンドウが現れて、俺たちは顔を見合わせた。

「どーして街のなかに採取ポイントがあるわけ？」

相馬さんが首を傾《かし》げるとおり、基本的に街の中でこのように採取ポイントが出現することはない……と思う。少なくとも俺は見たことがない。

採取ポイントは魔力の集合だ。

人間や建物などの人工物が、魔力という神秘的な存在を長年にわたり朧《おぼろ》にしているから、人の住む近くには採取ポイントができないそうだ。

「魔法の畑……？」

「いえ、土の魔石《ませき》は使用しておりますが……わたくしも見たことがありません」

ミシェーラさんは相馬さんから俺へと視線を移す。

……これ、もしかして『ペレ芋＋1』を植えたから、なのか……？

畑の中央には木でつくられた小さな祠《ほこら》がある。

中にはアイテムダンジョンを創造する際にアイテムを置くものと似たような石の台座があり、上面《うわつら》の窪《くぼ》みには土の魔石と水の魔石がはめこまれている。

土の魔石は畑の環境《かんきょう》を改善し、太陽光の吸収を促進《そくしん》させ、水の魔石と協力しあい、作物の成長を大いに助けるという。

魔石の効果でミシェーラさんの畑ではペレ芋を植えてから一〇日ほどで収穫《しゅうかく》が可能になるという。現実ではじゃがいもの収穫が植えてから半年くらいだというから、魔力って凄《すご》いもんだって思う。

それにしたって、植えたものが採取ポイントになるなんて考えられないし、昼に植えたものがその日の夜に収穫できるなんて話は聞いたことがない、とミシェーラさんとアントンは口を揃えた。

「というより、これ本当に採取できるのか？　……ちょっとやってみるか」

コモンパンツのポケットから採取用手袋を取り出し、腰を下ろす。

「ワシもやるぞい！　カタイネン、アーロン、手伝ってくれい！」

なにがあったのかと遠巻きに見ていたふたりをアントンが手招いて、畑の八分の一……四畳《よじょう》ほどのスペースを四人で囲む。広さを考えると、同時に採取できる限界の人数だった。

《採取結果》
95回　【ペレ芋採取ＬＶ１】10％　↓　104ポイント
判定↓Ｅ　ペレ芋を獲得《かくとく》

採取結果ウィンドウが消えると同時、目の前にアイテムウィンドウが表示され、それをタッチすると、本当にペレ芋が現れた。

ポンポンポンと、アントン、カタイネン、アーロンの前にも同じくペレ芋が飛び出した。

しかも普通《ふつう》の採取ポイントと同じく、一回ずつ採取をしても白い光は消えず、いまだに八条の光を誇《ほこ》っている。

ペレ芋
多年草の植物。芽に毒があるため食べる際には注意が必要。
▽――【デウス・クレアートル】創造消費ＭＰ５↓３．６４

そのうえ、こういう風に情報が表示されるということは、やはり採取したペレ芋は魔力

物質――アイテムだ。

「へー、畑の採取って、エペ草と似てるんだ」

相馬さんの驚くところは俺たちとすこし違ったようだ。

「ねーねー、あたしも手伝っていー?」

彼女はすでに採取用手袋を装着していて、よほど自信があるのか、にやりと口角を上げてみせた。

相馬さんの採取がすごいのは、オルフェ海岸で見てわかってる。彼女ならもしかすると、未知のD判定での成功がありえるのかもしれない。

俺とミシェーラさんが頷くと、相馬さんは笑いながら革袋《かわぶくろ》から一枚の布切れを取り出した。

「にしし……あたし、海水よりもこーゆー採取のほーが得意なんだよね」

「え?」

彼女は床《ゆか》に広げた布切れの上に両膝《りょうひざ》をつく。

《採取を開始します》

相馬さんの前にウィンドウが表示されたと同時、彼女の顔つきが変わった。

どこか楽しげだった表情は一転、きりっと引き締《し》まり、切れ長の目もさらに鋭《するど》くなる。

相馬さんの採取は、俺たちの採取とはなにもかもが違った。タンタンタン、といった俺たちの動きとは違う、ババババババ！　という激しいタッチ。

動きもさることながら、反射神経だけではなくまるで〝次はどの位置が光るのか〟がわかっているんじゃないか、と思えるような無駄《むだ》のない、効率的な動き。

「やば、だる。……うに子【体力】。余裕《よゆう》あったら【持久】も」

「てぃんくるー♪」

変わらぬ様子で高速タッチしながら相馬さんがそう口にすると、うに子はくるりんこ、と回転する。うに子から白と緑の光が漏《も》れ、光は相馬さんを包みこんだ。

「あんがと」

「うにうにー♪」

口を開きながらも、相馬さんの動きは衰《おとろ》えない。むしろ時間が経《た》つたびに速く、力強くなってゆく。

——そして五分が経過した。

《採取結果》

２１３回　【採取ＬＶ１】10％　↓　２３４ポイント

判定↓Ｃ　スイト芋　ペレ芋×２を獲得

「ん、終わり。てかやば！　さっきもらった【採取ＬＶ１】スキルやばっ！　ねーねー、もっかいやっていー？」

嬉々《きき》とした表情で俺たちを振《ふ》り返る相馬さん。

俺だけでなく、この場にいる彼女を除いた全員が唖然《あぜん》としているに違いない。

す、す、すげえええええええええええええええええええええええええ……！

「ぬぉぉぉおおおおおお嬢《じょう》ちゃん！」

「なんという動きじゃ……！　ペレ芋の女神《めがみ》じゃ……！」

「ワシらも負けておれんわい！　なあ皆《みな》の衆！」

カタイネンが振り返った先には、おっちゃんたちによる人だかりができていた。

相馬さんが採取する姿と結果を見て、喝采《かっさい》の声が轟々《ごうごう》と夜空に響《どよ》めく。

「え、ちょ、なんでこんな盛り上がってんの……？」

当の相馬さんは困惑《こんわく》したように汗《あせ》を飛ばす。

あれだ。「俺またなにかやっちゃいました？」的なやつだ。

「や、その、やっぱりすごいんだな。オルフェ海岸で見たときもすげえって思ったけど、改めて驚いた」

胸の裡《うち》では『すげぇぇぇぇぇ！』と感情が爆発《ばくはつ》していたが、どうにか抑《おさ》えてそれだけ口にする。

相馬さんは俺から顔を背《そむ》け、金髪《きんぱつ》の先をくるくるともてあそぶ。

「べ、べつにすごくないし……。この子のおかげだし」

照れたようにして、隣《となり》に浮《う》かぶように子の頭を撫《な》で回しながら「それに」と続けた。

「それに、あたしには……これしかないから」

――これしかない。

それは白銀さんが杖《つえ》を掲《かか》げながら口にした言葉と同じだった。

「ソーマ。これしかない、ってどういうこと」

「ほら……みんなユニークスキルって持ってんじゃん。あたしもあるけど、戦闘《せんとう》に関係ないスキルでさ。だからみんなみたいに戦えなくて」

――みんなみたいに戦えない。今度は俺が思っていたことと同じだ。

「こんな時間にひとりでいたって時点でわかるっしょ？　……あたしは――」

――ああ、わかる。きっと相馬さんは俺と……いや、俺たちと同じ――

「落ちこぼれなんだよね」

——なのだ。

相馬さんは「まー、あたしのことはどーだっていーじゃん」と、採取のためにふたたび腰を下ろそうとするが、畑はすでにおっちゃんたち四人が採取をはじめてしまっていて、バツが悪そうに手にした芋たちに視線を落とす。

「ん」

短く発してから芋を俺の胸に押《お》しつける。

「や、これは相馬さんのだろ」

「は？　言ったじゃん、あたし〝手伝う〟って。人んちの畑で採ったものをあたしがもらったら泥棒《どろぼう》じゃん」

それもそうか。というかこれはミシェーラさんの畑なんだから、俺がどうこう言えることじゃない。

当のミシェーラさんはなにやらうずうずもじもじした様子で、相馬さんに声をかけるタイミングを見計らっているようだった。

「あの、ソーマさま。いまはどちらにお住まいなのでしょうか？」

ミシェーラさんの突飛《とっぴ》な質問に俺と黒乃さんは首をかしげたが、相馬さんは明らかに狼狽《うろた》えた様子で俺に無理やり芋を持たせたあと、諦《あきら》めたように口を開いた。

「今日、組んでたパーティ抜《ぬ》けて……いま、探してるとこ」

組んでいたパーティ。防具屋の入口で見かけた相馬さんと、店内にいたいちごちゃんとカズくんの姿が思《おも》い浮かんだ。

「あのふたりと別れたのか？」

「ん？　……あー、あんたたち、防具屋の前で見た顔だったっけ。あんた、毒島《ぶすじま》は諦めたほうがいーよ。隣にいた石丸ってオトコとつきあってっから」

相馬さんはそう言って俺を見る。

「諦めたほうが……ってなんのことだ？」

「毒島いちご。防具屋出てから、あんたに狙《ねら》われてるーってめっちゃ騒《さわ》いでたけど」

ふざけんなよマジで。あの女、たしか「中にいた男子、めっちゃ胸見てきたーカズくぅーん」みたいなことを言っていた。

「ふざけんなアホタレ！」

神に誓《ちか》って言うけど絶対見てない。

けばけばしいピンクのツインテール、横に広い体格、岩のようにごつごつした顔。なによりも男に媚《こ》びる声が好みじゃなかった。

いや、俺も健全な男子だ。ふとしたときにミシェーラさんや黒乃さんの胸元《むなもと》に視線が吸い寄せられることはたしかにあった。でもそれは不可抗力《ふかこうりょく》だもん。しかたがないもん。

それでも、何回も言うけど、あいつのだけは絶対に見ないわ。

俺が「絶対に違う」と抗議《こうぎ》すると相馬さんは「あ、そーなん？」と興味なさげだ。相馬さんの興味が俺にないのはいい。ただ俺が、なにひとつ興味のないあいつを狙っていると思われるのは理不尽《りふじん》であり不名誉《ふめいよ》であり、屈辱《くつじょく》だった。

「まーあいつらがつきあい出してさ。……んー、居心地《いごこち》悪くなって抜けてきたわけ」

我ながら性格悪いなって思うけど、あんなのとつきあうカズくんもどうなってんだ。まあそのカズくんにはわけもわからず恨まれているってのもどうなってんだ。

「まああ」

相馬さんの言葉を聞いたミシェーラさんの声には驚きが多分に含《ふく》まれていたが、期待に弾《はず》んでいるようにも聞こえた。

そしてなぜか俺の顔をちらちらと窺《うかが》う。なんのことかわからないでいると、ミシェーラさんは諦めたように相馬さんに視線を移した。

「ソーマさまさえよろしければ、この教会にお住みになりませんか？」

相馬さんは切れ長の目を大きく開き――――やがて顔を伏《ふ》せた。

「……いや、いい。自分で探す。ただでさえ迷惑《めいわく》かけてんのに、世話になりたくない」

うに子がつっこんできて、夕食を中断させた……みたいに思っているのだろうか。

そのとき、ぐぅぅぅ……と音がした。

どう考えたって、相馬さんのお腹《なか》が鳴った音だった。彼女は俯《うつむ》いたまま、顔を真っ赤にして固まっている。

「まあまあ、レオンさま。やはりもう一杯《いっぱい》いかがですか？」

ミシェーラさんはなぜか俺に声をかけ――って、違うか。

「そうなんだよ。さっきは遠慮したけど、やっぱり足りなくてさ。……ついでに相馬さんも食べていったらどうだ」

相馬さんは顔を伏せたまま、視線だけでちらちらとこちらを窺ってくる。

「あっ、あたしはべつにいいから、この子に食べさせてあげてくんない？」

「うにー……」

言いながらうに子を抱《だ》く。

うに子から「ぎゅるるる……」と音がした。

どういう仕組みで鳴っているんだ。

畑からテラスのテーブルに移動し、ふたたび食卓《しょくたく》を囲む。

「ふふっ……おいしー？」

「うに、うにー♪」

相馬さんはお腹が減っているだろうに、自分のスープには口をつけず、うに子の口元へとスプーンを運んでいる。

うに子は（＊´ε｀＊）こんな顔文字のような顔を（＊´ч｀＊）こんな口にして、かわいらしくもちゃもちゃと咀嚼《そしゃく》する。

「か、かっ、かわいいですっ……！」

うに子と相馬さんの向かいに座《すわ》る黒乃さんが眼鏡越《ご》しの瞳《ひとみ》を輝《かがや》かせた。

「あのっ……相馬さん、その、私も食べさせてあげてもよろしいでしょうか？」

「いーよ。うに子、いーでしょ？」

「うにうにー♪」

うに子は嬉しそうに黒乃さんの胸元へとダイブした。

柔《やわ》らかそうな丸い物体が胸当てを外した黒乃さんに飛びついたため、胸元の膨《ふく》らみが三つになった。どうにかして不肖《ふしょう》このわたくしめも四つめに加わりたい。無理か。

そんなことを考えていたら「ふーん」と白銀さんが俺にアイスブルーの三白眼を向けていた。いや、ちがうもん。不可抗力だもん。

「ふわあああ……！　かわいらしいですっ……！　……その、子どもができたら、このような感じなのでしょうか……？」

どうやら黒乃さんは妄想《もうそう》たくましいようだった。

「ところで、このうに子ってなんなんだ？」

ずっと気になっていたことを相馬さんに尋《たず》ねると、相馬さんはスープをひと口すすり「うまっ！」と感動の声をあげたあと、話そうか話すまいか迷う素振《そぶ》りを見せ、口を開いてくれた。

「ユニークスキル。あんたらも持ってんでしょ？　あたし、その子を召喚《しょうかん》できるユニークスキルだったんだよね」

聞くと、相馬さんのユニークスキルは【てぃんくる☆すたー！】というポップでキュートかつファンシーでメリー☆ジェーンな名前で、顔文字精霊《せいれい》『ティンクル』を召喚することができる、というものらしい。

このティンクルはＭＰを消費しながら使用者――相馬さんをいろいろと助けてくれるそうだ。ついさっき畑で見た【持久】【体力】、オルフェ海岸で見た【幸運】【増収】なんかがそうだろう。

ティンクルは相馬さんからＭＰを受け取り回復するが、ＭＰがなくなると消えてしまう。

そうなると相馬さんが多くのＭＰを使い再召喚する必要があるため、彼女《かのじょ》はスキルを使う際、毎回うに子に「いける？」とか「大丈夫？」とか尋ねてから魔法《まほう》を使ってもらっているらしい。

それにしても。

俺たちは顔を見合わせる。

──どうしてそんなユニークスキルを？

きっと同時にそんな疑問が湧《わ》き、そして同時に口をつぐんだ。

……そんなの、訊《き》いてもわかりっこない。

俺だって自分の【デウス・クレアートル】というスキルを自分で選んだわけではない。この世界に来たときに、自動的に習得していたものだ。相馬さんだって、そうに違いない。

俺はかつて、どうして自分がこんな非戦闘スキルなんだと自らの運命を呪《のろ》った。きっと相馬さんもそうだったのではないか。

──でも彼女は、その考えを断《た》ち切ったのだと思う。

それは──

「ふふっ、くすぐったいです。たくさんあるので、いっぱい食べてくださいね」

「うにゅうにゅ♪」

「よかったねうに子ー」

相馬さんがうに子に送る優《やさ》しい眼差《まなざ》しが、甘《あま》やかな言葉が、

『こんなにもかわいい子に出逢《であ》えた奇跡《きせき》を、恨んじゃいけない』

と、声もなく雄弁《ゆうべん》に語っているのだ。

「自分以外の誰《だれ》かのために、なにかをできる人って、凄いよな」

思わず声になった呟《つぶや》きに相馬さんが顔を上げる。

「なにそれ、誰の話？」

あなたの話です、と口にはせずこらえたことで勝手に漏れた苦笑《くしょう》だけ返した。

俺はすでに、相馬さんの力がほしくなっていた。

それはもちろん採取の凄さもあってのことだけど、彼女の持つ不器用な優しさが切なく、悲しく、魅力的《みりょくてき》なものに思えたからだ。

「突然《とつぜん》だけどさ。ここにいる勇者……元勇者って言ったほうがいいか。まあ俺と黒乃さんと白銀さんなんだけど、全員落ちこぼれでさ」

「ん……」

相馬さんはなんとなく知っていた、という表情。

そうだよな。異世界に来て三ヶ月、いまだ全身ルーキー御用達《ごようたし》のコモン装備だもんな。

落ちこぼれです、って名刺《めいし》を見せびらかしながら歩いているようなもんだ。

「俺たちのスキル――なかでも俺のスキルは相馬さんみたいに特殊《とくしゅ》でさ」

相馬さんに俺たちのスキルを説明した。

アイテムダンジョンのこと。戦闘ができない俺と、戦闘しかできない白銀さんと黒乃さんが出会い、凹凸《おうとつ》がぴったりと嵌《はま》って共に生きると決めたことを話した。……黒乃さんの場合はちょっと違うけど、デリケートな話なのでそこはぼかす。

「さっき相馬さん『これしかない』って言ったけど、俺たちだってそうなんだよ」

もっとも俺は今日まで〝これすらない〟なんて思っていたわけだけど。

「さっき相馬さんが採取したこのスイト芋だけど。ペレ芋を植えた畑からべつの芋が収穫できるなんてどう考えてもおかしいと思うんだ」

言いながら相馬さんの目の前にどう見てもさつまいもなものを突き出す。

「たしかにあたしもおかしーとは思うけど、この世界じゃよくある話じゃん。採取でC判定とったら、たまに違うものが採れることあるじゃん」

「そのC判定ってのがとれないいんだよなあ……」

当然のことのように言い放つ相馬さん。どう考えても俺、主人公に対して驚くモブです。

「俺はこのスイト芋ってのを初めて見た。もちろん市販《しはん》されているものは見たことがあるけど〝アイテム〟として手に取ったのは初めてだ。……見ていてくれ」

スイト芋を顔に近づけ、意識を集中させる。

スイト芋

多年草の植物。甘みがあり、葉やつるも食べることができる。

▽――【デウス・クレアートル】創造消費MP5

潜《もぐ》ってみないとわからないが、消費MPが5ということは、スイト芋ダンジョンはペレ芋ダンジョンと同じくらいの難易度なんじゃないか、と推察できる。それはつまり、いまの俺たちがペレ芋とブイ大根以外の新しいダンジョンに挑戦《ちょうせん》できる、ということだ。

「アイテムダンジョンの中では採取ができる。たぶん、相馬さんが採取したひとつのスイト芋からたくさんのスイト芋が採取できる」

常に食糧難《しょくりょうなん》の俺たちからしてみれば、ペレ芋ではない食べものが増殖《ぞうしょく》できるのは本当にありがたい。

「それに相馬さんは開錠《かいじょう》もすごいだろ。いま、俺たちの開錠係はそこにいるアントンなんだけど、連続してダンジョンに潜って採取して開錠して……ってやってもらってるから、アントンの負担がすごいんだよ」

近くにいたアントンは「面目《めんぼく》ねえ」と白い頭を掻いた。

そこでいったん言葉を切り、息を吸ってから残りの言葉を紡《つむ》いだ。

「率直《そっちょく》に言うと、相馬さんがほしい。ずっとなんて言わない。相馬さんの次のアテが見つかるまで、一緒に行動してみないか」

相馬さんはじぃっと俺の顔——瞳を見つめている。まるで俺の言葉が本当のものであるかを探《さぐ》るように。

やがて彼女は口をきゅっと引き結ぶ。

「だめ。……ごめん、いまあたしが世話になると、それはあんたらを頼《たよ》る、ってことになる」

俺が本心から語っていないと思われたのだろうか。……いや、そうではない気がした。

「誰かに依存《いそん》して、誰かがいないと生きていけない。……そんなのは、あたしじゃない。だから、ごめん」

相馬さんはいったいこれまでどのような人生を歩んできたのだろう。1—Fクラスだったということは、俺たちと同年齢《ねんれい》のはず。それなのに、こんなにも強く〝自分〟を持つことができるなんて……。

俺は苦難を前に、仮面を被《かぶ》り、偽《いつわ》りの自分をつくった。

相馬さんは苦難を前にしてもつっぱった。己《おのれ》を貫《つらぬ》いた。

同じ落ちこぼれでありながら、俺と相馬さんの身の振りかたは逆だった。

人は、だれかが自分にはできないことを成したとき、畏敬《いけい》の感情の裏に、相手を嫉妬《しっと》する仄暗《ほのぐら》い醜《みにく》さを持っている。

白銀さんと黒乃さんが戦ったとき、どうして俺は戦えないのかと。

相馬さんの採取を見たとき、どうして俺はこんな動きができないのかと。

……そして相馬さんの言葉を聞いたとき、どうして俺はこんなふうに生きられなかったのかと。

「ごめん、ありがと。ごちそうさま。うに子、行くよ」

相馬さんは立ち上がり、くるりと背を向ける。すこし遅れて、長い金髪がはためいた。

「え……」

俺はいったい、なにをしているのだろうか。

「ちょっ、な、なに」

気づけば、相馬さんの手を掴《つか》んでいた。

「俺はべつに、頼れって言ってるんじゃない。依存しろって言ってるんじゃない」

仮面を被った俺ならば、なにか気の利《き》いたひとことで相馬さんを引き留めようとしていたか、彼女の誇り高きポリシーを尊重し、なにも言わずに彼女の背中を見送っていたかもしれない。

でも、いまの俺は、ありのままで、正直だった。

「お互《たが》いに利用しあおう、って話をしてるんだ。俺たちといれば、相馬さんは生きていくうえで最低限の生活が保証されるし、アイテムダンジョンならモンスターに怯《おび》えず採取ができる。俺たちは相馬さんがいてくれれば、新しいアイテムを発見できて、新しいダンジョンに潜ることができて、生活を改善することができる。Ｗｉｎ－Ｗｉｎだろ」

利用しあう、とは、なんて野暮《やぼ》なセリフだろうか。

昼前に礼拝堂で俺が心中を赤裸々《せきらら》に語ったとき、黒乃さんはこう微笑《ほほえ》んでくれた。

『人はきっと、頭ではそういった計算をしながら、それをわざわざ口にせず、平然と過ごす生きものだと思います』

利用価値を考え、損得を計算しながらも、相手を慮《おもんぱか》る美辞麗句《びじれいく》で飾《かざ》りつけ、言葉を発するのだ。

しかし仮面を外した俺は、言葉を選ばなかった。

「俺たちに利用価値がないと相馬さんが判断したら離《はな》れればいい。せめて次の拠点《きょてん》が見つかるまでのあいだだけでもここにいないか？　このまま万が一があったらどうするんだよ」

拠点がない状態で死んでしまうと、復活できず骸《むくろ》になる。

俺の言葉は相馬さんの弱点を突く悪魔《あくま》の槍《やり》だった。俺に手を握《にぎ》られたまま、相馬さんは答えない。歯を食いしばり、槍の痛みに耐《た》えているようにも見えた。

「でも俺の思いはそれだけじゃない」

「……どーゆーこと？」

息を吸う。俺と黒乃さん、白銀さんは凹凸が都合よく嵌《は》まりあって、一緒《いっしょ》にいようと決めた。互いに利用しあい、それで生活していけるなら、と。

……でも、今日一日だけで、俺の感情はとうに変化していた。

「俺はいまを、楽しいと思ってる。ちょっとむさ苦しいけど、おっちゃんたちがいて、ミシェーラさんがいて、白銀さんと黒乃さんがいる、いまを」

鍋《なべ》のほうに視線をやると、ペッレルヴァが「七つめの鍋ができたぞい！」と声高《こわだか》に叫《さけ》んでいる。

「あの……おら、動けない妹がいて、その」

「おうおう、ヘンリクんとこのせがれか！　妹と父ちゃんと母ちゃんのぶんも持って行ってやれ！」

「おーいオリヴァー！　悪いがヘンリクの家までスープを運んでやってくんねえか！」

「ぁ……ありがとう、ございます。ぁりが……ぅ……」

「泣くな泣くな！　男じゃねえか！　ガハハハハ！」

相馬さんに顔を戻《もど》すと、彼女は貧民《ひんみん》の様子をじっと見つめていた。俺の視線に気づいて、ふたたび顔を背ける。

その横顔に、俺のありのままをぶつけた。

「頼るとか頼られるとか、誰が上とか誰が下とか関係ない。前も後ろもない。ただ、一緒に、歩いていてみないいかって言ってるんだ」

俺たちはきっと、歩きかたを探している。

いまの歩きかたが正しいかどうかなんてわからない。

でも、昨日まではなかった、胸の裡に燻《くすぶ》るわくわくとみんなの笑顔《えがお》がこの道の標《きぼう》になっているのはたしかだ。

この道に、相馬さんも加えたい。

すこし話しただけだけど、採取が上手で、うに子には優しくて、芯《しん》が強くて、でも不器用な相馬さんを。

そして、願わくば――

「歩きながら、一緒に探してみないか。いきなりこんな異世界に連れてこられて、勇者パーティに馴染《なじ》めなくて抜けた……あるいは、追放された落ちこぼれたちの歩きかた、、、、、を」

ここまで言ってから、己の口《くち》の端《は》が緩《ゆる》んでいることに気づいた。

仮面を被るでもなく、こうしたほうが相手が安心するからという計算でもなく、知らずのうちに笑《え》んでいた。

「……めっちゃ諦めないじゃん……」

相馬さんは金髪の毛先をくるくるといじりながら、視線だけちらちらと向けてくる。

「しかもめっちゃクッサいこと平気で言うし……」

「それいま関係ないだろ」

仮面というフィルターを通さない俺《おれ》は、もしかしたらクサいやつなのかも。これからは沈黙《ちんもく》を尊ぶことにしたほうがいいかもしれない。

そのとき、じっと話を聞いてくれていた黒乃さんの胸元から、

「うにー！」

うに子が俺の頬にダイブし、すり寄ってきた。

「うに……うに……」

「え、なに、ど、どした」

驚《おどろ》いて相馬さんの手を放してしまった。

うに子は（＊´ε｀＊）こんな顔になって俺の頬に何度も口づけをしてくる。くすぐったい。かわいい。

近くでよく見ると、頭身の低いぬいぐるみのように、すごく短い手足がついていて、俺の頬に抱きつこうと一生懸命《いつしょうけんめい》伸《の》ばしている。かわいい。

「うに子、あんた……」

「うにゅうにゅ」

なぜうに子が俺にひっついてきたのかはわからないが、俺たちの様子を見た相馬さんは諦めたように大きなため息をつく。

顔を上げた彼女は、笑っていた。

「あたし、面倒《めんどう》くさいよ？」

言葉とは裏腹に、声色《こわいろ》は柔らかだった。いままで俺たちに向けていた声の低さと、うに子にかける声の高さの中間くらいに感じた。

「いや、そんなのいまのやり取りでわかってる。お互いさまだろ」

言い返すと、相馬さんは「ひどっ」と悪態をつきながらも笑う。

「あたし身勝手だし、口も悪いから空気悪くするかも」

「ちょうどいい。俺、今日の昼前から良い顔をするのをやめて、口が悪くなったんだ。どんな舌戦《ぜっせん》ができるか楽しみだな」

「あたし、筋が通ってないのだいっきらいでさ。なんかあったとき、思ったことはっきり言っちゃうから、言い合いになることが多いかも」

「言ったろ、歩きかたを探してる、って。筋を通すためにはっきり言ってくれるんなら大歓迎《かんげい》だ」

自虐《じぎゃく》めいた言葉に矢継《やつ》ぎ早《ばや》に返すと、相馬さんは「ふふっ」と楽しそうに口角を上げた。

「うに子がここにいたい、って言ってるんなら、あんたに落とされてやってもいーかな」

黒乃さんから「わっ」と、白銀さんから「おー……」と、ミシェーラさんから「まああ」と嬉々とした声が聞こえた。

「言っとくけど。……うに子をいじめたら、殺すから」

「さっそくおっかねぇ……。というかこんなにかわいいのに、いじめるわけないだろ」

「うにゅにゅー」

頭を撫でるたび、頬《ほお》を突《つ》くたび、かわいい声をあげてくれる。

「はー……。ま、そんじゃいちおー、筋通しとこっか。さっき木箱を開けたとき、名前はバレてるけどさ」

相馬さんが長い金髪をかき上げる。

彼女が背にした夜空で、満天の星が眩《まぶ》しく瞬《まばた》いた。

「あたし、相馬《そうま》星良《せーら》。〝綺羅《きら》、星のごとく〟の星に、良《よ》し悪《あ》しの良いで星良。ちなみに〝せいら〟じゃなくて〝せーら〟だから。……その、これからよろしく」

一筋の煌《きら》めきが夜空を流れていった。

いまのは星だったのか、それともマナフライなのか。

それよりも強く、おっちゃんたちの喜ぶ声と笑顔が、夜を灯《とも》している。

オラトリオはまだまだ眠《ねむ》りそうにない。

お祭りのような夕食を終え、後片づけが終わった頃《ころ》、時計の針は夜九時を指していた。

「あたし、宿から荷物を取ってくっから」

相馬さんはそう言って後手をひらひらと振る。

「待った。荷物多いんだろ。なんなら俺も行くけど」

「あー……そうだけど……でもやっぱいいや。このタイミングであんたがいると勘違《かんちが》いされるかもしんないでしょ」

勘違いというのは、俺と相馬さんが男女の関係になり、その関係で引っ越し……という勘違いだろうか。

気にしすぎだろ、なんて思ったが、

「あんた、ただでさえ石丸によく思われてないんだからさ。三往復くらいだから余裕だって」

そういや俺、石丸——カズくんに、毒島いちごの冤罪《えんざい》のせいで恨《うら》まれているんだったか。マジでふざけんな。

「じゃあせめて……アントン、マッティ、ちょっと頼《たの》まれてくんないか」

「おおレオンどの、どうした」

「なんじゃらほい」

おっちゃんたちのなかでもとくに頭髪《とうはつ》を小綺麗《こぎれい》にしているふたりに声をかけると、なんでも言ってくれと頼もしげに胸を叩《たた》いた。

「相馬さんの引っ越し、手伝ってくんないか。宿の近くで待機してもらって、一緒に荷物を持ってここに帰ってきてくれるだけでいい」

「や、あんた、そんなんいーって」

「よくないって。この街、夜は治安がよくないだろ。女子がひとりで歩いて、万が一のことがあったらどうするんだよ」

そこまで言うと、相馬さんは顔を背けて「ほんと、変なやつ……」と毛先をいじる。

「レオンどの。ワシらは喜んで協力するが……」

「その……宿が一般街《いっぱんがい》なら、ワシらは……」

ふたりは申しわけなさそうに口ごもる。

わかってる。基本的に、貧民は貧困街《ひんこんがい》から出られない。

そういうルールや法律があるわけではないが、ボロを纏《まと》った汚《きたな》い人間が、一般区画に入ってくるんじゃねえよ、みたいなこの街の空気が、彼《かれ》らを貧困街に縫《ぬ》いつけているのだ。

彼らが貧民を貧民だと認識《にんしき》する材料は、服装と足元だ。原始人のような上下のボロに、くたくたになった草鞋《わらじ》。

「ちょっと待っててくれ」

三人をテラスに置いたまま、俺は教会、台座の部屋へと入る。

そこにはミシェーラさんが用意してくれた机があって、その上には今日アイテムダンジョンで獲得《かくとく》した戦利品が並べられていた。いくつかを手に取り、胸に抱《かか》えてテラスへと戻る。

「これ、アントンとマッティで使ってくれ」

「ぬん？　……ほあああああ!?」

「こ、こんなもの頂けませんぞい！」

それは今日、コボルトの木箱から手に入れたコモンシャツ、コモンパンツ、コモンブーツだった。都合よく二組ずつ獲得しており、運命の巡《めぐ》り合わせに感謝した。

「ただ置いといても意味ないからな。こういったアイテムの分配をどうしようか悩《なや》んでたんだ」

「いや、でもなあ……！」

ふたりは遠慮《えんりよ》――というか恐《おそ》れ多いといった様子で盛大《せいだい》に汗を飛ばしている。

「分配ルールが定まるまで、こんな感じでテキトーになっちゃって悪い。どうせ、いずれ全員が服を着ることになるんだ。ふたりはその一番目と二番目ってことで」

「全員が、服を……」

「レオンどのにはそんな大望《たいもう》が……！」

大望ってほどじゃないけど、このペースでいけば服も靴《くつ》もいい感じで集まってゆく。このままいけば、いつかは――って話なだけだ。

「し、しかしレオンどの。大きさが合わんようじゃ」

「ワシらには小さすぎるような……！　ぬっ、ぬっ」

「げ……マジか。そこまで考えてなかった……」

小さなシャツを無理やり着ようとするマッティを、黒乃さんが慌《あわ》てて止める。

「あ、あのっ、コモンシャツは防具ですから〝装備〟と念じれば着ることができますので……！」

「ぬ？」「え？」「は？」

マッティとアントン、そして俺の口から情けない声が漏《も》れた。

……え？　防具は装備って念じれば……なんだって？

「あんたら知んないの？　や、おっちゃんたちはともかく、なんであんたが知んないの」

相馬さんは片足立ちになって「装備解除」と口にした。

上がった足に履《は》いていたコモンブーツが白い光となって消え、綺麗《きれい》に切り揃《そろ》えられた白い爪《つめ》が見えた。相馬さんの手には、いま脱《ぬ》いだのであろうコモンブーツが。

「装備」

その声で相馬さんの手からコモンブーツが消え、気づけば彼女は両足に靴を履いていた。

「おお……！」

「防具なんて初めてで、知りませんでしたぞい！」

アントンとマッティは期待に目を輝かせ、同時に「装備」と口にした。

彼らの手元から衣類が消え、白い光がまとわりつき、ふたりはサイズぴったりのシャツとパンツを身にまとった。

「装備解除……おお！」

「装備……！　おおお！」

ふたりは少年のようにうきうきと、何度も装備と装備解除を繰《く》り返す。

「マッティ、おぬし服に着られておるのう！」

「アントンこそ、その汚ぇツラにはもったいない服じゃわい！」

ガハハハハ！　と笑いあい、肩《かた》を抱く。

……そういや防具屋で黒乃さんが胸当てをつけに試着室に入ったとき、出てくるのがやけに早いな、なんて思った。あれ、一生懸命《いっしょうけんめい》装着しているんじゃなくて、装備のひとことで終わらせていたからだったのか……。

ともあれ、これでアントンとマッティのふたりを誰も貧民だと指をささないだろう。

「んじゃふたりとも、頼んだ」

「おう！」

「任せてくれい！　ガハハハハ！」

うっきうきのアントンとマッティは、むしろ相馬さんを引き連れるようにして、にっこにこの表情で街の闇《やみ》に消えていった。

「あ、しまった」

三人とうに子を送り出してから気がついた。

今日じゅうにオルフェの水ダンジョンに潜ろうと思っていたのに、開錠のできる相馬さんとアントンがいなくなると、開錠ができずにコンプリートボーナスが得られない。

それに白銀さんと〝LV2になる〟という目標をまだ達成していない。

レベルアップまでの経験値を考えると、俺と黒乃さんはあと一回、白銀さんはあと三回マイナーコボルトを倒《たお》す必要がある。

さらに言えば、もう二一時。そろそろ眠る準備をしなければ、明日の礼拝時間に起きられなくなってしまう。それは俺が人間でいられなくなることを意味していた。

「白銀さん、ごめん」

「わたしはかまわない。もっといいことがあったから」

忸怩《じくじ》たる思いで白銀さんに今日はもうダンジョンに潜らないことを伝えると、彼女は思いのほかすんなりと受け入れてくれた。

「もっといいこと？」

「ソーマのこと。うにこのこと。カナメはよくやった」

よくやったと言われ、いまさらながらに――

『相馬さんがほしい』

『一緒に歩いてみないか』

「～～～っ……！」

自分が言い放った言葉を思い出し、顔が熱くなった。

「ソーマはゆうしゅう。それにしょうねがいい。なによりうにこがあいらしい」

白銀さんは両拳を胸元でにぎり、鼻からふんすと息をはく。どうやら黒乃さんだけでなく、白銀さんもうに子がかわいくてたまらないらしい。

「改めまして、お見事でしたわ。レオンさまにお任せして正解でした」

俺に笑いかけるミシェーラさんの声はどこか弾んでいた。

「やはりレオンさまは、わたくしどもの英雄《えいゆう》になられるおかたですわ」

「やめてくれよ。俺たちに上下はない。それに英雄なんて……ミシェーラさんは俺を買いかぶりすぎなんだよ」

何度もしたやり取り。いつもならばミシェーラさんはくすくすと笑って、俺を解放してくれる。

「うふふ……レオンさまは〝真の強さ〟をお持ちですもの」

でもいまは解放してくれなくて、笑ったまま、俺の胸に手のひらを当ててくる。

「ちょ、なに」

「セーラさまを説得するときも、レオンさまの胸の奥《おく》、奥の奥で、熱いなにかが訴《うった》えかけてきませんでしたか？」

――放っとけない、って。

「……」

ミシェーラさんがなにも言わずとも、俺の胸が応えた。

放っとけないっていうのは、同情だ。はるか上に立つものが、下に対して救いたいと思う、おせっかいな感情だ。

「そんなんじゃ、ない。俺は、自分のために」

「ええ。だからこそ、胸に響《ひび》くのです」

もうなにがなんだかわからなかった。

俺は自分の生活が豊かになると思って、相馬さんを引き入れた。

「人は結局、自分自身のことしか考えられない生きものなのかもしれません」

教会のシスターとして、そういうことを言っていいのかとぎょっとする。

「……ですが、自分以外の誰かの境遇《きょうぐう》を、自分のことのように考えられるレオンさまだからこそ、みなさまはついていきたいと思うのです」

ミシェーラさんに触《ふ》れられた胸が、あたたかい。

月の光に照らされた彼女は、どこまでも綺麗だった。

第9話 あの日の己に

ガラァン、ゴロォン、と鐘《かね》の音《ね》が鳴り響く。おっちゃんたちの誰かによる振鈴《しんれい》の音がオラトリオの朝を告げた。

自慢《じまん》じゃないけど、俺は朝が苦手だ。次の振鈴までもうひと眠り……。

……でも、朝礼拝に出て、勇者パーティと合流しなきゃ……。

と、そこまで考えて、昨日自分がパーティから追放されたことを思い出した。

そう思うと気がラクになり、ベッドの上で半身を起こす。

人間ってのは身勝手だ。もしかして、ブラック企業《きぎょう》を辞《や》めた大人たちはみんなこんな感じなのだろうか。

勇者パーティに参加しなくてもよくなったのなら、二度寝《にどね》してもいいよね。

ふたたび布団《ふとん》のぬくもりに身を投じようとしたが、朝礼拝のことを、そしてそれをサボったときのことを思い出して慌てて立ち上がる。つくづく人間ってのは身勝手だ。

《スキル『ブイ大根』を習得》

ここで視界の左下にメッセージウィンドウが現れた。昨日ブイ大根ダンジョンを攻略《こうりゃく》してから、ずいぶんと時間差がある。もしかして、一度寝《ね》て起きないと習得にならないのだろうか。レベルアップに寝泊《ねと》まりの必要がある昔のRPGかよ。

　自室を出ると、階下へと続く螺旋《らせん》階段を挟《はさ》んだ遠い向こうに、笑い転げる金髪《きんぱつ》ギャルの横姿が目に入った。

「あっはっはっは、白銀ぜんっぜん起きないのおもろー」

「相馬さん、笑っていないで手伝ってくださいっ！　マリアちゃん、マリアちゃん！」

「……おはよう。どうしたんだ」

「お、要《かなめ》おっはー。あはははは、要やば、目ぇ死にすぎっしょ。頭ぼっさぼさで草こえて森。あっはっはっは」

「マリアちゃん、マリアちゃん！」

　早朝から相馬さんも黒乃さんも元気いっぱいだ。

「てか黒乃さんはともかく、相馬さんがその格好で朝強いのは反則だろ」

「その格好は余計だっつーの」

あ痛《いた》。相馬さんから前頭部にチョップをもらった。これ朝イチからHP1くらい減ったんじゃないの？

寝起《ねお》きの俺と違《ちが》い、手入れが大変そうな彼女の金髪ロングは今朝も艶やかだ。薄《うす》くリップまで塗《ぬ》っているように見える。これは相当早起きしたに違いない。

相変わらずシャツを胸下で縛《しば》ってヘソを出し、コモンパンツを短く改造したのか、細く長い脚《あし》がスラリと伸《の》びている。

「こんなこと訊くのもアレなんだけど、その、やっぱり好みなのか、その格好」

「引っ張るじゃん」

「人は見かけで判断しちゃダメだってわかってるんだけど、昨晩話したとき、すごくしっかりしていたから、なんでかな、って」

「あたしみたいなのがしっかりしてたら変？　まーあたしは自分がしっかりしてるとは思わないけど」

「いや、そういうことじゃないんだ。……すまん、失礼なことを言った。謝《あやま》る」

寝ぼけていたからか、ずいぶんな失言をしてしまった。そりゃこんなこと言ったら、相馬さんにも全国のギャルにも失礼だよな。

「ナメられないよーに、かな」

しかし相馬さんは一瞬《いっしゅん》考える素振《そぶ》りを見せ、答えてくれた。

「あたし、意味なく人に使われるのだいっきらいでさ。この格好してれば、つまんないヤツは寄ってこないじゃん。……答えになった？」

「……すまん、めっちゃわかりやすかった」

俺が彼女《かのじょ》を初めて見たのはエストラーダさんの防具屋の前だったが、たしかに怖《こわ》かったもんな。ギャル怖いヤンキー怖いって思ったもん。

「でもさ」

相馬さんは一転、八重歯を見せて笑う。

「あたし、この教会の世話になるって決めたからには、めっちゃ働くから。遠慮しないでなんでも言ってよ」

人懐《ひとなつ》っこい「にししー」とした笑みがあまりにも眩しくて、俺は「お、おう」とかろうじて口にして、顔を背《そむ》けるのだった。

……これは窓から差し込《こ》む朝の光が目に入ったからに違いない。……うん。

「マリアちゃん！」

室内ではいまだ激しい戦いが繰り広げられていた。

開け放たれた扉《とびら》に一応のノックをして部屋に入ると、黒乃さんだけでなく、うに子も室内にいて、どうにか白銀さんを起こそうと (ง*`ε´*;)ง こんな顔になって彼女の頬をつついている。かわいい。

ベッドの上では銀髪《ぎんぱつ》の少女が真上を向いて目を閉じていた。まるで人形だ。ニホン人離《ばな》れした整った顔立ちに真っ白の掛《か》け布団《ぶとん》が白無垢《しろむく》に見えて、なんだか和洋折衷《わようせっちゅう》を思わせる。

「白銀さん、起きろ。死ぬぞ。……これ、担《かつ》いでても連れて行くしかないんじゃないか？」

「あとごふん」

「マリアちゃんそれ六回目ですから！　起きてください！」

「黒乃あんた気ぃ長いね……」

「おーい。……だめだこりゃ。一回告解部屋を味わえばもう二度と寝坊《ねぼう》しようとは思わんだろ」

「諦《あきら》めるのが早すぎませんか⁉　担いででも連れて行くと言った要さんはどこへ⁉」

「さっきのは夢だな」

「夢！」

「じゃなきゃ幻《まぼろし》だ」

「まぼろしー‼　マリアちゃん！　マリアちゃん⁉」

『こうして主・オラトリオをはじめとする神々は、この世界――〝アルカディア〟に蔓延《はびこ》る邪穢《じゃあい》を滅却《めっきゃく》し、あまねく世界に長き平穏《へいおん》を齎《もたら》されたのです』

ミシェーラさんの説教が礼拝堂に響き渡《わた》る。俺の隣《となり》で眠そうな目をこすっている白銀さんは、もっと黒乃さんに感謝したほうがいい。

『――しかし邪悪《じやあく》も醜穢《しゆうわい》も、少なからず人のこころの裡《うち》にあるものなのです』

小さなころ、なにかの機会で教会の日曜礼拝に参加したことがあるが、神様の言葉ってのは難しいもんなんだな、といまさらながらに思った。

まず熟語の意味がわからない。それに哲学的《てつがくてき》で、頑是《がんぜ》ない幼子には理解が難しかった。

『こころの裡にある邪穢は滅却ではなく、蕩滌《とうてき》しなければなりません。蕩滌は愛の道である。手には武器ではなく、誰《だれ》かの掌《てのひら》を』

ミシェーラさんの口から、創造神オラトリオの教えが紡がれてゆく。

彼女は敬虔《けいけん》なシスターではあるものの、オラトリオの代弁者にすぎないはず。しかし普《ふ》段《だん》の慈愛《じあい》に満ちた振《ふ》る舞《ま》いからか、不思議といま紡がれる言の葉は、ミシェーラさんの考えたもののように思えてきて、彼女と創造神オラトリオの彫像《ちようぞう》がダブって見える。

朝礼拝を終えた男性たちはそれぞれの仕事へ、女性たちは子どもを連れて各家庭の仕事へと向かってゆく。

残ったのはミシェーラさん、俺、黒乃さん、白銀さん、相馬さん、うに子、一〇人ほどのおっちゃんたち。

ミシェーラさんとおっちゃんたちはまず俺の身を案じてくれたあと「報告がある」と西口からふたつの背負いかごを持ってきた。

「ワシらは五時より前に教会にやってきたんじゃが、裏庭でなにか光っとるもんで畑に行ってみると……」

「昨日、ペレ芋《いも》＋1を植えたところがまた光っとっての」

「ブイ大根＋1を植えた箇所《かしょ》も光っておって、勝手ながらレオンどのが起きられる前に採取してしもうた」

かごの片方には一〇個以上のペレ芋が、もう片方にはV字になった数本の大根が器用に詰《つ》め込まれている。

「え、これ全部今朝収穫《しゅうかく》した野菜なのか？　ブイ大根はともかく、ペレ芋って昨日採取したよな？」

間違《まちが》いない。昨日、裏庭の畑が白く光っていたからこそ、うに子がこの教会に飛び込んできた。そして相馬さんと一緒に採取をし、すべての光は消えてなくなったはずだ。

「もしかして、外の採取みたいに時間経《た》つと復活して何回でも採れるんじゃね？」

相馬さんの声に礼拝堂がざわつく。もしも本当に野菜が何回でも採れるのなら無限に食べものが採れるという、極《きわ》めて喜ばしいことのはずなのに、おっちゃんたちの顔はやや気まずそうだった。

「そのじゃな……もしも採取ポイントがここにあることをお役人や領主さまが知ったら」

街中に採取ポイントが生まれるなんて前代未聞《ぜんだいみもん》。見つかれば取り上げられてしまうのではないか、という心配だった。

だからこそアントンたちは誰かに見つかる前に、早朝のうちから大急ぎで採取をし、白い光をかき消したに違いない。

「そのときはわたくしが全力で守りますわ。畑も、教会も。ご安心くださいませ」

ミシェーラさんの言葉におっちゃんたちは安堵《あんど》の息を吐《は》いた——ように見えるが、どこか雲が晴れないように感じられた。

それはミシェーラさんに対する不信などではなく、ミシェーラさんの奉仕《ほうし》精神の強さに対し、自分たちを守るために自己犠牲《ぎせい》を強めてしまうのでは——という、やはり心配の情がある気がした。


台座の部屋に移り、ダンジョンをつくるためのアイテムを並べる。

消費ＭＰ５のペレ芋、ブイ大根、スイト芋。この中ではスイト芋だけが未攻略だ。

消費ＭＰ６のリークネギ、オルフェ海水、オルフェの水、ウド木材。こちらはすべてが未攻略。

武器防具、未使用の【緑黄色野菜ＬＶ1】というなにに使うのかわからないスキルブックもアイテムだが、これらは消費ＭＰ7以上で、消費ＭＰがダンジョンの難易度に直結するとするならば、手を出すべきではない。

俺が昨日みた夢――というか、聞いた謎《なぞ》の声のことはみんなに話してある。それを受け、

「わたしはオルフェの水ダンジョンにいくべきだとおもう」

早急《さっきゅう》に水の意思が必要だという謎の声に寄り添《そ》う白銀さんの意見と、

「もうすこしでレベルアップしますので、三回ほど消費ＭＰ5のダンジョンに潜《もぐ》ったほうがいいのでは」

という黒乃さんの意見に割れた。

「相馬さん、昨日もらったこのオルフェの水って、アイテムとしては一単位ぶんだよな」

「うん。オルフェ海水はまだ残ってっから作業台さえあれば水に分解できっけど」

作業台とか分解とか言われてもわからない。俺の代わりにミシェーラさんがおずおずと口を開いた。

「あの……低ランクの作業台でよろしければ、二階にございますが」

「マ⁉　使っていーの⁉　一時間10カッパーくらいだと助かるんだけど」

「いえいえ、お代など頂きませんわ。お好きに使ってくださいませ」

「ウソ！　ホント⁉　マ⁉　ここ天国じゃん！」

よくわからないけど、相馬さんは瞳《ひとみ》を輝《かがや》かせる。作業台があると知ってこんなに喜ぶって、つくづく見た目を裏切ってくるよな……。

「そんならオルフェの水は気にしないでいーよ」

相馬さんがそう言ってくれたので、オルフェの水が三分の一ほど注がれたバケツを台座《の》に載せる。

「大丈夫《だいじょうぶ》でしょうか……」

黒乃さんが不安げに眼鏡の奥を彷徨《さまよ》わせる。

「へいき。わたしたちはきのう、コボルトにたいをたおした。だからだいじょうぶ」

オルフェ海岸でのことを言っているのだろう。しかしあのときは俺たちわりとボロボロになった気がする。しかし白銀さんのアイスブルーには「はやくつよくなりたい」と書いてあって、まあ消費MPが1上がるくらいなら大丈夫か、とバケツに手をかざす。

……本当に大丈夫なのか。楽観的すぎやしないか。そんな不安が拭《ぬぐ》えぬまま、魔力《まりょく》の奔《ほん》流《りゅう》は俺たちを包み隠《かく》していった。

オルフェの水ダンジョンという名前からして、水中に転移させられたらどうしよう、なんて不安が一瞬頭をよぎったが、幸いなことに目を開けた先は森だった。四方を木々に囲まれた、広々としたひとつの部屋だった。

中央に大きな泉があり、青く透《す》き通った水を湛《たた》えている。俺たちが転移されたポイントが南の中央だとすると、北側へ向かうには東西にある泉の縁《ふち》を通るしかなさそうだった。

そして北側には一体のコボルトがいて、俺たちに気づいて東の縁へ向かっているところだった。

……いや、モンスターはコボルトだけではなかった。ここ――南の端《はし》から北の端まで一〇〇メートル足らずといったところか。木々の葉や草と似た色だったため気づかなかった。コボルトの後をぴょんぴょんと飛び跳《は》ねて追いかける、半透明《はんとうめい》の緑色をした球体。

「あれは〝ジェリー〟だ……！」

スライムみたいなモンスター、と言えばわかりやすいだろうか。とはいえ、スライムはザコ代表みたいなイメージだが、この世界でのジェリーはやっかいだった。

ゼリーのように柔《やわ》らかいモンスターで、半透明な緑色の身体を持ち、主にタックルで攻《こう》撃《げき》を仕《し》掛《か》けてくる。柔らかいとはいえ、一〇〇キロ以上ある物体から放たれる鋭《するど》い突進《とっしん》は、見た目以上に威力《いりょく》があり、何人もの勇者を葬《ほうむ》ってきた難敵だ。

身体の中心で光るひし形の〝核石《コア》〟と呼ばれる部位が弱点らしいが、ぶよぶよとした柔《じゅう》軟《なん》な身体は刺《し》突《とつ》と斬《ざん》撃《げき》に強い耐《たい》性《せい》を持ち、弱点まで武器を届かせない。

勇者パーティにいたころ、ジェリーが現れると前衛はみな舌打ちをしたものだ。

しかし――

「カナメ、どうする」

「戦うっ……！」

このパーティの主砲《しゅほう》は白銀さんの魔《ま》法《ほう》だ。

なら、ジェリーはむしろコボルトより御《ぎょ》しやすいはず……！

「炎《ほのお》の精《せい》霊《れい》よ、我《わ》が声に応えよ」

俺が判断した直後、白銀さんは詠《えい》唱《しょう》を、黒乃さんは弓を構えた。

黒乃さんの武器はこれまで『凡長弓《ぼんちょうきゅう》』というランク1の和弓《わきゅう》だったが、オルフェ海岸で手に入れた『木長弓《きちょうきゅう》』というランク2の武器に持ち替《か》えていた。

凡長弓よりもほんのすこし大きく、木らしい茶色の美しいカーブを描《えが》いた弓だ。

ステータスに表示される攻撃力《こうげきりょく》の上昇《じょうしょう》は大きなものではなかったが、対応する箙《えびら》に収納できる矢の本数が二本から三本に上昇するのが嬉《うれ》しい、と黒乃さんは顔をほころばせていた。

「ふっ……！」

コボルトとの距離《きょり》はみるみる詰まり、約三〇メートル――黒乃さんのいちばん得意な距離になったとき、彼女の弓から矢が放たれた。

いままでより一際《ひときわ》速く、鋭く矢羽を回転させながら、コボルトへと飛んでゆく。

「すご……！」

白銀さんを抱《だ》きかかえる俺《おれ》の背を両手で押さえながら、相馬さんが驚いた声をあげる。

相馬さんはオルフェ海岸で彼女の射を一度見ているが、あのときは弓も違ったし、砂浜《すなはま》という悪い足場の上だった。

なによりあのときはコボルトに避けてもらうため、わざと手加減して弓を引いていたのだから。今回は違う。命を穿《うが》つ嚆矢《こうし》が、コボルトの喉元《のどもと》を狙《ねら》う……！

コボルトが矢を盾《たて》で防ぐ。これまでならコボルトはガードの反動でのけぞり、がら空きになった喉《のど》を見せ、火矢の餌食《えじき》になっていた。

「ギャッ」

コボルトは短い悲鳴をあげながら、後ろにすっとんでいった。背後にいたジェリーの上で一度バウンドし、草の上を転がる。

「すみませんっ……！」

黒乃さんはもう一度弓を構えながら声を落とした。その理由は――

「火矢《ファイアボルト》」

コボルトが転倒《てんとう》したことで、むしろ必殺の火矢が前方にいるジェリーを狙うほかなくなったからだ。

炎の矢はジェリーを貫通《かんつう》せず、体内で爆発《ばくはつ》を起こした。同時に前方から衝撃《しょうげき》。

「ぐっ……」

「ちょっ……！」

相馬さんとふたりで白銀さんを押《お》さえる。

俺はもう慣れたもので、白銀さんを背からしっかりと抱きしめている。

しかし相馬さんには「魔法の反動？　ゆーて大したことないっしょ」みたいな思いがあったのか、俺の背を支えていた相馬さんの両腕《りょううで》はあっさりと曲がる。

俺の背に柔らかな感触《かんしょく》。しかしその幸福を享受《きょうじゅ》できる余裕《よゆう》はなかった。

「相馬さん、ちゃんと押さえろっ……！」

「ま、マジ？　ご、ごめんっ……！」

「光の精霊よ、我が声に。応え、よ」

オルフェ海岸のときと同じ。白銀さんは魔法の反動で頭さえのけぞりそうになりながらも、顔を「ふぎぎぎ」と踏《ふ》ん張らせ、次の魔法を詠唱する。

コボルトはまだ立ち上がらない。ジェリーがぴょんこぴょんこと跳ねてこちらへ猛然《もうぜん》と向かってくる。距離はもう一〇メートルを切った……！

「ふっ……！」

黒乃さんの第二射がジェリーの緑の身体に向かい、突《つ》き刺《さ》さった……いや、弾力性《だんりょくせい》のあるジェリーの身体は、黒乃さんの矢を飲《の》み込んだ。

「っ……！」

自らの矢に効果がないとわかったのか、黒乃さんは俺たちとは違う方向に駆《か》け出した。

「黒乃さん！」

俺には黒乃さんがなにをしようとしているのかがわかった。

白銀さんの詠唱時間を稼《かせ》ごうとしたのだ。

黒乃さんの目論《もくろ》見《み》通り、ジェリーは彼女のほうへと進行方向を変えた。

「っ……！」

ジェリーが黒乃さんに飛びかかる。緑色の物体が地を跳《と》び、身体を回転させながら、とっさに両腕を交差させた黒乃さんをガードの上から弾《はじ》き飛ばした。

「ぼっ」

衝突音《しょうとつおん》は、人と人がぶつかったものではなく、まるで交通事故の音だった。

大きく鈍《にぶ》い音と短く黒乃さんの口から出たとは思えない低い悲鳴を伴《ともな》って黒乃さんは宙を舞う。

「黒乃ッ！」

黒乃さんは地面にバウンドし、草の上を転がる。

白銀さんの声はこれまでよりも一段と熱を帯びていた。

「2《カクスイ》……1《ウユクスイ》……！」

「落雷《サンダーボルト》」

魔法陣《まほうじん》がジェリーと、起き上がったコボルトの真上へと飛んでゆく。

「反動、もう一回来るぞ！　気を抜《ぬ》くな！」

「抜いてねーっつの！」

「おしまい《ロップ》」

下向きの魔法陣から二筋の雷《いかずち》がジェリーとコボルトを襲《おそ》う。

当然、魔法の反動も俺たちを襲った。

「ぬおぉぉおお……！」

「があぁぁあっ……！」

落雷の反動は、魔法陣がモンスターに向かう際と、魔法陣から雷が降り注ぐタイミングの計二回やってくる。後者の反動は前方と下からだということはオルフェ海岸での戦闘《せんとう》でわかっていた。腰《こし》を低くしてどうにかこらえる。腕《うで》も足も千切れそうだった。

頼《たの》む、これで終わってくれ……！　頼む、黒乃さん生きててくれ……！

爆風《ばくふう》で生まれた白煙《はくえん》が消える。

その先には、槍《やり》を杖《つえ》にして膝《ひざ》をつくコボルトと、うぞうぞと蠢《うごめ》くジェリーがまだ生き残っていた。

……マジかよ。

「氷の精、霊《れい》よ、我がこえ、に、こ、たえ、よ」

マジかよ……！

なおも第三の矢を構える白銀さん。そのあいだにアントンとマッティが倒れた黒乃さんを引き起こし、俺達《おれたち》の後ろに連れてきてくれた。

「黒乃どの、大丈夫かっ！」

「3《コルメ》……2《カクスイ》……」

白銀さんを抱く腕に力を込める。

「空いてるやつがいたらあたしの背を押さえろっ！」

「わ、ワシが勇者さまの背を……？」

「ひぇえ……責任重大じゃぁ……！」

「うにゅっ！」

声と同じタイミングで、俺の背にかかる相馬さんの力も強くなった。

振り返ると、カタイネンとウオティが相馬さんの背中に駆けてくる。うに子の声も聞こえた。

「1《ウユクスイ》……氷矢《アイスボルト》」

大きくなった魔法陣から氷柱《つらら》が現れた。凍《こご》えるような白い冷気をまといながらドリルのように回転し、鋭い先端《せんたん》がジェリーに向かって飛んでゆく。反動は火矢のように前方からやってきた。背後から相馬さんとおっちゃんたちの歯を食いしばるような声が耳に響く。

氷柱からまろびでる冷気で見通しの悪くなった視界のなか、バリバリバリとなにかが一瞬《しゅん》で凍《こお》りつくような音。終わってくれ、頼む……！

視界が晴れる前に、魔法の反動による衝撃が収まった。

——晴れた視界の先、緑の光は立ちのぼってはいなかった。ジェリーの前面は凍りつき、後ろ半分だけがうねうねと力なく動いている。コボルトはふらふらになりながらも瞳に獰《どう》猛《もう》を宿し、槍を構えている。

「退却《たいきゃく》だッ！　相馬さんはうに子と白銀さんを、おっちゃんたちは黒乃さんを連れて転移陣《じん》へ！　急げッ！」

叫《さけ》びながら振り返り、白銀さんを相馬さんに預ける。

「あんたはどうすんの⁉」

相馬さんには答えず振り返り、腰に提《さ》げた凡太刀《ぼんたち》を抜く……つもりが、上手《うま》く抜けず、もたもたとようやく刀身が現れた。

「全員が退いたら退く。退却戦には、殿《しんがり》ってのが要《い》るんだよ。お前らが退くのが早けりゃ早いほど俺の生存率が増す。だから早いとこ行ってくれ」

「レオンどのッ！　お退《ひ》きくだされい！　ここはワシらが……」

「いいから逃《に》げろっつってんだよッ！　策はある！　だからはよ行けッ！　相馬さん、白銀さん、おっちゃんたちを引きずってでも連れていけッ‼」

自分がこれだけの大声を出せることに、そして傲岸不遜《ごうがんふそん》な物言いができることに驚《おどろ》いた。

複数の足音が遠ざかってゆく。全員、転移陣に向かったかどうか――それを確認《かくにん》する余裕を、眼の前のコボルトとジェリーは与《あた》えてくれなかった。

しかし、彼女たちを追いかけようとするコボルトの足をこの場に縫《ぬ》いつける俺の作戦も成功した。

「グルゥ……」

コボルトは呻《うめ》きながらも「やるじゃないか」みたいな笑《え》みを浮《う》かべる。

「悪いな、お前らのご馳走《ちそう》が俺だけになっちまって。でも、その顔を見て、俺は自分の勝ちを確信した」

コボルトには俺がなにを言っているのかなど、わかりはしないだろう。しかし俺も笑んだことで、まるで頷《うなず》くようにより口角を上げる。

俺は勝《か》った。コボルトにこんな顔をさせた俺は、あの日喉奥《のどおく》を貫《つらぬ》かれて惨《みじ》めに殺され、ゴミを見るような目で蔑《さげす》まれた己《おのれ》に、そう、克《か》ったのだ。

あとは俺が撤退《てったい》するための策だ。コボルトはふらついているが、鋭い瞳と中段に構えた槍は、俺が背を向けて逃げ出せば背中を突くぞ、と無言ながら雄弁《ゆうべん》に語っている。

ジェリーは凍傷《とうしょう》が治ったのか、ふたたびぴょんぴょんと跳ね出した。……二体とも手負いだが、ろくに刀を振ったことのない俺が勝てるとも思えない。

じりじりと後退しながら一瞬だけ後方にある転移陣の場所を確認する。

「ギャウッ！」

撤退は許さん、といわんばかりにコボルトが突いてくる。飛び退《しさ》って槍の間合いから離《はな》れると、そのぶんコボルトとジェリーは揃《そろ》って距離を詰めてくる。

もう一度後方を確認し、転移陣を確認し、このまま後退っても逃げられる距離ではないことを確認すると、もう一度コボルトが踏み込んできたタイミングで、

「うおおおおおっ！」

むしろ俺のほうから斬《き》りかかっていった。

コボルトは「その攻撃は読んでいた」と言わんばかりに頭上で槍を両手に持ち、俺の上段からの斬りを柄《え》で受け止める。

ここまで想定済み。俺のボンクラ斬りが決まるとは思っていない。いや、決まればいいなとは思っていたけど、防がれるのは想定済みなのだ。

手負いのコボルトと俺の膂力《りょりょく》は拮抗《きっこう》していた。俺はコボルトの槍を押しきれないし、コボルトは俺の刀を押し返せない。

そんなとき、ついにジェリーが俺に向かって飛びかかってきた。慌《あわ》てて刀を引き、左肩《ひだりかた》をジェリーに突き出して衝撃に備える。

転移陣の場所は何度も確認した。あとは、ジェリー、俺、転移陣が直線で結ばれる角度で、俺がジェリーのタックルを受け、転移陣のほうへとぶっ飛ばされれば作戦――

「ぶえっ」

バァンッ、と思ったよりつまらない音がなった。小学生のとき、軽トラに跳ねられたと

きもこんな音だった。

狙い通り左肩からジェリーにぶっ飛ばされた俺は宙を舞い、背から地にバウンドし、何度も後転を繰《く》り返しながら、俺の身体よ転移陣に乗れ、教会に戻《もど》る、転移陣に乗れ、教会に戻る、と念じ続けた。

「ぶへぇっ」

ふたたび背に大きな衝撃を感じ、俺は背からずるずると地に落ち、乱暴に横に倒《たお》れた。

「レオンさまっ!」「レオンどの!」

ミシェーラさんとおっちゃんたちの声が、ここは台座の部屋なのだと教えてくれた。

「いっっっっ……てえええぇぇぇぇえ……」

生死の境目を越《こ》えたのだと理解した瞬間《しゅんかん》、身体じゅうに燃えるような痛みがやってきた。とくにジェリーのタックルを受けた左肩はばくんばくんと痛みを増してくる。

おっちゃんたちに身体を起こしてもらい、壁《かべ》に背をついて座《すわ》る。うっすらと瞼《まぶた》を開けると、一緒《いっしょ》にダンジョンに潜ったみんなの姿がぼんやりと浮かんでくる。

「あんた、策があるって、こんなん策じゃないでしょ……って、ひっ」

相馬さんが俺を見て後退ったのがなんとなくわかった。

「か、要、あんた、その左腕《ひだりうで》、っつーか肩《かた》、方向おかしくね……?」

「な、なに……。って、うおおおなんだこれ」

自分の左肩に視線を落とすと、根本から不自然なほど内側に曲がっていて、そのせいか俺の角度から見ると、ずいぶんと盛り上がっているように見える。

「脱臼《だっきゅう》ですね。要さん、じっとしていてください。整復します」

「ちょ、っと、待ってくれ、せ、整復ってなに。脱臼ってなんだっけ」

「放っておくと神経血管障害になるおそれがあります。私、門下生の脱臼を何度か整復したことがありますので、大丈夫です」

言いながら黒乃さんは俺の両足の間に屈《かが》む。いまから俺なにされるの。血管障害ってなに。怖い、怖い、いい匂《にお》い……。

「えいっ」

「ぎゃあああああああああああああああああああああああああ！」

ゴキン、とイヤな音がして、強烈《きょうれつ》な痛みがやってきた。

「ヒミコさま、お見事ですわ。あとはわたくしにお任せくださいませ。癒《いや》しの精霊よ、我が声に応えよ――」

「あっ、あっ、あっ」

「治癒《ヒーリング》」

ミシェーラさんの両手から緑の光が溢《あふ》れ、俺の左肩にまとわりつく。情緒《じょうちょ》がおかしくなるような痛みと熱はみるみるうちに引き、やがて光が全身を纏《まと》うと、身体じゅうの痛みも消えていった。

「あ、ありがとう、めっちゃラクになった」

「いいえいいえ。わたくしよりもヒミコさまに。治癒《ヒーリング》では骨の歪《ゆが》みまでは治せませんので」

「黒乃さんもサンキュ。うおお、肩の角度治ってるわ。どうなるかと思った。というか黒乃さんもジェリーにぶっ飛ばされてただろ？　大丈夫なのか？」

「はい。ミシェーラさんの魔法で」

どうやら黒乃さんは脱臼などはせず、回復魔法だけで事なきを得たらしい。己の弱さが恥《は》ずかしい。

「カナメ、みんな、ごめん」

突如《とつじょ》白銀さんが頭を下げ、白銀のショートヘアを揺《ゆ》らした。

「つよいダンジョンにいきたい、っていったくせに、わたしはモンスターをたおしきれなかった」

下唇《したくちびる》を出しながら、しゅんと肩を落とす。

「いや、戦うって決めたのは俺だ。というより、ジェリーがあんなに強いなんて思わなかった。白銀さんは悪くない」

「でも」

「次は勝つ。レベルアップしてリベンジだ」

白銀さんも黒乃さんも相馬さんも目を丸くする。

「あんた、大丈夫なん？」

「なにが？」

「あんた、わりと……っつーかめっちゃひどい目にあってんじゃん。まだダンジョン潜って大丈夫なん？」

いやそりゃもうあんなに痛いのは二度とごめんだ。

でも、昨日、気づいてしまったんだ。

「だからこそ強くなんなきゃな。強くなったら明日には、今日の……さっきのみっともない俺を笑い話にもできるだろ」

弱いのがダセェんじゃなくて、弱いままでいようとするのがダセェんだ、って。

「……へぇ」

相馬さんは口を開け、やがてニヤリと口角を上げてみせた。

「それに、せっかく相馬さんとうに子が入ったんだ。逃げられる前に、俺たちと一緒に歩くメリットを見せておかなきゃな」

「べつに逃げない、っつーの」

金髪をもてあそびながら、俺から顔を背ける。

……と、シャツの裾《すそ》を引っ張られる感覚。

「カナメがおちこんでなくて、あんしんした。よかった」

白銀さんは相変わらずぬぼーっとした無表情だが、空いた手でガッツポーズをつくり、喜びを表現してくれている。

「レベルアップまでもうすぐだし、ひとまず潜れそうなダンジョンで経験値と装備、スキルブックを稼ぐのがいいんじゃないか？　相馬さんとうに子が入ってくれたんだし、開錠《かいじょう》が安定して報酬《ほうしゅう》も増えてるだろ」

「おー……」

「……ま、あたしら戦えないぶん、そっちで活躍《かつやく》すっから。ね、うに子」

「うに……」

相馬さんがどこか諦めたように振り返ると、うに子は相馬さんを案じるように彼女の腕にぴたりとひっついた。

第10話　勇者

消費MP5、スイト芋ダンジョン。昨晩相馬さんが手に入れてくれた新規アイテムだ。

一五〇メートル四方を木に囲まれた一部屋のみのダンジョンで、俺たちがここに降り立つなり、遠く正面から一体のコボルトが猛然と駆けてきた。

「カナメ。そんなのじゃあぶない。もっとむぎゅーってして」

「お、おう……」

俺の身長は標準男子よりもすこし高く、白銀さんは下手すると小学生と間違われるんじゃないかってくらいの低身長。同年代の女子を後ろから抱きしめるだけでもやばいのに、この身長差だったら……

「さっきも思ったけど、事案じゃん」

ほら、こうなる。白銀さんの詠唱が紡《つむ》がれるなか、なんだかんだ言って相馬さんは俺の背後に回り、両手で背を支えてくれる。

黒乃さんの弓から矢が放たれた直後、俺たちの前方からも炎の矢が撃《う》ち出された。

《戦闘終了《せんとうしゅうりょう》――1EXPを獲得《かくとく》》

俺たちの常勝パターンである。コボルトはあっさりと木箱に変わった。

「痛《いった》……。魔法の反動ってこんなすげーの？」

「たぶん白銀さんだけだと思う。勇者パーティの連中は普通《ふつう》に撃ってたしな」

「せわをかける」

相馬さんにぺこりと頭を下げる白銀さん。小柄《こがら》な体躯《たいく》とMP偏重《へんちょう》のピーキーなステータスが相まってこういうことになっているんだとは思うけど……。

なんにせよ、これは事案ではないと相馬さんが理解してくれたみたいでよかった。

相馬さんとうに子がコボルトの落とした木箱へ、おっちゃんたちが採取ポイントへと駆け寄ってゆく。

これまでなら俺と黒乃さんも採取に勤《いそ》しむところなんだが、今回からこの時間を利用して、黒乃さんに武器の扱《あつか》いかたを教えてもらえることになった。

黒乃さんの父親は道場の師範《しはん》、母親は日本舞踊《ぶよう》の先生ということで、彼女《かのじょ》は弓道《きゅうどう》、合気道、薙刀《なぎなた》などの武道と剣詩舞《けんしぶ》を両親から幼いころより学んでいたらしく、

「あれ……よっ、と。さっきも上手く抜けなかったんだよなあ……」

「要さん、右手だけで抜こうとしても抜けませんよ。左手で鞘《さや》をすこし抜いて、右手で刀

れた。

　ろくに太刀《たち》を抜くこともできない俺を見かねて、彼女のほうから刀の指導を申し出てくれた。

「えっと……こう、か」

　黒乃さんの教えを受けて、ようやく白刃《しらは》の先端が退屈《たいくつ》そうに姿を現した。

「では上段に構えてください。背筋は真《ま》っ直《す》ぐ。そのまま右足で踏み込《こ》みながら真下に振り下ろしてください」

「こ、こうか」

　えいっ、と踏み込んで刀を振り下ろす。カチャリ、と鍔《つば》の音が情けなく響《ひび》くだけだった。

「要さん、背中が丸くなっています。あと、刀が寝《ね》てしまっています。寝ているというのは、刃《やいば》が垂直ではなく横になっているということです。それですと相手に刃が入りません。刀は相手に刃を食《く》い込ませ、引いて斬るんです。さあもう一度」

　現実は妄想《もうそう》のようにズバズバと斬れない。たった一〇分素振《すぶ》りするだけで汗《あせ》だくになってしまった。

「はっ……はっ……。日本刀って難しいんだな……！　黒乃さん、一回お手本を見せてもらってもいいか」

「はい、もちろんです」

太刀を鞘ごと黒乃さんに渡《わた》すと、彼女は背負っていた弓を草に下ろし、腰にそれを差した。

「見られるのは不慣れで緊張《きんちょう》しますが……。いきますね」

俺が「おう」と応えるよりもはやく、白刃はピュッ！　という音とともに抜き放たれていた。

「えっ」

左足で一歩踏み込みながら上段の構えに移行し、続く右足で――

「やっ」

ピュッ！　とふたたび風を切る音が鳴った。不思議な感じだった。黒乃さんの眼前には誰《だれ》もいないのに、縦に両断されたコボルトが見えた気がした。

俺の驚きをよそに、黒乃さんは血振《ぶ》りと呼ばれる、相手の血を振《ふ》り払《はら》う動作をして、鯉《こい》口《ぐち》に峰《みね》を沿わせ、ゆっくりと納刀した。

「すげえええ……！」

「おー」

俺と、近くで〝退屈な森の妖精《ようせい》ポーズ〟をとっていた白銀さんから感嘆《かんたん》の声が漏《も》れる。

「お粗末《そまつ》ながら……」

「いやいやいやいや。俺となにもかも違《ちが》うってことはわかった。もう一回、今度はゆっくりやってもらっていいか」

「もちろんです」

ゆっくりやってもらっても、とくに抜刀《ばっとう》はどうなっているかわからない。柄を握《にぎ》ったと思ったら、もう白刃が煌《きら》めいている。

そして、ピュッ！　という風切り音が俺の剣から鳴らないのは、さっき黒乃さんに言われたとおり、俺の剣が寝ているからだと気がついた。

風さえ斬れないのに、モンスターを斬れるはずがない。

「カナメはどうして、けんのれんしゅうをするの」

「べつに刀にこだわりはないけど……。せっかく武器として手に入れたんだから、使いたいじゃないか」

「そういうことじゃない」

白銀さんはふるふると首を横に振る。

「わたしのせなか、ささえるの、いやなの」

つまり、俺が白銀さんの背中を支えている以上、モンスターに武器を振るタイミングはない、ということを言っているのだろう。

「いやじゃないけど、女子の背中に隠れっぱなしってのも、その……カッコ悪いだろ」

「わたしはそうはおもわない」

「うん。……でも、男ってそういう生きものなんだよ」

「そうなの」

「そうなの。白銀さんの背中は基本的に俺が支えるけど、万が一の対策も必要だろ」

そう言うと、白銀さんは「そう」とだけ応え、ぬぼーっとしたアイスブルーを正面の木々に向けた。


それから休憩《きゅうけい》しつつ数度ダンジョンに潜った。

消費MP6のオルフェの水ダンジョンで一度こっぴどくやられたこともあり、消費MP5のダンジョンを回り、堅実《けんじつ》に経験値と食物、アイテムを集めた。

コボルト一体ならばもう負けることはない。大声を出してモンスターを呼び、長い通路に呼び寄せて遠距離《えんきょり》攻撃《こうげき》で討《う》ち取る、というのが俺たちの必勝パターンになっていた。

もしも相馬さんとうに子がいなければ、報酬に物足りなさを感じるかもしれなかったが、相馬さんの確実に成功する開錠、うに子の増収効果、そして黒乃さんのスキルブックドロ

ップ率上昇の効果により、

60カッパー　コボルトの槍　【魔法ＬＶ１】【射撃《しゃげき》ＬＶ１】
60カッパー　コボルトの槍　凡薙刀《ぼんなぎなた》　【防具ＬＶ１】【緑黄色野菜ＬＶ１】
60カッパー　コボルトの槍　コモンボウ　【伐採《ばっさい》ＬＶ１】

ひとつの木箱からの報酬量が多く、新しい装備とスキルブックをがんがん獲得できるため、毎回の開錠がより楽しみになっていた。

黒乃さんは【射撃ＬＶ１】を習得したことで弓の威力と精度が上昇し、彼女ひとりでコボルトの頭を撃ち抜くこともあった。白銀さんは【魔法ＬＶ１】の習得で魔法陣が大きくなり、射出する魔法の大きさが増した。支える身としては、己の力量不足をさらに痛感するばかりだ。

「あたしこのコモンボウもらっていー？　牽制《けんせい》くらいならできっかもだし」

「相馬さん、弓使えるのか？」

「黒乃みたいな和弓は無理だけど、洋弓《ようきゅう》なら照準あるじゃん。でっかいゲーセンとかにも置いてあるっしょ？　あたしあれ得意みやべーし」

たしかにアーチェリーも楽しめる大型アミューズメント施設《しせつ》ってあったな、なんて思い出す。

……とまあそれぞれの強化をしながらダンジョンの攻略《こうりゃく》を繰り返す。

そしてついにレベルアップのときがきた。

要零音　LV1　☆転生数0　EXP　9／7

《レベルアップ可能》

必要素材：10カッパー　コボルトの槍

むしろ若干《じゃっかん》経験値を稼ぎすぎたくらいだった。

「というか、レベルアップに金と素材が必要って、どんなマゾゲーだよ」

ゲームみたいな世界。俺の知ってるゲームは経験値が貯《た》まるとファンファーレが鳴り響き自動的にレベルアップするか、迷宮《めいきゅう》から帰還《きかん》して馬小屋で寝泊《ねと》まりすることでレベルアップする、というものだった。

「経験値が貯まった状態で金と素材持ってモノリスに手をかざすと自動的にレベルアップするよ」

LV2である相馬さんが、お姉さんにでもなったつもりか自慢《じまん》げに説明してくれる。
なんでもモンスター素材にはレベルアップに必要な、特別な〝マナ〟が含《ふく》まれていると
か。ゲーム脳な俺からすると、強い味方に引っ付いて経験値を得てレベルアップする、い
わゆるパワーレベリングのストッパーにしか思えない。
ともかく、Aパーティにいたときにメンバーのレベルアップは見たことがあったが、自
身のは初めてだ。緊張しながら腰の小銭袋《こぜにぶくろ》から大銅貨――10カッパーを取り出し、そばに
置いてあった革袋《かわぶくろ》を手に取ったとき――
「うおっ」
白い光が現れて、俺を包んだ。

要零音
LV　1／5↓2／5　☆転生数0　EXP　9／7↓2／14
▼――基礎《きそ》ステータス
HP　10↓11　SP　10↓11　MP　10↓11

「え、終わり？」

どうやら俺はLV2になったらしい。

あまりにもあっさりした演出――はともかく、この上昇値のしょぼさ。

馬小屋システムだったらセーブ&ロード案件なんだけど。

「能力は各ステータス10%上昇みたい。数値上はしょぼいけど体感的にはけっこー変わるよ」

そういうものだろうか。ステータスモノリスをもう一度確認すると、パラメータの上昇はあくまでも基礎ステータスで、ここに『ペレ芋《いも》』の【SPLV1】と『ブイ大根』の【MPLV1】がしっかり乗って、俺のSPとMPが12になっており、安心した。

白銀さんと黒乃さんはどうしていいかわからない様子で俺に視線を向けている。

「どうした？　レベルアップしないのか？」

「そ、その……」

「そざいとおかね、つかっていいの」

ふたり揃ってとんでもないことを言い出した。

「いいに決まってるだろ。むしろ俺、当然のように使ってしまってすまん。ここにあるお金と素材は共有財産なんだから、必要なときに必要なだけ、がんがん使ってほしい」

俺がそう言っても、黒乃さんは「うぅ……」と戸惑《とまど》いを隠《かく》せない様子だ。

「あんさー。新入りのくせに生意気言うけど、そーゆーあんただってがんがん使ってないんじゃないの」

相馬さんは机上《きじょう》のスキルブック群を指差す。

「この【採取LV1】二冊余ってるみたいだけど、まずあんたこのスキル持ってんの？」

「う……持ってない」

「なんで読んでないわけ？　もったいないじゃん」

「それ、おっちゃんたちに読んでくれ、って渡したんだけど『もったいねえ』とかいって読んでくれないんだよ」

それで宙ぶらりんになってしまったまま放置されたスキルブック。

相馬さんは「はぁぁ……」とため息をつく。

「まーなんつーか、ニホン人っぽいよね。遠慮《えんりょ》はニホン人の美徳だけど、さすがにもったいないって。まずこれあんた読みなよ。黒乃は【採取LV1】持ってんの？」

「お、おう」

「い、いえっ、先ほど読めるようになったようなのですが、頂いてもよろしいのでしょうか？」

「それ決めんのはあたしじゃないけどさ。パーティで一番の古株は要なんだし、あんたがびしっと決めたほうがあたしたちはラクだと思うんだけど、どう？」

相馬さんは白銀さんに顔を向ける。

「たしかに、ただおいておくだけなのはもったいないとおもってた。このつくえのうえにおくのは、げんじょう、つかいみちのないものだけにしたほうがいい」

「そーそー。そのほーがアイテムも整理できるしね。とりあえず読めるものは全部読んだら？　体力系は白銀、射撃系は黒乃、MP系は要でいーんじゃない？　……じつはあたし、この【調合LV1】ってのめっちゃ気になってるんだけど」

相馬さんがスキルブックをひょいひょいと仕分けしてゆく。

「わたしこの【○体力LV1】よめない」

「あー、適性が足んないのかもね」

「俺《おれ》も……。あ、あれ？」

昨日は光っていなかった【○体力LV1】のスキルブックが、いまは淡《あわ》く光っている。

……ということは、昨日の俺より成長して、このスキルブックを読める適性を得た、ということ……なのだろうか。

「んじゃこれ要のね」

「うおお……いいのか？　さ、サンキュ」

スキルブックを読んで多少なりとも自己の強化が叶《かな》ったことも嬉《うれ》しいが、なによりも俺自身が昨日よりも成長したという事実が嬉しかった。

「白銀は次にドロップしたときに読めたら読みなね」

「おー……そうする」

「あとさー。昨日オルフェ海岸で手に入れたレザーベルトのレア。なんでこれまだ鑑定《かんてい》してないわけ？」

「昨日、砂だらけになっちゃったしな。あの格好でギルドに行くわけにもいかなかったし、そのままにしちまってた」

どうするかな、いまからでもギルドに持っていったほうがいいか。

「あの……よろしければ、少々お時間をいただきますが、わたくしが鑑定いたしましょうか？」

「マ？　ミシェーラさんできるん？」

「ええ、これでも司祭のはしくれですので、簡単なものでしたら。では、お預かりいたしますわ」

ミシェーラさんはトレイにレザーベルトを載《の》せ、台座の部屋を出ていった。

「やば、ミシェーラさんってなにものなん？」

「というか司祭って鑑定できるものなのか……？」

ともかくレザーベルトをミシェーラさんに任せ、白銀さんは【ＳＰＬＶ１】を、黒乃さんは【採取ＬＶ１】を、相馬さんは【調合ＬＶ１】を、俺は【採取ＬＶ１】【ＭＰＬＶ１】【○体力ＬＶ１】をそれぞれ習得し、机の上はずいぶんと整理された。

「白銀と黒乃、これ」

「おー」

「ありがとうございます」

相馬さんはじつに慣れた様子でふたりに10カッパーとコボルトの槍を手渡《てわた》す。ふたりの身体を白い光が包みこんだ。

マリアリア・ヴェリドヴナ・白銀
ＬＶ　１／５↓２／５　☆転生数０　ＥＸＰ　８／７↓１／14
▼――基礎ステータス
ＨＰ　２↓２　ＳＰ　１↓１　ＭＰ　54↓59

黒乃灯美子

ＬＶ　１／５　↓　２／５　☆転生数０　ＥＸＰ　９／７　↓　２／14

▼――基礎ステータス

ＨＰ　11　↓　12　ＳＰ　11　↓　12　ＭＰ　８　↓　８

レベルアップすると各ステータスが10％上昇《じょうしょう》するらしく、ＬＶ１の基礎ステータスがそれぞれ10だった俺はそれぞれが１ずつ上昇したが、

「むじょう」

レベルはあがったものの、肝心《かんじん》のＨＰが２のまま、ＳＰが１のままだった白銀さんが寂《さび》しげに肩を落とした。

「なあ、レベルアップで全部のパラメータが10％上昇ってことは、初期値が９以下のパラメータって、ずっと初期値のままなんじゃ……」

「表示はされてないけど、小数点以下で上昇してるみたい。だからいつかは目に見えて上がるよ」

……ってことはいま白銀さんのＳＰは１．１０ってことか。このままレベルが上がっても、ＳＰが２になるのはＬＶ９までおあずけってことになる。……スキルブックとかでなんとかしてやりたいものだ。

「へー、黒乃HP高いじゃん。……そーいや女子のHPって、身体の〝ある部分〟の大きさに比例する、って聞いたことあんだけど、ふーん……？」

「み、見ないでくださいっ……！」

「ソーマやめて。そのことばはわたしによくきく、、、、」

女子連中はきゃいきゃいと姦《かしま》しい。

それにしても男子がいる部屋でそういうトークはちょっとけしからんと思う。いいぞもっとやれ。

「そんじゃー無事レベルアップしたわけだけど、どーする？」

「わたしはリベンジしたい」

白銀さんにみんなの耳目《じもく》が集まる。

「レベルアップした。スキルブックもよんだ。もうまけない」

やる気満々でふんすと胸を張るが、彼女は煮《に》えきらない様子の俺たちに不満な様子だ。

「みんなは、くやしくないの」

悔《くや》しくないのか、と訊《き》かれると、悔しかった。さっきはみんなが逃げる時間をつくることができたことに安堵《あんど》しながら、その感情を痛みが塗《ぬ》りつぶした。

しかしそれらに怯《おび》えながらも、モンスターに対してなにもできなかったという悔しさはあったのだ。

勇者パーティで、殴《なぐ》られても蹴《け》られても、踏《ふ》みつけにされても唾《つば》をはきかけられても、そして追放されても終《つい》ぞ覚えなかった感情を、灼熱《しゃくねつ》の感触《かんしょく》と極寒《ごっかん》の恐怖《きょうふ》のなかで感じた。

死にゆく身体は、たしかに、仮面を被《かぶ》っていたころの俺よりもずっと、〝生〟を見つめていたのだ。

生きるとはきっと、ただ息をすることじゃない。なにかに立ち向かうことを言うのだ。

まったく偉《えら》そうに言えた立場じゃない。刀の扱いも槍《やり》の扱いも、まだまだへっぽこだ。

……でも。

あのとき、俺が見た勇者は、戦いに勝ったから勇者だったんじゃない。

『わたしたちの、ういじん』

『私たちは、勇者ですから』

勝てるかどうかなんてわかんないのに立ち向かうその姿こそが、勇者だったんだ。

「……俺は悔しい。だから白銀さんに賛成だ」

俺はちゃんと勇者になりたいだなんて、そんなおこがましいことは思っていない。

全然戦えないし、他力本願もいいところだ。

ただ、勇者の真似事《まねごと》だけでもして――

『許してくれっ……！』

コボルトに喉《のど》を突《つ》かれたあの日の、情けない俺の姿を、誰かに許してもらいたかっただけなのかもしれない。

ふたたびオルフェの水ダンジョン。

ダンジョンに入るなり、湖を挟《はさ》んだ向こうにいたコボルトとジェリーが、東のほとりから勢いよくこちらへと向かってくる。

「さっきの俺たちとは違うぞ」

レベルアップして装備が変わり、スキルも習得した。

そのうえ、作戦まで立ててきた。アイテムダンジョンの有利な点は、一度潜《もぐ》ったダンジョンならば敵の構成と布陣《ふじん》がわかっているところにある。

「戦は陣取《じんど》り、仕事は段取り、ってな。今度こそ勝つ。いくぞ」

それを踏まえ、簡単な作戦まで立ててきた。

「いくぞ！」

「おう！」

「いくぞッ！」

「おうッ！」

「行動開始ッ!!」

俺の合図で白銀さんが詠唱《えいしょう》を開始し、相馬さんが洋弓――コモンボウを構え、黒乃さんは湖の西側へと駆《か》けだした。

「相馬さん、白銀さんもまだだぞ」

「わーってる」

「……3《コルメ》………」

相馬さんは言葉で、白銀さんは詠唱を遅《おく》らせることで応えてくれた。

湖の西を見ると、黒乃さんが弓を構えたところだった。

縦長の湖。目測だが、横幅《よこはば》は約三〇メートル。ほぼ黒乃さんの射程だった。

「もうちょい引きつけて……もうちょい……。よし、放てッ！」

「あらよっと」

「氷矢《アイスボルト》」

同時に放たれた相馬さんの矢と白銀さんの氷矢《アイスボルト》だったが、わずかに早く白銀さんの魔法《まほう》がジェリーに着弾《ちゃくだん》し、前半分を凍《こお》りつかせた。

一瞬遅《いっしゅんおく》れて相馬さんの矢をコボルトが盾《たて》で防いだ。と同時に、西側から放たれた黒乃さんの矢がコボルトの側頭部に深々と突き刺《さ》さり、コボルトは東側へと吹《ふ》っ飛び、木にぶつかってあっさりと緑の光に変わった。

十字砲火《クロスファイア》。縦横同時の十字攻撃《こうげき》は防ぐのも避《さ》けるのも難しい。

「つし、最《さい》の高《こー》じゃん！」

「超《ちょう》ナイス。あとはジェリーだけだ。氷矢《アイスボルト》で動きが止まってるうちに仕留めたい」

前半分が固まったジェリーは跳躍《ちょうやく》することができず、後半分だけうぞうぞと蠢《うごめ》いている。

白銀さんの第二矢はすでに詠唱が始まっていた。

「よし、放て！」

今度はジェリーに対し、ふたたび相馬さんと黒乃さんの十字射撃だ。

相馬さんの矢は凍りついたジェリーの前半分に弾《はじ》かれてしまったが、黒乃さんの矢は側面からジェリー前面に深々と突き立った。

「ごめん、やっぱあたし火力不足」

「さっきコボルトを仕留めてくれただけでも大貢献だ。というか黒乃さん側面からジェリーの前面を狙《ねら》うとかすごすぎだろ」

言いながら黒乃さんに手を振る。……合図を出さずとも、彼女はすでにこちらへと駆けていた。

「火矢《ファイアボルト》」

ゴウ、と音がして、白銀さんの正面に展開された魔法陣《まほうじん》から、もはや矢どころか火の槍が辺りを赤く染めながらジェリーに着弾した。

凍った表面を炎《ほのお》が焼き焦《こ》がす、その温度差がジェリーにどう効くかはわからない。しかしすでに刺さっていた黒乃さんの矢を燃え上がらせながらジェリーはもだえるようにうぞうぞと蠢く。

黒乃さんが俺たちの元まで戻《もど》ってきて、アントンに木長弓《ちょうきゅう》を渡し、代わりに凡薙刀《ぼんなぎなた》を受け取った。

「よし、相馬さん、あとは頼《たの》んだ」

「あいよ。あんたたち、あたしの背中を押《お》さえて！」

「お、おうっ」

新たに落雷《サンダーボルト》の詠唱をはじめた白銀さんの背を相馬さんとおっちゃんたちに任せ、刀を抜《ぬ》いて黒乃さんとともにジェリーへと向かってゆく。

ジェリーを挟み込むように囲んだ俺たちだが、斬撃《ざんげき》と刺突《しとつ》に耐性《たいせい》を持つこのモンスターを、俺たちが倒《たお》せるとは思えない。囲んだ目的は無論、白銀さんの詠唱が完成するまでの時間稼《かせ》ぎだ。

だからこちらから攻撃を仕掛《しか》けない。白銀さんのほうへと向かわせないよう、可能な限り進行方向を遮《さえぎ》るように何度も囲む。

「くっ……」

「うおっ……！」

それにしても、なんて厄介《やっかい》なモンスターなのだろうか。耐性の強さもタフさもさることながら、顔というか胴体《どうたい》も無いようなものだから、ジェリーがどちらを向いているかがまったくわからず、俺と黒乃さん、それとも白銀さんのほうなのか、どこにタックルが飛んでくるかわからない。

俺も黒乃さんもジェリーが着地するたびに構え、自分のほうに跳《と》んでこようものなら全力で後退《あとずさ》る。

それを繰《く》り返すこと数回、ついに下向きの魔法陣がジェリーの真上まで跳んできた。

頼む、これで終わってくれ。この二発の雷《いかずち》でジェリーが生き残った場合、魔法のクールタイムである五分もの時間をこのまま耐《た》えなければならない。

俺の――俺たちの願いは叶った。

ジェリーは二発目の雷撃《らいげき》を待つまでもなく、最初の一筋で緑の身体を大きく跳《は》ねさせて、ぐにゃぐにゃと溶《と》けながら緑の光になり、空へと昇《のぼ》っていった。

《戦闘終了――2EXPを獲得》

「だぁぁぁぁぁあぁ――……！」

終わった。ジェリーから出た木箱の前で膝《ひざ》をついてうずくまる。

黒乃さんも「はぁぁぁぁ……」と安堵の息を吐《は》きながら膝をつく。

相馬さんも安心したからなのか、それとも魔法の反動なのか、白銀さんを抱《だ》きかかえたまま、うに子とおっちゃんたちと一緒《いっしょ》に仰《あお》向けになっていた。

前者なら良いが、後者ならば大変だ――と思ったが、みんなふらふらと半身を起こし、立ち上がってそれぞれを助け起こした。

白銀さんは相馬さん、うに子、おっちゃんたちと「いえーい」とハイタッチを交《か》わしたあと、こちらにとてとてとやってきて、俺たちとも手を合わせるのだった。

「よくやったな、白銀さん」

「みんなのおかげ。あと、レベルアップとスキルブックのおかげ」

なんだかレベルアップしてもステータス10％上昇とか、スキルブックも効率が10％上がるだとか、ずいぶん地味だなあ、なんて勝手に思《ま》っていただけに、倒せなかったモンスターが倒せるようになり、こうして成長を目の当たりにするとなんだか嬉しくなってしまう。

「木っ箱――♪　木っ箱――♪」

「うっにに－♪　うっにに－♪」

相馬さんとうに子は上機嫌《じょうきげん》に木箱の前に膝をつく。うに子がかわいすぎてつらい。

「よーし皆《みな》の衆！　我らの戦いはここからぞ！」

おっちゃんたちは湖畔《こはん》に座《すわ》り、湖面にしぶく白い光に向かって採取用バケツを振りはじめた。俺たちもへばってないで、採取の手伝いをと黒乃さんと頷《うなず》きあったとき――

ウィーン……

ウィーン……

警告のようなけたたましい音とともに、世界が赤黒く明滅《めいめつ》した。

燃えるような空に、なにかが浮《う》かび上がった。

それは、横に伸《の》びた文字だった。コンプリートボーナスとは違う禍々《まがまが》しい文字が、この世界に毒々しい影《かげ》をつくっていた。


『キマイラコボルト・ストームホーン』


「なんだよキマイラコボルトって……」

おっちゃんたちも相馬さんも作業の手を止め、俺たちと一緒になって周囲を見回す。

「うにっ！」

うに子の短い手が指す先――湖の西側を、狼《おおかみ》のようなものが南へと駆け抜け、逃《に》げ道《みち》はないぞ、とでも言うように転移陣《じん》の上でこちらを振り返った。

狼だと思ったものは、狼じゃなかった。

それは、コボルトだった。四足で駆ける、額中央に八〇センチほどの長い巻き角を生やした、コボルトだった。

しかし、コボルトにしても狼にしても大きい。まるで神話に登場するユニコーンのようであり、フェンリルのようだった。

キマイラコボルト・ストームホーンという名前のモンスターは、およそコボルトとは思えぬ獰猛《どうもう》な赤黒い瞳《ひとみ》から邪悪《じゃあく》な光を放ちながら、俺たちを厳しく威嚇《いかく》している……。

第11話　嵐湖畔《あらしこはん》

item dungeons!

俺が知っているコボルトってのは、犬の頭で、二足歩行で、槍を持っていて、獣人《じゅうじん》であり、どこか武人な、獣《けもの》と人間を合わせたようなモンスターだった。

しかしいま転移陣を制圧し、四足で振り返る生き物は〝キマイラ〟という名の通り、獣とコボルトを合わせたような、モンスターを凌駕《りょうが》するもっと恐《おそ》ろしいものに見えた。

「な、なんで……？　あれ、敵なん……？」

「あれで味方と思うなら神経疑うわ。なんで急にこんなモンスターが……」

「え……あ、も、もしかしたら……」

どうやら相馬さんにはそれとなく心当たりがあるようだった。詳《くわ》しく聞きたいところだが、どうしてこうなったかよりも、どうやって乗り切るかという思考が俺の口を閉ざした。

アラートも、赤黒い世界の明滅も止《や》んでいる。恐怖の象徴《しょうちょう》はすべてあの角が生えたコボルトの紅《あか》い瞳に吸《す》い込まれたように。

「白銀さん、いま撃《う》てる魔法ってあるか」

「ごめん。うちつくした。氷矢《アイスボルト》でもクールタイムがあとさんぷんいじょうある」

三分。あのコボルトとこのままのにらみ合いが三分も続くとは思えない。

「あたしもごめん、矢が」

コモンボウの箙《えびら》に保管しておける矢の数は二本。その両方とも、さっき撃ち尽《つ》くしてしまった。残る飛び道具といえば、黒乃さんの木長弓にたった一本の矢。

彼女《かのじょ》は左足で踏み込み、凛《りん》と弓を構える。そうしながら、俺にしか聞こえない声で、

「まだ撃ちません。このまま威嚇して、マリアちゃんのクールタイムが稼げれば……」

そう言って弓を軋《きし》ませた。

キマイラコボルトは「グルルル……」とこちらまで聞こえる声で威嚇している。黒乃さんの矢に備えているのかもしれない。

コボルトがその身を伏《ふ》せた。なんだ、と思う暇《ひま》もない。

「グルァァアアァッ！」

前脚《まえあし》を伸ばしたかと思えば、外側から後ろ脚《うしあし》で追い抜くように、チーターのようにこちらへと駆けてきた。

「うわあぁぁあああッ！」

一ヶ所《しょ》に固まっていた俺たちはそれぞれがダイブする形で横に避けた。俺は白銀さんを抱きかかえて草の上を転がる。どぼん、どぼんと音がした。おっちゃんたちのふたりが避ける際、湖のほうへと飛び込《こ》んだようだった。

早めに回避《かいひ》したおかげで負傷者はいなかった。しかしコボルトはすぐさま振り返り、往復するように角での突進《とっしん》をしかけてくる……！

ターゲットはだれよりも早く立ち上がった黒乃さんだった。

「っ……！」

黒乃さんは身をよじってコボルトをやり過ごす。コボルトはふたたび転移陣の上でこちらを威嚇してくる……。

こ、こ、怖《こわ》えぇぇぇ……！

なにが怖いって、突進速度も角の鋭《するど》さも、誰ひとり決して逃《のが》さないという退《の》き口を陣取るスタンスもそうだけど……。

純白ではない、いかにも酷使《こくし》してきましたと言わんばかりの黄ばんだ巻き角が、キュイイイインと音を立てて回転しているのだ。

まるでドリルのようだった。むしろドリルだった。

あれに突かれたらどうなってしまうというのか。

回転する角に肉と骨を抉《えぐ》られながら、肉片《にくへん》を飛び散らせて貫《つらぬ》かれてしまうのだろうか。

きっと痛みはジェリーのタックル、コボルトの槍とは比べものにならないに違いない。

「固まってちゃ危ねえ！　みんな散れっ！」

自分で言っておいて、ここは湖東の一本道。南にいるコボルトから逃げる先は北か水中しかなかった。

「アントン、黒乃の薙刀《なぎなた》貸して」

「お、お、おう」

「荷物持ちはあたしがやっから。あんたらは水中に」

「し、しかし……！」

「はよ行けっつーの」

相馬さんがアントンとカタイネンを湖へ蹴り落とす。

「相馬さん」

「あいよ」

あのコボルトに矢は当たらないと思ったのだろう。黒乃さんは手にした弓を相馬さんに預け、代わりに薙刀を受け取った。

「白銀さん、クールタイムは」

「あとにふんとさんじゅうびょう」

「こういうとき時間全然進まないのな。アインシュタインを恨《うら》みたくなるってもんだ」

あと二分三〇秒も全員が無事でいられるとはとても思えない。むしろ全員が湖に飛び込んでしまえばしのげるのでは、と一瞬《いっしゅん》頭をよぎったが、もしもこのコボルトが泳ぎを得意としていた場合、むしろこちらが全滅《ぜんめつ》だ。全員水中であのドリルに身体を抉られて……。

ぞっとするなか、コボルトの突進が繰り返される。コボルトはこちらの攻撃手段が限られていることを知っているのか、執拗《しつよう》に黒乃さんと白銀さんを狙ってくる。

黒乃さんは薙刀での反撃《はんげき》を狙っているようにも見えるが、コボルトの速さに避けるので精一杯《せいいっぱい》な様子だ。狙いが白銀さんだったら抱きかかえている俺が横に飛び跳ねる。

白銀さんに着地の衝撃《しょうげき》がいかないようにどうにか気をつけているつもりだが、このままじゃいつ緑の光に包まれるかわからない。

「相馬さん、白銀さんを頼む」

ふたたび白銀さんを相馬さんに任せ刀を抜く。さっきもそうだったけど、練習の成果か、思ったよりもすんなりと白刃《しらは》が姿を現した。

「ど、どーすんの？」

思えばこの三ヶ月間、ずっと逃げてきた。

勇者パーティで落ちこぼれて、こんな俺は俺じゃないと自分からすら逃げてきた。

そんな俺が、逃げ道を塞《ふさ》がれてようやく、肚《はら》の底に覚悟《かくご》が決まった気がした。

「闘《たたか》ってくる。今度こそ」

「要さん!?」

黒乃さんの制止も聞かず、俺はコボルトが伏せる南へと走りだす。

ああ、やっぱりあいつは獣じゃなく、コボルトだ。俺が立ち向かったことで、口元に笑《え》みをつくってみせたのだから。

コボルトは俺を迎《むか》え撃つように後脚《うしろあし》で前脚を追い越《こ》すように駆けてくる。

逃げることしかしてこなかった俺が選択《せんたく》した行動は、やはり逃げだった。

――ただし、前へ。

コボルトと接触《せっしょく》する直前、俺はコボルトとすれ違《ちが》うように向かって前左に飛び込んだ。

キュイィン、とドリル角に右脇腹《わきばら》を浅く裂《さ》かれながらもごろごろと前転し、俺はついにダンジョンの南側――転移陣付近に到達《とうたつ》した。

痛みに堪《た》えながら転移陣を踏《ふ》んで振り返ると、俺を絶対に逃さない、とでも言うように、コボルトが即座《そくざ》にUターンをして猛然《もうぜん》と迫《せま》ってくる。俺がここで〝教会に帰還する〟と念じれば、俺だけは逃げることができるだろう。

でも……

「もう、逃げねえ」

この恐ろしいモンスターから。

――そして、俺からも。

コボルトの角に触《ふ》れる刹那《せつな》、俺は胸をわずかに抉られながら身を翻す。

痛みに眩《くら》む視界の中、俺が背にしていた木に突き刺さる、コボルトの角。

コボルトはキュイィイン……と木片《もくへん》を散らしながら、前脚を木につけ、角を引き抜こうとしている。

いましかない……！

刀を上段に構え、

「うおぉぉおおおおッ！」

コボルトの後首に振り下ろした。刀が食《く》い込んだたしかな感覚が両手に伝わる。

『刀は、引きながら斬《き》るんです』

黒乃さんの言葉を思い出しながら、

「うぁぁあああああッ！」

全身の力を込め、刀を引ききった。

コボルトの後首から赤黒い血が散る。同時に角は木から離《はな》れ、血を撒《ま》き散らせながらコボルトは俺から距離《きより》をとる。

コボルトは表情に憔悴《しょうすい》の色を浮かべただけで、血を流しながらもまだまだ戦えるぞ、と獰猛な視線を向けてくる。

渾身《こんしん》の一撃《いちげき》だった。しかし今日刀の振りかたを教わったばかりの素人《しろうと》の斬撃が、一撃でモンスターの生命を穿《うが》てるはずもない。

「くそっ……」

コボルトは何度も俺のそばを往復して突進を繰り返す。そのたびに、俺の身体のどこかに傷が増えていった。

血を流しすぎたためか、回避による身体の疲《つか》れか、それとも恐怖の連続による心の摩耗《まもう》か——意識が朦朧《もうろう》としてきた。

黒乃さんが薙刀を両手にこちらへと駆けてくる。

その隣《となり》を——なにか、緑の物体が追い越した。

「うに子、だめっ！」

相馬さんの声がした。

緑の物体は、半透明《はんとうめい》だった。左手に盾、右手に長剣《ちょうけん》を持つ、下半身のない幽霊《ゆうれい》のような鎧騎士《よろいきし》が、ホバー状態でこちらに向かってくる。

それに気づいたのだろう、コボルトは俺から鎧騎士に標的を変えて突進する。

ああ、あの鎧騎士、味方なのか……。なんてようやく気づいたとき、両者は激突《げきとつ》した。

盾を構えた鎧騎士はあっさり——盾も左腕《ひだりうで》も、そして胸もドリル角に抉り貫かれ緑の光を散らす。右手の剣《けん》も力なく取り落としてしまった。

コボルトが前脚と後脚を鎧騎士の身体につけ、全身で角を抜こうと丸めた背を、鎧騎士の右腕《みぎうで》が抱きしめた。

「ギャウ⁉　ギャウッ！」

コボルトがもがいても、角を引き剥《は》がせない。

薙刀を大上段に構えた黒乃さんがそこに飛び込んだ。

「ふっ……！」

俺のように声を張り上げることもせず、いつもの射と同じように短く口にして、横からコボルトに薙刀を振り下ろした。

ピュッ、と風切音が鳴ったかと思うと、薙刀はコボルトの後首に深々と食い込んだ。振り下ろした後には大量の赤黒い血が噴水《ふんすい》のように噴《ふ》き出した。

俺の一撃とはまったく違う血量に、ああ、やっぱり黒乃さんはすごいな……なんて、どこか気の抜けたようなことを思ってしまったのは、キマイラコボルトが黒乃さんの薙刀で力尽《ちからつ》きた、と思ったからかもしれない。

だって、あんなに血が出てる。

絶対に死んだ。

……なのに。

「グルァァァァァァァァァァアアッ！」

キマイラコボルトは、血を噴射《ふんしゃ》させながら、その場で角を振り回して暴れまわる。

「嘘《うそ》だろっ……！」

キュイ、キュイ、キュイィィン、と、不安定にドリルを回転させながら、何度も黒乃さんにドリル角を振り回す。

「くっ……！」

黒乃さんは刃《やいば》の破片《はへん》を、柄《え》の木片を細かく散らしながら薙刀を振るい応戦する。

コボルトは手負いのはずなのに、深手を負った首を何度も振《ふ》り、黒乃さんに猛攻《もうこう》を仕掛けている。

……いやむしろ、手負いだからなのか。生への渇望《かつぼう》か、それともコボルトらしい、いかにも武人な最期《さいご》を飾《かざ》ろうとしているのか。

どちらにせよ、俺が取る行動はひとつだった。

「うおおおおおおっ！」

太刀《たち》を握《にぎ》り直し、黒乃さんへとひっきりなしに攻撃を続けるコボルトの背へと駆け出した。いまだ、というところで上段に構える。

そのとき、俺に気づいたのか、偶然《ぐうぜん》黒乃さんの反撃を後ろにかわそうとしたのか、コボルトのバックステップにより、毛むくじゃらの尻《しり》が俺の腹に飛び込んできた。

「うおっ……!?」

予期せぬことに、俺の身体はあっさりと前につんのめった。

倒れた先は草――ではなく、コボルトの背だった。前に倒れた俺と、後ろに退《ひ》いたコボルト。俺は四足歩行するコボルトの背にしがみつくようにして乗っかっていた。

まったくの偶然。しかし絶好のチャンス。俺が押さえつけているあいだに……！

「黒乃さん、やれっ……！」

しかし、このコボルトは、俺が思っているよりもあらゆる意味で強かった。

「グルァァアアアッ！」

俺を背に乗せているにもかかわらず、後脚だけで立ち上がって吼《ほ》え、前脚を地につけて跳躍し、黒乃さんに角を振る。

そしてコボルトは勢いよく駆け出した。

背に乗った俺《おれ》は高速かつ乱暴に移りゆく景色に強烈《きょうれつ》な嘔吐《おうと》感を覚えながら、両手両足でコボルトにしがみつくことしかできなかった。

振り落とされれば、その瞬間《しゅんかん》、俺はキュイ、キュイ、と壊《こわ》れかけたようなドリル角の餌《え》食《じき》になって死ぬだろう。かといって、このましがみついていてどうにかなるとも思えない。

コボルトは湖畔を嵐《あらし》のように駆け回る。ギャウギャウと吠《ほ》えるたび、俺が顔を埋《う》める後頭部の体臭《たいしゅう》と後ろ首からまだじわりと滲《にじ》み出る血の匂《にお》いに、獣の匂いが唾に混ざって押し寄せる。

コボルトは疾駆《しっく》をやめ、俺を振りほどくように立ち上がり、吼え、激しく身体を揺《ゆ》らす。あっ、と思う暇もない。コボルトは俺を乗せたまま、湖へと飛び込んだ。

飛沫《しぶき》が上がったかと思えば、一瞬にして水中。鼻の奥《おく》の神経細胞《さいぼう》が、俺にツーンとした痛みと苦しみを運んでくる。同時に身体じゅうが染《し》みるように疼《うず》き、俺はようやく自分もずいぶんな手負いだったことを思い出した。

朧《おぼろ》になったドリルの回転音が、水中で渦《うず》を巻き湖面へと高く浮いてゆく。ボロギレを巻いたおっちゃんたちの足の揺らめきが見える。

息ができない。苦しい。

しかし息ができないのはコボルトも同じなはず。きっと、苦しいはず。

このまましがみついて、俺とコボルト、どちらが溺《おぼ》れ死《じ》ぬのが先か……？　というのが、俺に残された唯一《ゆいいつ》の勝機のように思えた。

……いや、違う。俺はまだ右手に抜き身《み》の太刀を持っている。太刀を掴《つか》んだ拳《こぶし》のまま、腕《うで》でコボルトにしがみついている。

水中でコボルトの動きが鈍《にぶ》くなったいまがチャンスだ。外側にある刀身の向きをコボルト側——内側に変え、コボルトの首下に刃をあてがう——

——そのとき、コボルトの動きが激しくなった。急に手と脚が高速に動き出し、どういう原理なのか、水中を魚雷《ぎょらい》のような猛《もう》スピードで進む。

コボルトの首を斬るどころではない。ひどい水圧でなにも考えられず、ふたたび精一杯の力でしがみつくことしかできない。

コボルトの右前脚が俺の右腕に爪《つめ》をたてた。太刀こそ放さなかったものの、強烈な痛みで刀身はふたたび右外側に反れてしまった。

急に天上から眩《まぶ》しさを感じた。そう思ったときには、ザパァンとしぶく音がして、俺とコボルトは湖の縁《ふち》から地上へと跳び上がっていた。

「がはっ、ごほっ、がはっ……！」

俺はようやく酸素が得られて咳《せ》き込んでいるというのに、コボルトは相変わらず湖畔を疾走《しっそう》する。

俺はいつまでこうやってコボルトにしがみついていればいいのか。

……思えばこれまでの人生で、俺はなににもしがみついてこなかった。

家族の愛をあたり前のように享受《きょうじゅ》し、勇者パーティではしがみついているつもりで現実逃避《とうひ》した。

そんな俺が、初めて自分から、しがみついてでも離《はな》れたくない居場所を見つけた。

俺がいましがみついているのは、コボルトだけじゃない。

時々めっちゃ怖いけど優《やさ》しいミシェーラさんがいて、暑苦しいけど熱いおっちゃんたちがいて、俺と同じ仲間《おちこぼれ》たちがいる——

「教会《ここ》だっ……！」

もう一度、太刀を握る右手に力を込める。

こんなことを思いながらも、俺の本心は、教会にしがみつきたい……ではなかった。

教会で、胸を張って、歩いていきたい。

胸を張って、生きたい。

コボルトは湖畔を駆け回る。学校帰りの坂道をチャリンコで駆け下りるよりもずっと速い。

怖い。おっかねえ。

……でも、ここで俺が胸を張らないせいで、この先するであろう後悔《こうかい》のことを考えると、もっと怖かった。

両足に力を込め、足の力だけで半身を起こす。疾駆する速度がさらに上がった。

前方からの風圧で顔が震《ふる》える。そんな状態で、俺は背をピンと伸ばし、両手を天に向けてようやく、コボルトの後ろ首に長い太刀の切っ先を向けることができた。

一五年生きてきて、きっと俺はいま、初めて、自分に胸を張った。

「うぉぉぉおおおおおッッ！」

下に向けた切っ先を、思いっきりコボルトの後ろ首に突き立てた。

ズブリとたしかな感触が両手に伝わったと思ったら、コボルトは急停止して、俺は勢いよく前方に投げ出された。

「うわぁぁぁああっ」

顔面から草の上に着地し、強烈な痛みと熱さを覚えながら、そのまま顔を下にして滑《すべ》ってゆく。

「があああっ……！」

自分の顔がどうなったかなんてわからない。痛みをこらえ、震える両手を支えにして、ふらつく足で立ち上がってコボルトを振り返った。

コボルトの首には、後ろから前まで貫いた、俺の太刀が残っていた。まだ四足で立ち、紅い瞳で俺を睨《にら》みつけている。長い角はキュイィィ……と回転を落としてゆく。

緑ではなく、赤黒い光が眼の前にいるコボルトを包んでゆく。

最期に、コボルトが口角を上げた。

それはまるで、俺に「見事だ」と言ってくれたような気がした。

《戦闘終了《せんとうしゅうりょう》――10ＥＸＰを獲得《かくとく》》

瘴気《しょうき》のような光がすべて空に吸い込まれていったとき、コボルトの姿はもうなかった。

あったのはやけに立派に見える木箱と、よたよたと湖からあがるおっちゃんたちと、俺の名前を呼びながら駆けてくる女子たちだった。

ぐらり、と身体が揺らめく。

「勝った……」

考えることはたくさんある。どうしてあんなモンスターが出てきたのかとか、黒乃さんが攻撃する前に現れたあの鎧騎士はなんだったんだろうとか、相馬さんはどうしてうに子を抱きしめたまま駆けてくるんだろう、とか。

しかし俺が考えたのは――

なんてみっともない勝ちかたなんだ。

ぼろぼろなうえ、びちょびちょじゃねえか。

泥《どろ》くさくて、青くさくて。

鼻血まみれの顔は血生ぐさくて。

それがどうも、俺くさい。

薄《うす》れゆく意識の中、俺が最後に願ったのは、これだった。

――倒れるのなら、せめて、前に。

尻からではなく、膝から崩《くず》れ落ち、ドウと草の上に伏す。

だって、せめて胸を張ったまま前向きに倒れられたのなら、いまの無様《ぶざま》な勝利を、いつの日か誇《ほこ》ることができると思ったから。

エピローグ　落ちこぼれたちの歩きかた

目が覚めると、教会の自室だった。天井《てんじょう》のガラスから差し込む黄昏《たそがれ》が、もう夕方だぞ起きろ、とおせっかいに知らせてくる。

俺、なんでベッドの上で横になってるの？　えっと、勝った、んだよな？　採取とか開《かい》錠《じょう》とかコンプリートボーナスとかは？

《スキル『スイト芋《いも》』を獲得》

《スキル『オルフェの水』を獲得》

視界の左下にそんなメッセージウィンドウが表示されていて、しっかりオルフェの水ダンジョンのボーナスを獲得できたことを教えてくれていた。

安堵《あんど》とともに、乱入するように突如《とつじょ》現れたあのモンスターはなんだったんだろう、と思い返す。

荷物持ちとはいえ三ヶ月間勇者パーティにいた俺だ。オラトリオのモンスターの情報はそれなりに持っているはずなのに、あんなモンスターははじめてだ。

それに、アイテムダンジョンの利点として、モンスターを倒した後はみんな安心して採取に励《はげ》める、って思ってたのに……。

「突然《とつぜん》あんなモンスターが出てきたら、みんな安心できないよなぁ……」

「おー……おきた」

「うわっ」

慌《あわ》てて半身を起こすと、部屋の中央で白銀さんがいつもの森の妖精《ようせい》ポーズでくつろいでいた。独り言を聞かれていたと思うと恥《は》ずかしくて死にそうだ。

「そ、その、どうしたんだ」

「ヒミコとソーマはよるごはんをつくってる。わたしはせ、ん、り、ょ、く、が、い、つ、う、こ、く、をうけて、カナメのかんびょうをしていた」

「そ、そっか。ありがとな」

とても看病している格好には見えないんだけど。

「あのあとどうなったんだ？　俺、死んでないんだよな？　採取は？　開錠は？」

「しんでない」

どうやら俺は気を失っただけで、おっちゃんたちがここまで運んでくれたらしい。

モンスター討伐《とうばつ》後、おっちゃんたちは傷だらけの俺を心配して、すぐダンジョンから出

てミシェーラさんに治療《ちりょう》してもらおうとしたらしいが、

『それでは要さんの――みなさんの頑張《がんば》りが無に帰してしまいます』

黒乃さんの一声で、俺を寝《ね》かせた状態で採取と開錠をしてコンプリートボーナスを獲得しようということになった。

で、おっちゃんたちは自分が身につけたボロギレを破いて包帯代わりとして俺の止血を行なった。たしかに俺の身体にはいくつもの布が不器用に巻かれている。これおっちゃんたちのボロギレかよ。女子のじゃなくておっちゃんのかよ。需要《じゅよう》どこだよ。

俺たちを助けてくれた半透明の鎧騎士は【幻影兵《ミラージュ・ソルジャー》】という、どうやらうに子の召喚《しょうかん》魔法《まほう》だったらしい。召喚魔法は消費ＭＰが多く、全力以上を使い切ったうに子にも生命の危機が訪《おとず》れた。そこで相馬さんはすこしでも多くの魔力《まりょく》をうに子に注ごうと、ずっと抱きしめ続けていたそうだ。

以前、相馬さんは自分のことを〝碌《ろく》に戦えない〟と語っていたが、それは戦えないというよりも、戦うことでうに子の消耗《しょうもう》が激しく、毎回生死を彷徨《さまよ》うことになるからという、うに子のＭＰを気遣《きづか》って、ということなのだろう。

おっちゃんたちと黒乃さんの頑張りで採取が終わったころ、うに子も若干《じゃっかん》復活し、相馬さんとの開錠がはじまった。

相馬さんは開錠に際し、うに子の【増収】【幸運】といった手助けを受けることは拒《こば》んだが、うに子は首を――というか顔を横に振り、どうしても手伝うといってきかなかったらしい。それこそ黒乃さんの言う『みんなの頑張りが無に帰してしまう』ということなのだろう。

無事開錠は三つとも成功し、

コボルト

60カッパー　コボルトの槍《やり》　【敏捷《びんしよう》LV1】

ジェリー

1シルバー20カッパー　ジェリーの粘液《ねんえき》

☆ウッドスタッフ（?????）【跳躍《ちようやく》LV1】

キマイラコボルト・ストームホーン

3シルバー　㊡アイテム（?????）　レザーアーマー

火の魔石片《ませきへん》×5　水の魔石片×5　土の魔石片×6

とたくさんのアイテムを獲得できたらしい。

ってかなんだよキマイラコボルト・ストームホーンって。めっちゃ強そうじゃねえか。

というか〝☆〟はレアとかユニークだって教えてもらったけど、この〝㊛〟ってなんのマークなんだろうか。

「カナメ、みてみて」

白銀さんが両手で杖《つえ》を掲《かか》げながらとてとてと駆《か》け寄ってくる。彼女はさきほどまで白い杖を使っていた気がするが、いま持っているものは焦《こ》げ茶《ちゃ》で、アンティークっぽいオシャレなカーブがかかっている。

☆グレートツリー・アーチ

（ウッドスタッフ）

ＡＴＫ　１．２０

【攻撃魔法《こうげきまほう》ＬＶ１】【火矢強化ＬＶ１】【氷矢強化ＬＶ１】【落雷《らくらい》強化ＬＶ１】

偉大《いだい》なる霊樹《れいじゅ》からつくられたスタッフ。

三種のボルト系魔法《まほう》を強化する。

（Ｘ）装備不可

「おおお、いま出たレア杖か」

「うん。もらっていい」

「もちろん。みんなもいいって言っただろ？」

「うん。あとはカナメだけだった」

なんていうか、律儀《りちぎ》だよなあ……。白銀さんはきっと、ミシェーラさんにもおっちゃんたちにも訊《き》いて回ったに違いない。

「ハクスラたのしい。きのうもたのしかったけど、きょうはもっとたのしい」

言いながら、スタッフを大事そうにむぎゅっと抱《だ》きしめる。そんな姿を見ると、こちらまで嬉《うれ》しくなり、知らず口元が緩《ゆる》んだ。

「カナメ、ふんいき、かわった」

白銀さんが俺の顔をじーっと覗《のぞ》き込んでくる。昨日、仮面を外してからのことを言っているのだろうか。

「そうか？　でも口は悪くなっただろ」

照れくさくて顔を背《そむ》ける。

「そうかも。でも、いまのカナメのほうがすき」

どきりとして白銀さんに視線を戻《もど》すと、彼女は三白眼のアイスブルーを見開いて、俺からふいと逸《そ》らした。

俺に背を向け、とてててと部屋を出てゆく。立ち去ったかと思ったら、にゅっと顔だけ出して、

「ごはん、もうすぐ」

と言い残し、足音は今度こそ遠ざかっていった。

び、び、びっくりした……！　いや、昨日の俺との比《ひ》較《かく》だから、俺が昨日よりマシになった、ってことだよね……？

無《む》駄《だ》に高鳴る鼓《こ》動《どう》を深呼吸で落ちつけて、俺も部屋を抜《ぬ》けて螺《ら》旋《せん》階段を下り、テラスへと向かった。

教会の南門からテラスに出ると、おっちゃんたちの笑い声が耳を打った。みんなグラスを傾《かたむ》けて楽しそうに笑っている。

「うにー！」

「うおっと」

うに子が俺を見つけ（ↄ*´ε｀*)ↄ　こんな感じで胸に飛び込んできた。かわいい。

「うに子、ずいぶん無理させちゃったみたいだな、ありがとうな。もう大丈夫《だいじょうぶ》なのか」

「うにうに！」

うに子は『もう大丈夫！』あるいは『役に立ってやったぞ！』とでも言うように胸を——いや、顔を張ってみせる。かわいい。

もちもちとした頬《ほお》と頭を撫《な》でながら短い階段を下りると、

「おお、レオンどののじゃ！」

「レオンどの、もう具合はよいのか？」

おっちゃんたちが俺たちを押《お》しつぶすように一斉《いっせい》に群がってきた。

「も、もう大丈夫だって。ってか人多くないか。あとお前ら顔赤いけど酔《よ》ってるだろ」

「なあに、酒といっても安いマナリキュールをほんの数滴《すうてき》垂らしただけじゃがの！」

「上質な飲み水がたくさん手に入ったからの、味も格別ってもんだ！　レオンどののおかげだな！　ガハハハハ！」

なんでもおっちゃんたちはオルフェの水ダンジョンでの採取を終わらせた後、湖の水が美味《うま》いということに気づき、容器という容器をかき集め、湖水を汲《く》んではダンジョンと教会を往復しまくったらしい。

これで貧困《ひんこん》街の——とりわけ教会周りの飲水不足は解決だ、とおっちゃんたちは喜びを分かち合っている。

「それならよかったけど、ダンジョン内のものを口にするときは、今後は先に俺に毒見させてくれよ。万が一のときがあっても、俺なら復活できるんだから」

「レオンどのはワシらのようなものにも優しいのう」

「しかし、ちゃんとダンジョン内で飲んだから大丈夫じゃ！」

「それでも時間差で毒がまわることもあるだろ。教会に戻ってから具合が悪くなったらどうするんだ」

「レオンどのは心配性《しんぱいしょう》じゃな！」

「ガハハハハ、わかった！　今度はレオンどのから頼《たの》もうかの、なあ皆《みな》の衆！」

わかっているのかいないのか、おっちゃんたちはグラスを合わせ、またわっしょいわっしょいやりはじめた。

まあこれ以上水をさすのも悪いよな、水だけに。ぷぷっ。

なんてことを考えながらテラスの中央に歩み寄ると、

「うっわ要《かなめ》、めっちゃつまんないこと考えてる顔してんじゃん」

めっちゃ失礼な女が声をかけてきた。

相馬さんは片手で中華鍋《ちゅうかなべ》みたいなものをゆすりながら、こちらへ八重歯を見せてくる。

「よく寝てたじゃん」

「え、相馬さんなにしてんの。なんか料理してるように見えるんだけど、できるのか」

「まー人並みにはね。あ、ヘリュ、お皿並べてくれる？　アマンダ、こっちもーいーから黒乃のサポ入って」

「はいっ！」

相馬さんは中華鍋だけでなく、もうひとつの鍋《なべ》でなにやら揚《あ》げているようだ。しかももう貧困街のマダムたちにてきぱきと指示まで飛ばしている始末だ。つくづく見た目を裏切ってくるよなあ……。

黒乃さんは額に鉢巻《はちま》きみたいな布を巻き、魚を見事にさばいている。こっちはこっちで似合ってはいるものの、手さばきは俺と同い年とは思えない。いったい人生何周目なんだよ。

「ヒミコさん、手伝いますよ」

「アマンダさん、ありがとうございます。ではこちらを鍋に。もう一度沸騰《ふっとう》しましたら出来上がりです」

厨房《ちゅうぼう》は戦場だった。奥さまがたまで料理の手伝いにくることは珍《めずら》しくもなかったが、今日はやけに多いな。

「よっしゃ！　こっちは仕上がったぞい！」

酒を呑《の》んでいるだけのおっちゃんたちかと思いきや、どうやら厨房とは別の場所でスイト芋を壺焼《つぼや》きにしていたようだ。

こうなると俺だけ働いていないことが申しわけなくなってくる。なにか手伝うことはないか、と周囲を見回すが――

「うっし、こっちも完成ー」

「こちらもできました」

時《とき》すでに遅《おそ》し。俺はうに子に（＊´ε｀＊;）こんな顔で「まあまあ」とたしなめられながら、肩《かた》を落として席につくのだった。


夕食は豪勢《ごうせい》だった。

相馬さん作のペレ芋とブイ大根のあんかけ、フィッシュアンドチップス。黒乃さん作のラタ魚とブイ大根、ホウレン菜のスープ。おっちゃんたち作のスイト芋の壺焼き。そしてグラスに並々と注がれたオルフェの水。

「相馬さんがこんなのつくっちゃダメだろ……」

「あんたふつーに褒《ほ》められないわけ？」

甘《あま》くどく煮《に》られた芋と大根。

煮たジャガイモってのは柔《やわ》らかく煮すぎて半分溶《と》けるか、しっかりと形が残ったものは中まで味が染《し》みていないかどちらかだと思っていたが、どんな裏《うら》技を使ったのか、この芋は中まで染みているのにしっかりしている。どういうことだ。

大根もしっかり染みていて、飴色《あめいろ》のボディにかぶりつくと、出汁《だし》がジューシーに口内へとなだれこんでくる。

「俺、野菜苦手なんだけど、この大根は本当に美味い」

「食材偏《かたよ》ってんだから、好き嫌《きら》いはさせないかんね」

「おっしゃるとおりです」

アイテムダンジョンで採れる食材はいまのところペレ芋、スイト芋、ブイ大根。いちおうアイテムとしてはリークネギという名前のどう見ても長ネギがあるが、こいつだけは煮ても焼いても食えない。どうしよう。

「あと事後報告になってごめんなんだけど、オルフェの水ダンジョンの木から〝オリーヴァの実〟ってのが採取できてさー」

外見どう見てもオリーブな実を巨大《きょだい》にしたアイテムらしい。

「それ、オリーヴァオイルっていう、まーどー考えてもオリーブオイルなアイテムに加工できてさ。それに勝手につかっちゃったけどいー？」

相馬さんのそれとは、皿のなかでは大きめなふた切れの揚げもののことだ。ラタ魚の切り身をフライにしたものが黄金に煌《きら》めいており、表面は揚げたてであることを誇るように油がぱちぱちと弾《はじ》けている。

その隣に――といえば語弊《ごへい》があるだろうか、皿の半分以上の面積を拍子木《ひょうしぎ》に切られたフライドポテトが占拠《せんきょ》しており、こちらも見ただけで揚げたてだとわかる。

「もちろん。……というかまさかフライが食えると思っていなかったから、マジで嬉しい」

まずポテトに口をつけると、サクッとした食感の後、歯が痛くなるほどじゅわっとした熱がやってきた。

「あっちぃ……！」

中身はほくほくというよりも、とろとろになったジャガイモのエキスみたいなものと油が一緒《いっしょ》に襲《おそ》ってくるタイプだった。熱いけど超好《ちょうこの》み。オルフェの海水を分解したオルフェの塩がまたマッチしていて、我ながら下手くそな言いかただが、しおしおとしていて美味い。

「そーいやさ。急なんだけど、さっきのダンジョンでいきなり強いモンスター出てきたじゃん？　角生えた」

「本当に急だな。どうしたんだ？」

相馬さんはスープをふうふうと冷まし、うに子の口にスプーンを持っていきながら、どこか申しわけなさそうに切り出した。

「あれ、あたしのせーかもしれないんだよね。ごめん」

「そういやあのとき、心当たりがありそうな反応だったよな。どういうことだ？」

「ほら、あんたがダンジョンをつくるとき、あたし深く考えずにオルフェの水たっぷりのバケツを台座に載《の》せたじゃん。じつはあれ、一五リットルあって、アイテム三単位ぶんだったんだよね」

俺も深く考えなかったけど、そういえばオルフェの水って一単位五リットルだった気がする。昨日オルフェ海岸で相馬さんから水をもらったとき、たしかにそうだった。

「ダンジョンから全員戻ったらゲート？　が消えて、台座に＋1になったアイテムが残るじゃん。でさ、その……バケツ一杯《いっぱい》ぶん、つまりオルフェの水三単位全部が＋1になってたんだよね。これっておかしくね？」

「ええ……じゃあアイテム三つぶんのダンジョンに一気に入った、ってことか？　でもそれだと、俺のＭＰの計算が合わないぞ」

俺のＭＰは12。オルフェの水ダンジョンを創造するための消費ＭＰは6だから、どう頑張っても一気に三つのダンジョンをつくることは不可能だ。

「そのへんはわかんないけどさ。まーあたしはそういう〝ねじれ〟みたいなものがあって、そのせーであーゆーモンスターが出てきたんだと思う。だから、ごめん」

「いや、そうとは限らないだろ。仮にそうだったとしても、相馬さんが謝《あやま》ることはひとつもないだろ。むしろ早めにあのモンスターが乱入してきた理由にあたりをつけられて、感謝してる」

それに、よく確認《かくにん》しなかった俺も悪い。というより俺が悪い。と付け加えると、相馬さんは「なら、いーけどさ……」と顔を背けてしまった。

中断していた食事にふたたび視線を落とし、次は白身魚のフライに……とスプーンを伸《の》ばしたとき、向かいに座《すわ》る黒乃さんがじーっと俺——じゃなくて、俺の後方を見つめていた。

振《ふ》り返ると、おっちゃんたちと奥さんたちが交代しながら子どもたちにフライドポテトを振る舞《ま》っていた。

「まだまだあるから押さないでー！」

「おいおい、仲良くな！　ガハハハハ！」

子どもたちの列は敷地《しきち》の外まで続いている。油がたっぷり注がれた鍋に新たな芋が投入されると、わあっと歓声《かんせい》が起こった。

「昨日も感じましたけど、すこしでも子どもたちのためになにかができていると思うと、とても……とても、嬉しいです」

黒乃さんは眼鏡越《ご》しの瞳《ひとみ》を柔らかく細める。

「一昨日は子どもたちを救えない自分に忸怩《じくじ》たるものを感じていました。それなのに……本当にありがとうございます」

「なんで俺に礼を言うんだよ。みんなでこういうふうにしたんだろ」

「はい。その〝みんな〟に私も含《ふく》まれていることが、とても嬉しくて、誇らしくて……」

そこまで言って、わたわたと両手を振る。

「す、すみませっ……！　きゅ、急にこんな話」

「ううん、いいんだよ。黒乃さんが言ってること、俺にもわかる」

「わたしもわかる」

黒乃さんと白銀さんは自分の〝居場所〟を求めてこの教会にやってきた。

ふたりの顔には、もうそれを見つけた、と書いてある。

居場所とは、役割だ。黒乃さんも白銀さんも、いまの生活にはどうしても欠かせない人材なのだ。

もちろん相馬さんも、うに子も。

「スープもスイト芋も美味いな」

そしてきっと、俺も。

貧困街のみんなも、ミシェーラさんも――

「そういやミシェーラさんはどこに行ったんだ」

「お部屋で〝☆〟という不思議なアイコンがついたアイテムを鑑定《かんてい》してくださっています」

「くせんしてる」

「悪いな……俺、呼んでくる」

立ち上がると、黒乃さんが「もう何度も声をかけているのですが」と俺を制した。……そりゃそうか。この子たちが放っとくわけないよな。

そのとき、ちょうどミシェーラさんが南口からテラスにふらふらと顔を出した。

「申しわけありませんわ……。わたくしの力不足ですわ……」

〝☆〟つきの摩訶不思議《まかふしぎ》アイテムは――というよりもこのアイコン自体、ミシェーラさんさえ見たことのないものらしく、鑑定に手間取っているとのこと。

「明日になってもできなければ、鑑定を依頼《いらい》いたしますわ」

「依頼って、ギルドにか？」

たしか相馬さんがギルドで鑑定できるとか言っていたよな……。

「いいえ、ギルドでもできますが、本当に珍しいアイテムですので、出どころの詮索《せんさく》と追及は免《まぬが》れません。ですので、友人のアトリエを頼《たよ》ろうかと」

なるほど。追及がはじまると、この教会が目をつけられ、西口の畑にある白い光も白日のもとにさらされてしまうもんな。そもそも畑のことは鉄柵《てっさく》の外から丸見えなんだから、いずれバレるんだけど。

「先ほどお預かりしたレザーベルトの鑑定は無事終了《しゅうりょう》しましたので、後ほどレオンさまにお渡《わた》ししますわね」

「おあ……また忘れてた。ありがとう」

「……悔《くや》しいですわ。司祭の端《はし》くれとして、鑑定できないなんて……」

どうして司祭はアイテム鑑定ができる職業、みたいな言いかたをするのだろうか。ミシエーラさんなりの矜持《きょうじ》があるのかもしれない。

「それにしても、不思議ですわね……。こちらのアイテムもそうですけれど、EXPもお金もアイテムドロップも多くて……不思議ですわ」

「えっと……そうなのか？」

「はい。先ほどのキマイラコボルト……見たことのないモンスターが出現したこともそうですが、モンスターから得られる報酬《ほうしゅう》が多いのです。どうしてですかしら」

どうしてと言われても、俺にわかるわけがない。

経験値といえば、あのキマイラコボルトを倒《たお》したとき、10もの経験値を獲得できた。となれば、LV2になってすぐだが、もうLV3に成長できる、ということになる。

「ガハハハハ！　レオンどの、楽しんどるか！」

まあ、レベルアップは明日でいいか。

いまはみんなと一緒にこの喜びを享受しよう。

見上げた先では満天の星に混ざり、たくさんのマナフライが夜空を焦がし、オラトリオを煌々《こうこう》と灯《とも》していた。

「んあああぁぁぁぁあああー……！」

己《おのれ》の喉《のど》から飛び出す、汚《きたな》い獣《けもの》のような咆哮《ほうこう》。あたたかな湯が、今日一日の疲《つか》れを癒《い》やしてゆく。

風呂《ふろ》はいい。シャワーでは落ちないなにかを落としてくれる。

「んあぁぁぁぁ……」

教会内にある大浴場。木製の湯船は一〇人でも余裕《よゆう》で入れるくらいに大きい。しかしいまは俺《おれ》の貸し切りだった。

火の魔石と水の魔石を使用したこの風呂は、二ヶ月ほど前、おっちゃんたちと一緒につくったものだ。

二日に一度の贅沢《ぜいたく》だったが、水の確保が安易になったことと、キマイラコボルト・ストームホーンからドロップした大量の魔石片のおかげで、ミシェーラさんは「しばらくは毎日入れそうですわね、うふふ」と喜んでいた。

一番風呂をもらうのは申しわけなかったが、いつもの遠慮《えんりょ》合戦の末、俺が最初になってしまった。ミシェーラさんと女子陣《じん》はこの次。

おっちゃんたちと奥《おく》さんがた、子どもたちは湯が汚《よご》れるからという理由でいつも遠慮して俺とミシェーラさんのあとに入る。

水の魔石と炎《ほのお》の魔石によってかけ流しになっているんだから、汚れや垢《あか》は湯船から溢《あふ》れていくわけで、べつに気にしないんだけどなぁ……。

ちなみに溢れた湯は湯船の溝《みぞ》を伝い、配管から別部屋のタンクに溜《た》まり、それを洗濯《せんたく》やトイレの排水《はいすい》に再利用している。

全員が湯からあがれば湯船の湯もおっちゃんたちが各家庭の排水に利用するために綺麗《きれい》さっぱり持ち帰る。

一度湯からあがり、頭と身体を洗う。この世界に石鹸《せっけん》やシャンプーはない——かどうかはわからないが、俺は見たことがない。

使用するのは〝エペ草〟と呼ばれる、赤い蕾《つぼみ》のついた草花を煎《せん》じた粉末だ。エペ草の葉には洗浄《せんじょう》作用があるらしく、シャワーの隣《となり》に備えられた小さな器からエペ草の粉末をすくい両手でこすると、花のような芳醇《ほうじゅん》な香りとミントのような爽《さわ》やかさが鼻孔《びこう》をくすぐる。

やがて石鹸のように泡《あわ》だち、それで髪《かみ》と身体を洗ってゆく。

風呂からあがり、予備の綺麗なコモンシャツとコモンパンツに着替《きが》える。汚れた衣類は洗濯かごのなかだ。

……そういえばこれまで洗濯って全部ミシェーラさんにやってもらっていたけど、女子三人が加わったことで、男子の服と一緒に洗うのはイヤだと言われたりしないだろうか。

そのあたりも相談しないとな。

脱衣《だつい》所を抜けて通路を進むと、

「おー風呂♪　おー風呂♪」

「うーにに♪　うーにに♪」

ご機嫌《きげん》な声とともに曲がり角から女子陣がやってきた。

「お先に」

「おふろ、はじめて。たのしみ」

白銀さんがかつて住んでいた北欧《ほくおう》の国にも風呂の習慣がなく、いつもシャワーだけで風呂は初めてだそうだ。アイスブルーの三白眼がわくわくと煌めいている。

だが、彼女《かのじょ》よりも喜んでいるのは……

「あたしお風呂大好きでさー。こっちでもずっと入りたいって思ってたんだけど、もうマジでラッキーだわ」

「うにうにー♪」

うきうきうずうずしている相馬さんとうに子だった。うに子は洗面器にすっぽりとはまった状態で（*´ε`*）こんな幸せそうな顔をさらしている。かわいい。

「おやすみ」と挨拶《あいさつ》し、礼拝堂にいたみんなにも声をかけ、自室へ。

誘《さそ》われるようにベッドに寝転《ねころ》がり、布団《ふとん》も被《かぶ》らず仰向《あおむ》けになった。ガラス天井の向こうで、星々とマナフライが瞬《まばた》いている。

昨日と今日、本当にいろんなことがあった。

白銀さんと黒乃さんに出会って、はじめてモンスターを倒して。木箱を開けて、コンプリートボーナスを受け取って。

スキルのしょぼさにがっかりして、ミシェーラさんに慰《なぐさ》められて。

己を赤裸々《せきらら》に語って、それでいいんだって言ってくれて。

防具屋で相馬さんに出会って、毒島いちごと石丸カズなんとかが……このふたりはどうでもいいか。

オルフェ海岸で相馬さんとうに子に再開して、一緒に暮らすことになって……。

変な声に水の意思を所望《しょもう》され、オルフェの水ダンジョンでぼこぼこにされて、みんなと一緒に成長し、リベンジして……。

ボスみたいなモンスターが乱入してきて、なんとかやっつけて……。

食材も水もたくさん手に入れて、貧困街の人たちがみんな喜んでくれて……。

俺は、自分に与《あた》えられた【デウス・クレアートル】――アイテムダンジョンというスキルが、嫌いだった。

武器も碌に扱《あつか》えず、華《はな》やかな魔法も使えず、モンスターを倒すこともできず……。

でもいまは、このスキルでよかった、って思う。

このスキルのおかげで白銀さんにも黒乃さんにも相馬さんにもうに子にも出会えたわけだし、たしかに地味だけど、一歩一歩を踏《ふ》みしめながら、確実に強くなった自覚がある。

だってそうだろ？

アイテムダンジョンに潜《もぐ》ってみんなで強くなり、力を合わせたからこそ、あのボスを討《う》ち取ることができたんだから。

これからも、きっと、ずっと強くなる。

そう信じながら前に進んでゆく。それがきっと、俺たち——落ちこぼれたちの歩きかたなんだ、って思う。

——この二日を、全力で生きた。

これはこの三ヶ月間……どころか、一五年の人生の中で、初めての感情だった。

そして「ああ、明日も楽しみだ」という感情も、初めてだった。

昼から夕方まで寝ていたというのに、俺はあっさりと優《やさ》しい微睡《まどろ》みに落ちてゆく。

明日は……なにを……しよう……

そのとき。

『んあぁぁぁぁぁぁぁ——！　生き返るー！』

『うにゅー……♪』

獣のような咆哮が下から響《ひび》いてきた。

待てよ、と考え、そういえば教会の構造上、俺の部屋の真下が浴場であることに気がついた。

『ミシェーラさんすげー！　あたしもあるほうだと思うけど、どっちが大きい？』

『あらあらセーラさま。マリアさま、いかがでしょうか』

『ひどいきょういのかくさしゃかいをみた』

聞こえてくる、女子たちの声。

『白銀も一五歳《さい》なんだよね？　やば、あたしこんな綺麗な肌《はだ》見たことない』

『まるで彫刻《ちょうこく》のようですわね……羨《うらや》ましいですわ』

ミシェーラさんのうっとりとした声に続き、からから……と控《ひか》えめに浴場の扉《とびら》を開く音。

『うっわ、黒乃えっろ……』

『すでにしてひとづまのふうかく』

『み、見ないでくださいっ……！』

「寝れるかボケ！」

布団にくるまって耳を塞《ふさ》ぎ、長い時間をかけ、ようやく睡魔《すいま》が煩悩《ぼんのう》をかき消した。

◆　◆　◆

「レオンさま、レオンさま」

女性の声と身体の冷えで目がさめた。

もう朝か……と思ったが、どうにも様子がおかしかった。

まずもって教会のベッドじゃなかった。どうやら草の上のようだった。そのうえ、金髪《きんぱつ》の見知らぬ美女が俺を見下ろしている。

「え……誰《だれ》……？　って、どえええええっ⁉」

長いウェーブがかったブロンドの美女は、なぜか全裸《ぜんら》で、ついでにいうと俺も全裸だった。

慌てて股間《こかん》を隠《かく》しながら、どういう状況《じょうきょう》だ、と辺りを見回すと、八メートル四方ほどの大地に、畑が三枚。それぞれの上には生食を試みて失敗したようなペレ芋《いも》、スイト芋、ブイ大根が打ち捨てられていて、一隅《いちぐう》には泉が湧《わ》いている。

「こ、ここ、どこだよ……！」

「ここは〝意思〟が生み出した〝零音《れおん》の世界〟ですわ」

凛《りん》とした声が答える。それは紛《まぎ》れもなく、夢で聞いた謎《なぞ》の声と一致《いっち》していた。

さらにあたりを見回すと、どこまでも広がる青い空と白い雲しか見えない。

俺はいま、空に浮《う》かぶ島の上にいた。


（了《りょう》）

あとがき

うにーーーーーーーーーーーーーーーーー！

『アイテムダンジョン！』一巻をお手にとっていただきまして、誠にありがとうございます！

このページまで到達された読者さまは、きっと本編をすべてご読了なされたということで、なおのことありがとうございます！

さらに、本書を「おもしろい！」とお感じになってくださったのであれば、この作品にはかみやの好きが詰まっておりますので、かみやと両思いということで、これはもう結婚するしかありませんね！

さて、一巻におけるテーマといえば【成長】【居場所】【弱者なりの矜持】とでも申しましょうか。とくに三つ目はライトノベルにしてはやや重めだったかもしれません。

舞台も貧困街の教会ということで、より重力が加わったわけですが、これをできるだけライトに書かせていただきましたが、いかがでしたでしょうか？

追放モノで、ステータスがあって、美少女が登場し、タイトルもアイテムダンジョン！　ということで、ポップ感を散りばめつつも、紐解いてみればずいぶんと説教くさいな……とお感じになられた読者さまも多いのではないかと思います。

しかしこれがかみやの好き！　寛大なお心で笑って許していただけますよう祈るばかりです。

もちろんステータスも異世界も美少女もポップな感じも大大大好きです！

一巻を書くにあたり、途中で様々な試練がありました。

父の死、大震災、某ウイルス罹患、そしていま、若年性（とまでは言えませんが）の帯状疱疹の痛みに苦しみながらこのあとがきをしたためております。

たびたびご厚情をいただきました出版社さま、編集者さまには感謝するばかりです。

また、打ち合わせが進み、ウェブ版からの大幅改稿がありました。文章、展開、キャラ設定、世界観など……加筆修正どころの話ではなく、これは改稿というよりも『もうひとつのアイテムダンジョン！』みたいな感じになりました。サブタイトルも『追放された落ちこぼれたちの歩きかた』から『俺だけ創れる異能ダンジョンからはじまる、落ちこぼれたちの英雄譚』に変更しております。これは商業化するにあたり、多くのかたに本書の魅力がダイレクトに伝わるよう考えた結果です。どうですか？　わくわくするタイトルだと思いませんか？

歩き始めたばかりの零音たちの英雄譚、応援していただけますと嬉しいです！

本書を『おもしろい！』と思ってくださったみなさまは、ぜひウェブ版のほうもよろしくお願いいたします！

また、本書と同じくＨＪ文庫さまから『召喚士が陰キャで何が悪い』発売されております！　本作を気に入ってくださったみなさまにはとくに刺さる内容となっております！　もしよろしければそちらのほうもお楽しみいただけますと幸いです！

今回、イラストは夕子先生が描いてくださいました！

みなさんご覧ください、零音の泥臭くもかっこいい姿、ヒロインたちのかわいさ、そしてうに子の愛らしさ！

イラストでうに子は登場する機会が少ないかも……と担当者さまから告げられ、肩を落としていたところ、夕子先生のご配慮で、カバーイラストにも登場し、かみや大歓喜でございました。また、カバーイラスト、口絵、挿絵が届くたびにかみやは絶叫し、小躍りまでする始末です。誰かかみやを止めてくれ。

夕子先生、素敵な素敵なイラストを、本当にありがとうございます！　すべて宝物です！

出版にあたり、出版社さま、担当者さま、アイテムダンジョンに関わってくださったみなさまに御礼申しあげます！

出版が決定し、美味しい高級なお肉を送ってくださったたちの子さん、宮崎の美味しいものをたくさん送ってくださったランガさん、ありがとうございます！　かみやの血肉となり、本書にも反映されております！

最後になりますがもう一度、アイテムダンジョンをお手にとってくださった読者さまに、精一杯、ありったけの謝意を。

ありがとうございました！

二巻でまたお会いできることを心から祈っております！

うにーーーーーーーーーーーーーーーーー！

かみや

HJ文庫 https://firecross.jp/
1200

アイテムダンジョン！ 1

～俺だけ創れる異能ダンジョンからはじまる、落ちこぼれたちの英雄譚～

2024年11月1日　初版発行

著者――かみや

発行者―松下大介
発行所―株式会社ホビージャパン

〒151-0053
東京都渋谷区代々木2－15－8
電話　03(5304)7604（編集）
　　　03(5304)9112（営業）

印刷所――大日本印刷株式会社

装丁――木村デザインラボ／株式会社エストール

Printed in Japan

ISBN978-4-7986-3668-9　C0193